KB036598

자전거와
함께 살기

우리시대 우직한 바보 최종규가 선택한 즐거운 불편

자전거와 함께 살기

최종규 지음

차례

사진 © 전민조

책머리에

자전거는 평화와 사랑입니다

자전거를 좋아하는 저를 가리켜 흔히 '고무신 아저씨' 라고들 합니다. 인터넷 네이버에 있는 자전거모임에서 '고무신' 이라는 이름을 쓰면서 퍼졌는데, 언제나 고무신을 신고 자전거를 타고 다녀서, 이런 이름이 훨씬 또렷하게 아로새겨지지 않았으랴 싶습니다. '클릿페달에 번쩍번쩍 잘 나가는 자전거에다가 쪽 빠진 저지' 를 갖춰 입고 '등에는 가방 하나 없는' 자전거꾼들이 한강을 싱싱 달릴 때 이들을 슬그머니 앞지르던 제 차림새를 보면, 등에는 산 만한 가방을 이고 가슴에는 큼직한 사진가방과 짐가방 하나를 매단 채 짐수레에도 한 덩어리 큰 책짐을 붙이면서 맨발에 고무신 달랑 걸치고 있었습니다. 이러는 가운데 '고무신' 이라는 이름도 알게 모르게 알려지지 않았을까 싶기도 합니다. 서울에서 달마다 셋째 주 토요일에 광화문부터 종로 한 바퀴 휙 도는 자전거 잔치마당 '발바리' 에 함께하고자 충북 충주에서 머나먼 길을 낑낑대며 찾아오곤 했기에, 좀더 알려졌을지도 모르고요. 서울에서 자전거를 많이 탔을 때, 자전거모임 분들하고 남산을 오르는데, 저는 삐걱거리는 낡은 '스트라이다(기어 없음)'를 몰고도 기어 많고 가볍고 잘 빠진 '다혼 스피드프로'보다 먼저 빠르게 올라갔습니다. 저는 이분들보다 뒤늦게 올라갔음에도.

스트라이다라는 자전거로도 평속 42킬로미터를 찍으면서 오리발질을 할 수 있기는 하지만, 이런저런 자전거질은 우리 삶하고 그리 걸맞지는 않다고 느낍니다. 요즈음 분들이 많이 타는 자전거들을 보면, 으레 40~50킬로미터뿐 아니라 50~60킬로미터까지도 낼 만한 엄청난 녀석을 대단히 비싼값을 치르고 장만하시곤 하는데, 돈이 많고 자전거를 사랑하는 마음이라면 이런 녀석을 몰고 다니실 수도 있지만, 우리네 도심지나 시골길은 평속 30킬로미터로 달리기에도 알맞지 않습니다. 달리려 한다면 달릴 수 있으나, 길이 아주 나쁘며 불쑥 튀어나오는 자동차나 덜컥 문을 열어젖히는 자동차 때문에 잠깐 사이에 골로 가 버릴 수조차 있어요.

저는 흔히 말하는 '생활자전거'를 좋아합니다. 또 제 자전거는 하나같이 '생활자전거'입니다. 조금 비싸게 주고 장만한 자전거도 있으나, 그 자전거는 충주에서 서울을 한 주에 한 번씩 짐수레를 붙여서 사십 킬로그램이 넘는 책짐을 싣고 나르려고 장만한 자전거였습니다(헌 자전거로 90만 원을 치른 녀석). 삼천리에서 만든 R-7은 이십만 원을 치르고 장만했는데, 어떤 분들은 이 녀석을 200만 원쯤 하는 줄 생각하시기도 합니다. 모양새가 그렇게 잘 빠졌는가 싶어 고개를 갸웃갸웃하는데, 우리가 타는 자전거가 200만 원이 아닌 2,000만 원을 주고 산 녀석이라 하더라도, 집과 일터를 오가는 데에 타지 못한다면 생활자전거는커녕 '자전거' 조차 아니라고 느낍니다. 저는 우리 아이들이 집과 학교를 자전거를 타고 오갈 수 있도록 자전거를 가르쳐 주고, 길형편을 고치며, 교통법규며 교통수칙도 잘 지켜야 한다고 생각합니다. 모든 학교와 관공서에는 눈비바람과 햇볕에 자전거가 슬거나 다치지 않도록 자전거 세울 자리를 잘 마련해 주어야 한다고 생각합니다. 찻길 한쪽은 '무단 불법 주차' 하는 자동차가 차지하도록 내버려 두지 말고, 이 자리야말로 '자전거만 걱정없이 오갈 수 있는' 길로 삼아야 한다고 생각합니다.

이러한 마음이 제 마음입니다. 그리고 이러한 마음으로 이 책에 담긴 글을 썼습니다. 제가 쓴 이 글들은 제 땀방울로 썼습니다. 하루 예닐곱 시간을 이마에서 눈과 코와 입술을 거쳐 턱으로 땀을 줄줄 흘리면서 썼습니다. 몸과 옷과 가방과 자전거에 땀내가 짙게 배어 멀리서도 '고무신 자전거가 나타났다!' 하고 알아볼 수 있을 만큼 달리면서 썼습니다. 자전거 페달을 밟는 고무신이 닳고 낡아 여러 켤레 구멍이 뚫리게 되도록 다니면서 썼습니다.

지금도 많이 선부르고 어수룩하지만, 이 글을 쓰던 때에는 좀더 선부르고 어수룩했기 때문에, '자전거를 들이받을 듯 장난질을 하는 자동차' 와 부대낄 때면, '이제 나는 죽는구나' 하고 소름이 돋으면서 두려움과 짜증을 함께 느꼈기에, 이런 두려움과 짜증이 글에 어쩔 수 없이 곳곳에 많이 묻어나지 않았나 싶습니다. 털어놓고 드리는 말씀입니다만, 저는 자동차를 몹시 싫어합니다. 운전면허증을 따지 않았습니다. 사람들이 차를 태워 주시면 고맙다고 인사를 하지만, 몸은 홀가분하지 못합니다. 하다못해 전철이나 버스를 타면 개운하지만, 두 다리로 무거운 짐을 낑낑 이고 지고 나를 때가 가장 즐겁습니다. 뿌듯합니다. 저는 제가 사는 이 땅을 제 발로 밟으면서 살고 싶기 때문입니다. 제가 짊어질 수 있는 만한 짐무게를 기꺼이 어깨에 걸머지고 싶기 때문입니다. 제가 태어나서 자라는 이 땅을 있는 그대로 들여다보고 껴안으면서 내 삶을 돌아보고 내 길을 헤아리며 내 몸을 누이고 싶습니다. 지난해 여름에 태어난 귀여운 딸아이와 함께 자전거를 타고 온누리(한국땅) 구석구석을 차근차근 밟고 싶습니다. 이 자전거 나들이에는 옆지기(아내)도 함께할 테지요.

예전에, 그러니까 충북 충주에 살던 때에는 혼자서 몇 시간이고 죽어라 페달질을 했다면, 이제는 인천에서 수원까지 움직이는 길이라 하여도, 또는 옥천을 지나 문경으로 가는 길이라 하여도 사나흘 또는 너댓새쯤 느긋하게 달리면서 우리 땅과 이웃 마을을 느끼고 싶습니다. 달린 길을 거슬러서 달리기도 하고, 일부러 며칠씩 한 자리에 머물면서 땅기운을 받고 햇볕과 그늘과 비와 바람 또한 함께 받아들이고 싶습니다. 그러니까, 이렇게 하자면, 자동차가 있어서는 안 됩니다. 아니, 자동차로는 이렇게 다닐 수 없습니다. 너무 빠르거든요. 게다가 기름을 먹어요. 자리도 너무 많이 차지해요. 두 다리로 걷는 사람을 윽박질러요. 자전거도 때때로 걷는 사람을 윽박지르는데, 자전거에서 펄쩍 뛰어내려서 걸어다니면, 이때에는 자전거나 걷는 사람이나 똑같습니다. 자전거를 타는 마음이라 한다면, 기꺼이 자동차하고는 '잘 가렴, 이제 두 번 다시 보지 말자꾸나!' 하는 마음이 되는 한편, '나는 내 두 다리를 아주 사랑해!' 하는 마음이 되고, 여기에다가 '내가 땀흘리는 만큼 내 삶터를 디디고, 섣불리 내 삶터를 씽씽 스쳐지나가기만 하는 풍경으로 여기지 말자!' 하는 마음이 아니겠느냐 싶습니다.

틀림없이 바람을 가르는 맛이 있는 자전거 타기입니다. 산을 타는 맛도 있고 재주부리는 맛도 있습니다. 차곡차곡 접어서 버스에도 싣고 전철에도 태우는 재미가 있습니다. 다만, 이 모든 맛과 재미는 우리 '삶'으로 모두어져야 하지 않을까 생각합니다. 내 삶이 되는 자전거여야, 나와 내 이웃 삶으로 어깨동무할 수 있는 자전거여야, 비로소 우리는 '그래 자전거란 바로 이러하단 말이야' 하고 이야기할 수 있지 않느냐 싶습니다.

자전거는 평화가 될 수 있고 사랑이 될 수 있습니다. 그러나 자전거는 전쟁이 될 수 있고 미움이 될 수 있습니다. 우리 하기 나름입니다. 우리 하기에 따라서 자동차도 얼마든지 알뜰살뜰 몰 수 있고, 사랑스럽게 간수할 수 있습니다. 우리가 잘못하거나 샛길로 빠지면 자전거를 아무리 즐겨탄다 하여도 아주 못나고 못되고 모자랄 수 있어요. 요샛말로 '찌질이 자전거'가 되고 맙니다.

인천을 떠나 서울에서 살며 자전거를 조금씩 사랑하게 되던 몸이, 서울을 벗어나 충북 충주로 가면서 한몸으로 여기었고, 충주에서 나와 고향 인천으로 돌아오고 나서는 아기를 낳아 기르는 바람에, 요 몇 달은 자전거가 며칠씩 먼지만 먹고 울고 있곤 합니다. 그러나 어쩌겠습니까. 기저귀를 빨아야 하고 집살림을 함께 꾸려야 하는데.

우리 집 귀여운 딸아이만큼 귀엽고 사랑스러운 자전거들은, 우리 딸아이가 씩씩하고 튼튼하게 자라나는 날까지 잘 기다려 주리라 믿습니다. 자전거마다 '아기 자리'를 붙이며 새롭게 달릴 수 있는 날을 기다려 주고, 아이가 제 몸에 맞는 새 자전거를 아빠 엄마한테 선물받고 함께 달릴 수 있는 날까지 손꼽아 기다려 주리라 믿습니다. 제 모든 사랑과 믿음을 이 책 하나에 담아서 내놓습니다. 모자라고 무뚝뚝하고 어줍잖지만, 너그러이 굽어살펴 주시면 고맙겠습니다. 길에서 만나요. 두 다리로 뚜벅뚜벅 걷거나, 자전거를 타고 빙그레 웃으면서.

2006년

5월 1일~5월 9일 - 바람의 섬 제주 나들이

5월 1일

16시 - (신도림→동인천) 급행전철을 갈아타고 동인천으로. 동인천역에서 12번 버스를 타고 연안부두 여객터미널. 18:30 - (인천→제주) 오하마나호를 타고 19시에 떠남.

자전거 나들이를 떠나는 날. 자전거를 석 대 몰고 있는 나는 어떤 자전거를 가지고 갈까 생각하다가 '스트라이다'를 갖고 가기로. 제주섬 돌기를 헤아린다면 다른 자전거가 더 나을 수 있으나, 함께 가는 다른 사람들이 자전거 새내기이니, 빨리 달리기 어려운 자전거로 가는 편이 낫다고 느낀다. 또한 스트라이다 자전거는 작게 접히는 만큼 배나 기차에 실을 때에 한결 낫고.

홍제동에서 하룻밤 묵고, 낮때에 맞추어 서교동에 있는 〈민들레사랑방〉으로 갔다. 자기 자전거를 끌고 가는 사람은 나하고 〈민들레사랑방〉 선생님 한 분. 다른 사람들은 제주섬에 닿아서 빌리기로.

홍대입구역으로 가서 전철을 탄 다음 신도림에서 내림. 신도림에서 급행전철을 갈아탐. 인천으로 가는 사람이 제법 많다. 자전거 두 대 부피는 얼마 되지 않으나, 한 주 나들이를 떠나는 아이들 가방이 꽤 많다. 전철 맨 끝자리에 가까스로 타지만, 주안역 지날 때까지 힘겹게 갔다.

동인천역에서 내린 뒤, 자전거 있는 두 사람은 씽 달리고, 나머지는 버스로 움직이기. 연안부두 가는 길은 큰 짐차가 많이 다닌다.

VICTORY

컨테이너 싣는 차며 원목 실은 차며 수출하는 자동차 실은 차며…… 덕분에 이 길은 곳곳이 패여 있고 울퉁불퉁한 데도 많다. 길바닥을 잘 살피며 달리지 않으면 크게 다칠 수 있다.

연안부두에서 표를 끊다. 한 시간쯤 기다린 뒤 배를 탄다. 우리처럼 자전거를 싣는 사람이 둘 있다. 나중에 알았는데, 연안부두에서 배를 타면, 자전거 싣는 삯을 받지 않는단다. 다른 어느 곳에서는 자전거를 실어도 따로 삯을 더 내야 한다고. 그래서 제주섬을 자전거로 나들이하는 사람들이 인천으로 와서 자전거를 싣고 머나먼 뱃길을 간단다. 열네 시간 뱃길이라 해도.

배 짐칸에 자전거 세워 놓는 자리가 마련되어 있다. 몇 자리 없지만, 이렇게 마련되어 있는 덕분에 흔들리거나 도둑맞을 걱정이 없어서 좋다. 3등실에 들어간다. 칸막이가 되어 있는 방으로 나뉘어 있다. 그다지 안 넓어 보이는데 여기에 자그마치 쉰다섯 사람까지 집어넣는다고. 곰곰이 방넓이와 사람 숫자를 헤아려 보니, 사람을 차곡차곡 눕혀서 다닥다닥 붙이면 쉰다섯이라는 숫자가 가까스로 나오겠다. 아무리 3등실이라지만 사람을 짐짝처럼 다루나.

가방을 한 자리에 모아 놓고 둘러앉아 깃발을 만들다. 자전거나 가방에 매달 깃발. 저마다 자기가 생각하는 그림을 그리거나 글씨를 쓰기로 한다. 나는, "충주에서 왔구만!"이라고 적는다. 가방 지킴을 해야 하기에, 한두 사람이 드러누워 쉬면서 방에 있으면, 나머지 사람들은 갑판으로 올라가 하늘바라기를 하며 별을 본다. 또는 먼바다에 떠 있는 오징어잡이 배를 보거나. 밤새워 가는 배를 몇 번째 타 보나. 초등학교 6학년 때 한 번, 중국에 갈 때 한 번, 이번이 세

번인가. 시커먼 바다를 갑판 난간에 기대어 내려다보면 바다가 나를 잡아끈다는 생각이 들어 뛰어들고 싶다. 헤엄도 못 치는 주제에. 저 바다에는 누가 살고 있나 궁금. 뭐, 물고기가 살겠지. 물고기는 바다 위를 가르는 덩치 큰 배를 어떻게 느낄까. 느끼지 않으려나.

5월 2일
08:15 - 제주항에 닿음. 〈자전거집〉에서 자전거를 빌림. 09:55 - 자전거 기어를 조금 손본 뒤 자전거 나들이를 떠남. 11:05 - 이호해수욕장에 닿아 밥을 먹다. 12:45 - 밥을 먹은 뒤 다시 떠남. 14:30 - 곽지해수욕장. 15:20 - 경보 자전거 손잡이 나사가 풀리는 바람에 나사를 조이면서 잠깐 쉼. (한림공원을 지나가다) 16:19 - 두모리에 닿아서 잠깐 쉼. 농협 하나로마트에 들름. 17:12 - 장을 다 본 다음 다시 길을 떠남. 18시 넘어서 차귀리에 닿음.

자는 둥 마는 둥 열네 시간을 보낸 끝에 제주에 닿다. 뿌옇게 낀 안개. 제주라, 제주구나! 세 해 만에 와 보는 제주!

가방을 메고 자전거를 풀어서 내리다. 제주땅을 처음 밟는 친구들이 있다. 하긴, 나도 기껏 세 번째 밟는 셈이니. 두근두근 쿵쾅쿵쾅 마음이란다. 설레는 마음. 나도 설렌다. 어쩌면 앞으로 네 번째나 다섯 번째를 밟아도, 열 번이나 스무 번째를 밟아도 설레지 않을까. 생각해 보면, 충주에서 서울 나들이를 떠날 때에도 설렌다. 가깝지 않은 그 길을 예닐곱 시간을 달려야 한다는 생각에, 또 서울에서 충주로 돌아올 때면 열 시간은 달려야 한다는 생각에 두근두근 조마

조마.

〈민들레사랑방〉 선생님이 인터넷으로 미리 알아본 자전거집에 가서 자전거를 빌린다. 겉보기로는 말짱해 보이는 자전거이지만, 체인과 기어 쪽을 보니 기름때가 덕지덕지. 아이고, 자전거 청소를 하기는 하나? 설마 싶어서 브레이크를 하나씩 다 잡아 보고 기어를 넣어 보는데, 브레이크 느슨한 자전거가 있고, 기어가 안 먹는 자전거가 있다. 자전거집 아저씨가 기어를 맞춰 준다고 하나, 제대로 맞춰졌다는 느낌이 들지 않는다. 제주섬으로 와서 자전거 나들이 하는 사람들이 빌려 타는 자전거가 모두 이럴까? 겉껍데기는 좀 낡아도 괜찮으니 기어가 제대로 먹고 브레이크도 제대로 들어야 하지 않겠는가. 여느 때에는 자전거 탈 일이 없는 사람들이 제주에 와서 멋모르고 자전거 빌려서 타다가 '자전거가 잘 안 나가' 서 애를 먹겠군. 자전거가 말썽인 줄 모르고, 자기가 자전거 못 탄다고 잘못 생각할지도 모른다.

자전거집 아저씨가 길그림을 보며 우리가 어느 쪽으로 가야 한다고 알려준다. 하지만 나는 그 말을 못 믿겠다. 자전거 손질을 하는 품새를 보니 당신 말씀이 마음에 와닿지 않는다. 길알림판 보고 길그림 헤아리며 가면 되지. 가다가 헤매면 좀 돌아가도 되고.

이제 달린다! 자전거를 거의 처음 타는 사람이 셋이나 된다만, 이분들은 앞으로 어떤 일이 펼쳐질지 조금도 생각하지 않으면서 들떠한다. 아무렴. 그렇겠지. 나라도 그럴 텐데. 이제 막 덜덜 떨리는 손으로 자전거를 몰 수 있게 되었는데, 제주섬을 한 바퀴 돈다니! 달리며 힘겹고 고달프더라도 오늘 이 첫날 첫 페달질이 얼마나 가뿐하고 신나라.

뒷거울을 보며 슬금슬금 빠르기를 맞춘다. 바람이 몹시 거세다. 수학여행 버스가 열 대 남짓 옆을 스치고 지나가기에 자전거를 멈추고 기다린다. 자전거를 달린 지 십 분도 안 되어 나온 첫 바닷가. 잠깐 숨을 돌린다. 먼길을 나서는 만큼, 공원 가까이 있는 뒷간에도 들른다. 우리가 잠깐 서 있는 자리 옆으로 오토바이 아저씨들이 있다. 아저씨들도 제주섬을 한 바퀴 돈단다. 오토바이를 타고.

열 시 반이 지나고 열한 시가 가까워 오니 뿌연 안개가 걷히면서 해가 난다. 물결은 거칠다. 바다가 바로 옆으로 보이는 길을 달리니 바닷내음에 바닷소리에 바닷물 방울이 온몸으로 느껴진다. 길은 참 좋다. 달리기에는 더없이 좋다. 구경하기에도 좋다. 그러나 바닷가에 이렇게 가까이 붙여서 길을 냈으니, 모래밭 모래는 죄 바다로 떠밀려 가겠구나 싶다. 안면도 모래밭처럼. 지금은 구경하기에 좋겠지만, 앞으로 다섯 해만 지나도 바닷가 모래밭이 거의 다 사라지지 않을까.

아침이자 낮밥 먹기. 이번 자전거 나들이에서는 바깥밥은 안 사먹고, 밥을 해서 먹기로 했다. 모두들 가방에서 코펠과 반찬통을 꺼낸다. 마을사람한테 물을 얻고 쌀을 씻어서 밥을 하는 동안 찌개를 하나 끓인다. 밥을 해먹는 동안, 또 설거지를 하고 그릇을 말리는 동안 쉰다. 이렇게 간다면 달리는 시간보다 쉬는 시간이 더 많을지도. 후후. 뭐, 그래도 좋지. 빨리 달려야만 하지는 않으니까. 빨리 달릴 걱정 없이, 더욱이 날짜 걱정 없이 우리들 다리힘만 믿고, 천천히 구석구석 헤매면서 온갖 곳을 두루 거쳐서 자전거 나들이를 하

기로 한 이번이라서 한결 느긋하다. 햇볕이 따뜻하다. 아니, 좀 덥다. 한낮이 되니 살갗 익는 소리가 들리는 듯.

등대가 보여서 슬쩍 등대가 선 안쪽까지 자전거를 타고 들어간다. 바람이 대단히 거세다. 자전거에서 내려 끌고 가는데 휘청휘청. 제주 바닷바람은 보통이 아니구나. 제주사람들은 늘 이 바람을 맞으면서 살았겠지. 앞으로도 살 테고 지난날에도 살았고. 이 바람을 제 식구로 받아들이며 살아온 사람들 살결은 어떠할까. 억셀까, 부드러울까.

곽지해수욕장을 지난다. 성수기가 아니라 해수욕장은 조용하다. 성수기 아닌 5월 첫머리에 제주섬 나들이를 왔기 때문일까. 다니는 차가 적고 구경하러 온 사람이 적으며 모래밭도 고즈넉하다. 모래밭을 온통 우리들이 전세 내어 즐긴다는 느낌. 얼음과자를 하나씩 입에 물고 다리쉼.

다시 달리기. 얼마 안 달렸는데, 경보가 탄 자전거에 말썽이 생겨서 멈춤. 손잡이 나사가 풀려 있다. 큰일날 뻔했다. 연장을 꺼내 조여 주다. 다른 자전거는 어떨까 걱정스러워 하나씩 돌아봄. 자전거집에서는 기어와 브레이크뿐 아니라 기본 정비조차 제대로 안 하는구나.

한림공원을 지날 무렵 또 부대끼는 수학여행 무리. 수학여행은 버스에 아이들을 잔뜩 싣고 점에서 점으로 움직이기만 한다. 버스는 다들 빨리 달린다. 느긋하게 달리면서 버스길 따라 길 둘레 마을을 느끼도록 마음쓰지 않는다. 요즈음 관광버스는 창문을 열 수 없게 되어 있어서, 그나마 차로 움직이는 동안 마을 느낌을 살갗으로 느껴 볼 수도 없다. 안됐구나. 차에 탄 사람도, 차를 모는 사람도.

저녁거리를 생각하며 하나로마트를 찾다. 시골에서는 하나로마트를 찾아서 찬거리를 장만하면 좋다. 낯선 나들이꾼은 시골 저잣거리를 찾기 어렵고, 오일장 서는 때나 곳을 맞출 수 없으니. 동네 저잣거리를 느끼지 못하는 대목은 아쉽지만, 그렇게까지 하자면 한 주라는 시간으로는 어림없겠지. 장보기를 하는 동안 마을 구멍가게 앞에 마련된 긴 걸상에 앉아서 다리쉼을 하고 고샅길을 들여다본다.

오늘은 어디서 묵으려나. 달리다가 얼핏 여쭈어 보니, "달리는 만큼 달린 다음, 상황 봐서 알맞은 곳에서 묵으려고요." 하고 이야기해 준다. 그렇구나. 그러면 얼마쯤 달리면 좋으려나. 자전거 타기에 익숙하지 않은 분이 많아서 쉬엄쉬엄 달리면서 자주 쉬기는 하나, 이렇게 해도 힘들 테지. 오늘도 벌써 여섯 시간 넘게 달리고 있다. 어느덧 먼 하늘에는 노을이 지고 해도 떨어질 낌새. 잠깐 다리쉼을 하는 동안 길그림을 펼친다. 우리 빠르기라면, 앞으로 한 시간 반쯤 달려야 새 마을이 나온다. 지금은 차귀리. 어떻게 하면 좋을까. 더 달릴까 말까. 달릴 마음이면 더 달릴 수도 있다.

모르는 일이니 선생님 한 분은 차귀리에 있는 몇 군데 여관에서 방삯을 알아보기로 하고, 나는 고개 넘어까지 좀 달려 보기로. 십 분 남짓 씽 달려 보는데, 왼쪽으로는 밭과 숲, 오른쪽으로는 바다만. 더 달려서는 안 되겠구나싶은 생각. 여기에서 하루 묵는 편이 나을 듯. 모두들 많이 지치기도 했을 테고 빨래도 하고 밥도 해 먹고 쉬기도 하고, 오늘 하루를 돌아보는 이야기도 나누고 내일 하루는 무엇을 하며 달릴지도 생각해야 하니.

방을 두 칸 잡다. 내 자전거는 접어서 문가에 들여놓고 다른 자전거는 바깥에 묶다. 쌀을 씻어서 안치고 저녁을 마련하는 동안 번갈아 씻고 빨래를 하다. 방에 둘러앉아 함께 저녁을 먹고 이야기를 나누다. 바람을 맞지 않는 곳에서 밥을 해서 먹으니 좋구나.

5월 3일

06:30 - 일어나서 아침 준비. 10:15~10:52 - 자전거 정비 조금 하기, 체인 닦기 10:57 - 길 떠남. 11:46 - 일과리 지남. 12:34 - 바닷가에서 잠깐 쉼. 13:13 - 마을로 접어들어서 시골길 지남. 말농장 지나감. 13:52 - 산방산이 보이는 곳에서 밥을 해 먹음. 16:06 - 다시 길 떠남. 산방산 넘음. 16:58 - 마을 느티나무에서 잠깐 쉼. 17:16 - 끊임없이 나오는 오르막 앞에서 모두들 힘들어함. (화순리에 접어든 뒤 하나로마트에 들러 장보기)17:40 - 언덕길에서 잠깐 쉼. 18:01 - 예래초등학교 앞 갈림길 18:23 - 중문관광단지 지남.19:18 - 길 잘못 들어서 컨벤션센터 지나는 오르막 거쳐서 다시 돌아 내려옴. (밤길을 달리게 되어 모두들 자전거나 가방에 불을 달고 달림) 21:15 - 서귀포시로 접어들어 〈태공각모텔〉에 들어감.

새벽에 일어나서 쌀을 씻고 아침을 한다. 어린 친구들은 아직 꿈나라. 먼저 일어난 사람이 아침을 차리면 될 테지. 어젯밤 이야기를 나눌 때, 첫날 계획보다 덜 달렸다고, 오늘은 서귀포까지 달려야 만

나기로 한 분과 시간을 맞출 수 있다고 한다. 하루 달려 보았으니 오늘은 자전거도 조금은 익숙해졌을 테고, 어제보다는 조금 빨리 달리기로 한다.

떠나기 앞서 자전거 청소. 어제 경보 친구 자전거는 손잡이 나사가 풀렸고, 다른 분들 자전거도 기어가 제대로 안 먹었다. 오늘은 어제보다 멀리 많이 달려야 하는 만큼 모르는 일이기 때문에 기어와 체인에 낀 기름때를 벗긴다. 처음에는 조금 벗겨 주면 되겠거니 했는데, 아니다. 기름때가 장난이 아니다. 기름때를 한 번도 벗긴 적이 없을까? 때 벗기는 데에 사십 분 가까이 들다. 히유.

날씨가 맑다. 해가 난다. 아침에 길을 나설 때는 바람막이를 걸치던 친구들과 선생님들 모두 반소매 차림이 되다. 바닷물이 참 파랗다. 이 파란 바닷물에 풍덩 뛰어들며 쉬었다 가도 좋겠다. 다음번에 혼자 떠날 때는 그러자. 이번은 다 함께 자전거로 제주섬을 한 바퀴 도는 데에 뜻이 있으니까. 바닷가 찻길 가에는 사람들이 바닷말을 건져서 말려 놓고 있다. 자전거꾼한테는 자전거 나들이 하는 길섶일 테지만, 마을사람들한테는 뜨뜻하고 해 잘 드는 좋은 말림터가 되겠지.

어제에 이어 오늘도 생각해 본다. 바다를 보며 달리는 길은 좋지만, 물결이 넘어오지 못하도록 막아 놓았기 때문에, 모래밭 모래는 한 번 쓸려 가면 다시 돌아오지 못한다. 바닷가 모래밭은 쓸려 갔다가 다시 돌아오기를 되풀이하면서 이루어진다. 지금 서해 모래밭은 온통 길을 닦고 방조제를 쌓아서 모래가 쓸려 가기만 하고 돌아오지 못한다. 제주도 마찬가지다. 그렇지만 이 바닷가 찻길을 허물고 새로 깔자고 생각하는 사람은 없겠지. 모래 사 오는 값이 찻길 새로 닦는 값보다 적게 든다고 생각할 테니까. 보기는 참 좋고 바람도 아주 좋으나 마음은 더없이 무겁다.

되도록 바다를 끼고 달리는 길을 가려고 하다가 막힌 길이 나와 돌아간다. 어느 시골길로 접어들다. 길그림에는 제대로 나오지 않은 길. 조그마한 시골길까지 길그림책에 싣지는 않겠지. 농사일 하는 마을사람을 스쳐 지나고, 말농장에 풀어 놓은 말도 바로 옆에서 바라본다.

시골길을 빠져나오자마자 펼쳐지는 드넓은 모래밭과 바다. 지금까지 달리면서 보아 온 바다하고 사뭇 다르다. 조금씩 오르막으로 달려왔는데, 이번에는 길게 이어지는 내리막. 모두들 소리를 지르며 달려 내려간다. 산방산이 보이는 곳에서 멈추다. 마을에 들어섰기에, 물을 얻을 수 있는 자리를 하나 찾아서 밥을 해 먹다. 마을 할머니와 어린아이가 우리들 밥먹는 곳 옆에서 해바라기를 한다. 할머니는 아이 다리에 새끼줄을 묶고 당신 허리에도 묶어 놓았다. 깜빡 낮잠이라도 들면 아이가 멀리 갈까 봐 그렇게 하셨을까.

산방산. 높이는 그다지 안 높아도 비탈이 제법 가파르다. 나는 기어가 없는 자전거이기 때문에 벨트가 끊어질까 봐 가운데쯤에서 멈추다. 모두들 자전거에서 내려 끌고 오르다. 산방산 꼭대기에 올라 잠깐 다리쉼. 차소리가 끊어진 뒤에 들려오는 나지막한 새소리를 듣다.

마을 느티나무가 보여 자전거를 세워 놓고 땀을 들이다. 제법 무

덥다. 끊임없이 이어지는 오르막. 오르막에서는 뒷사람 빠르기에 맞추어 천천히 달리기가 훨씬 버겁다. 하지만 그만큼 운동이 잘 되겠지. 모두들 죽는 얼굴을 하고 있다. 첫 자전거 나들이가 이만큼이니 얼마나 힘이 들까.

바다를 보며 달리는 길이면 그나마 나을 테지만, 한동안 여느 국도로 달려야 하기 때문에 큰차와 버스가 싱싱 지나친다. 공사하는 길도 있다. 대열이 자꾸 벌어진다. 화순리 하나로마트에 들르다. 저녁 반찬거리를 장만하다.

해가 떨어질락말락. 이러다가 너무 늦어질까 싶어서 섬 안쪽 국도로 달려 볼까 했으나, 〈민들레사랑방〉 선생님이, '이번 여행은 어린 친구들이 세상 경험도 쌓고 일부러 고생을 하자고 달리는 길인 만큼, 돌아가더라도 바닷가 길 쪽으로 달리자' 고 해서, 좀더 돌아가는 길로 달리다.

해가 떨어진다. 맨 앞에 서는 내 자전거, 가운데쯤에 달리는 자전거, 끄트머리에 달리는 자전거 두 대, 이렇게 넉 대에 뒷등을 달다. 모든 자전거에 등을 달면 좋았으련만. 내 자전거에 다는 등불 말고 예비로 둘을 더 챙겨 왔지만, 한 사람 앞에 하나씩 돌아가도록 챙길 걸 그랬다. (나중에 제주섬을 다 돌고 느꼈지만, 예비주브를 잔뜩 챙기기보다, 앞등과 뒷등을 넉넉하게 챙기는 편이 나았다)

깜깜한 밤길. 어둡다. 참 어둡다. 거리등이 없다. 앞뒤로 달리는 차가 가끔 비춰 주는 불빛만 있다. 휙휙 스쳐 달리는 자동차가 거의 끊어진 어느 시골길. 조금 달리다가 풀벌레소리가 들려서 자전거를 슬쩍 멈춘다. 다리쉼도 하고, 친구들보고 하늘을 올려다보자고 말하

다. 자전거 불을 모두 끄고 하늘을 올려다본다. 별이 많구나.

밤길이기에 낮보다 빠르기를 늦추려 했는데, 외려 낮보다 조금 빠르게 달리게 된다. 낮에는 바다 구경도 하고 사람 구경도 하고 집 구경도 하면서 느긋하게 달릴 수 있었다면, 밤에는 '조금이라도 빨리 잠잘 곳을 찾아야 해' 하는 마음에다가, '조금이라도 마음을 놓았다가는 벼랑에서 떨어져서 물귀신이 될 수 있어' 하는 마음이 들어서일까. 모두들 조금도 뒤처지지 않고 잘 달려 준다. 덩달아 나도 슬쩍 빠르기를 높여서 달린다. 거리등 없이 어둡지만, 자전거 불에만 기대어 달리는 시골길도 꽤 좋다. 일부러 고생한다더니, 이런 고생은 여러 번, 아니 늘 해도 좋겠네.

서귀포 시내. 드디어 서귀포. 미리 알아두었다는 모텔에 전화. 그 사이 나는 편의점에 들러 건전지를 사다. 건전지 값 무척 비싸다. 〈태공각모텔〉이라는 곳에 들어감. 부엌에서 밥을 자유롭게 먹을 수 있다. 괜찮다. 건물은 꽤나 오래되고 낡았다. 자전거 여행 하는 사람들이 자주 들른단다. 자전거 여행 하는 사람들은 되도록 값싼 방을 찾을 테니, 시내에서는 이곳에 자주 오는지 모르겠다. 하지만 굳이 시내로 와야 하지 않는다면, 시내에서 좀 떨어진 데에 있는 팬션이 한결 나을지 모르지(값을 헤아렸을 때). 모든 민박집이 값싸게 묵을 수 있는 곳만은 아니다. 친구들은 이곳을 썩 내켜하지 않는다. 그럴 만도 하다. 하지만 이런 여인숙(이름은 모텔이지만, 시설은 여인숙)에서 묵어도 좋지 않은가.

하루 평가를 한다. 한참 이야기를 듣다가 어느새 곯아떨어지다.

대안학교 선생님과 친구들 사이에 여러 가지 말이 오가는 듯하다. 이럴 때에는 그냥 잠들어 버리는 편이 낫겠지. 그리고 내 몸이 꽤 무겁다. 길앞잡이를 잘하자면 푹 자야 돼. 아무렴. 평가 이야기를 못 나누는 만큼 새벽 일찍 일어나서 내가 아침 준비를 하면 되겠지.

5월 4일

09:15 - 모두들 늦게 일어남. 아침도 늦게 먹고 떠나는 시간도 늦어짐. 11:00 - 길 떠남. 11:15 - 동문로터리 자전거집에 들름. 하지만 바가지 씌운다고 느껴 다른 곳으로. (영도 자전거 짐받이가 부러져서 새로 달고 기어 손봄) 12:05 - 자전거 정비 마치고 다시 떠남. 12:18 - 정방폭포 들름. 12:51 - 다시 길 떠남. 13:35 - 잠깐 쉼. 쇠소깍다리 건넘. 13:55 - 마을로 들어갔는데 길이 나오지 않아서 오던 길 다시 돌아가기로. 14:02 - 남원읍. 14:15 - 위미1리로 들어감. (위미 하나로마트에서 귤 얻어먹음) 15:20 - 밥 해 먹음. 남원읍 둘레 바닷가에서. 17:37 - 토산리 접어듦. 18:18 - 해비치리조트에서 잠깐 쉼. 19:06 - 신산리 닿음. 19:40 - 들살이학교 닿음.

일찍 일어나서 이것저것 챙겨 보지만 모두들 일어날 낌새를 보이지 않는다. 이거 뭐, 안 되겠군. 책을 조금 읽다가 나도 다시 드러눕다. 다시 일어나서 씻고 내 짐을 챙기고 청소도 좀 해 둔다.

다들 늦게 일어났다. 어제 하루는 몹시 고되었구나. 게다가 늦게 자기까지 했으니. 오늘은 자전거 달리기가 꽤 힘들지 모르겠군. 영도 친구 자전거 짐받이가 부러져서 새로 달아야 한다. 처음 자전거 빌려 준 곳에 전화를 한다. 무어라무어라 말이 많다. 자전거 손질이며 안전도며 빵점이면서 무슨 말이 그렇게 많을까. 자전거 빌리는 곳을 잘못 알아보았구나 싶다.

자전거집을 찾아나서다. 동문로터리에서 한 곳을 찾아가다. 우리가 바라는 손질은 안 된단다. 그러면서 하는 말이, "길에다 그렇게 자전거 세워 두면 우리 장사 안 되니까 어서 비켜요." 자전거 손질을 받고 일삯을 안 주겠다고 했던가. 자전거집 아저씨한테 아침부터 무슨 안 좋은 일이라도 있는가. 어이하여 우리한테 화풀이를 할까. 더욱이 가게 앞 길은 가게에서 산 땅도 아니잖은가. 가게 옆에 우리들이 서 있는 것도 못마땅해 한다. 한바탕 쏘아 주고 싶었으나 참고 돌아선다.

멀지 않은 곳에서 다른 자전거집을 찾다. 이곳은 앞선 곳과 달리 이것저것 잘 살펴봐 준다. "어떻게 이런 자전거를 빌려 주며 타라고 하나?" 하는 이야기. 자전거집 사람이 보아도 말썽 많은 자전거들. 기어를 맞춰 봐 준다고 하지만, 영 말을 듣지 않는다. 워낙 오래도록 막 굴려먹은 터라 손질조차 안 된다. 일삯을 따로 안 받으려고 하시기에 자전거 뒷등을 하나 사다.

어제 그제 달린 고단함을 조금이나마 풀면 좋겠다는 생각, 또 폭포 구경을 하면 좋겠다는 생각으로 정방폭포에 들어가서 쉬다. 제주섬 길그림을 하나 얻다. 진작 이런 길그림을 얻었으면 좋으련만.

쇠소깍다리에서 잠깐 쉼. 이번에도 되도록 마을 안쪽 또는 바닷가를 끼는 길을 찾으려고 했다가 막다른 길을 만나다. 삼십 분 남짓 거친 길을 들어가는데 마을길이 끝나며 나오는 풀숲길. 어쩔 수 있

나. 돌아나와야지. 잠깐 동안 큰길로 달리다.

위미리 하나로마트. 이곳에서 일하는 아주머니, 또는 누님들이 우리를 대견스럽게 생각하며 제주귤을 선물로 안겨주다. 우리 친구들이 집으로 돌아간 뒤에도, 자기 사는 동네에서 마주할 낯선 이한테 마음을 열며 물 한 잔, 또는 귤 한 알을 나누어 주는 마음을 이어갈 수 있으면 좋겠다. 길가 나무 그늘에서 다리쉼을 하며 숨을 돌리다.

남원읍. 밥해 먹기. 여느 때처럼 마을 분들 집을 찾아가 물을 얻는다. 거센 바닷바람을 느낀다. 살이 아주 잘 익는다. 살타기를 꺼려 긴소매를 입고 달려도 나쁘지 않을 듯. 하지만 나는 살이 타건 말건 아랑곳하지 않는다. 옷을 걸친 자리하고 신 걸친 자리 빼놓고는 검붉게 탄다.

오늘은 제주섬에 있는 작은 대안학교인 〈들살이학교〉로. 달리는 거리는 어제나 그제보다 한참 짧다. 아침에 늦잠들 자고 길을 나섰고 이래저래 길에서 적잖은 시간을 보냈으나 저녁 여덟 시가 안 되어 닿다. 고즈넉한 마을 복판에 자리한 조그마한 대안학교. 분위기가 좋다. 이곳 선생님한테 여러 가지 이야기를 듣고, 따순 방에서 느긋하게 잠들다.

5월 5일

08:22 - 밥 끓임. 아직 아무도 안 일어났을 무렵. 09:15 - 일어나서 함께 밥 먹음. 11:14 - 김영갑갤러리(두모악)로 차를 얻어타고 함께 찾아감. 12:39 - 들살이학교로 돌아옴. 12:49 - 다시 자전거로 길 떠남. 13:09 - 짐이 풀려 다시

묶고 달림. 13:35 - 신양리 접어듦. 섭지코지 들머리. 13:52 - 섭지코지 닿음. 올인하우스 옆 지나감. 14:42 - 섭지코지에서 나옴. 15:01 - 성산리 들어섬. 15:15 - 성산항 닿음. (풍랑주의보 내려서 우도에 들어가지 않기로 함) 15:42 - 성산항에서 만장굴 쪽으로 달림. 15:49 - 북제주군으로 넘어옴. 16:15 - 하도리 지남. 16:33 - 석다원 둘레 닿음. 밥 먹으려고 쉼. 군부대에서 물을 얻어옴. 17:40 - 다시 길 떠남. 18:01 - 1112도로 삼거리. 18:09 - 한동초등학교. 18:40 - 김녕해수욕장까지 옴. 다시 월정리 쪽으로 돌아가기로. 19:15 - 월정리로 돌아가 겨우 민박집 얻음.

아침에 일찍 일어나는 친구들은 없다. 잠이 모자랄 테지. 생각해 보면 나도 친구들 나이 때 잠이 많지 않았을까? 음, 글쎄. 아닌 듯도 하다. 내가 친구들 나이였을 때에는 신문배달 하면서 사느라 새벽잠이 없었지. 지금도 그렇고. 혼자서 심심하기에 책을 읽다. 어제 하루 동안 달린 길을 곰곰이 되씹는다. 길에서 마을 아이들을 얼마 마주치지 못했다. 아이들이 골목길에서 뛰놀 시간이 아닌 때에 움직여서 그럴지 모르지만, 참말 아이들 구경이 어렵다. 이제는 골목길에서 뛰노는 아이들이 없기 때문일까. 제주섬에도 어린아이들이 바깥 큰도시로 빠져나가기 때문일까.

노트북을 켜다. 이곳에서는 인터넷을 쓸 수 있기에. 그렇지만 여태껏 노트북을 켜 본 일이 없다. 애써 들고 왔건만. 저녁에는 밥하고 씻고 쉬고 평가 이야기 나누느라 바쁘기도 하지만, 몸이 고단하여 조금이라도 더 자고 싶어서. 부엌에 들어가 아침 준비를 거들다. 친구들이 하나둘 일어난다. 함께 밥을 먹다.

김영갑갤러리 두모악으로 다 함께 움직이다. 〈들살이학교〉 선생님이 큰차로 한꺼번에 태워 주다. "자전거로 오가도 되는데……" 하고 말은 했지만, 나 말고 다른 이들이 걱정스러워서 자전거로는 못 다녀오겠더라. 아마, 자전거로 한 시간도 더 달려야 하지싶었다.

김영갑 선생님 사진을 책이 아닌 인화지에 담아낸 큰 사진으로 보니 느낌이 사뭇 다르다. 핑그르르, 눈물방울이 맺힌다. 아무도 없는 자리에 혼자 조용히 서서 흐르는 눈물을 그대로 둔 채 사진을 바라본다.

낮밥까지 신세를 지고 다시 달린다. 짐받이 끈이 풀린 친구가 있어서, 잠깐 다리쉼을 하며 단단히 끈을 동여맨다.

섭지코지. 이곳에서 무슨 연속극을 찍었다고 하던가. 고등학교 수학여행 온 아이들 버스, 무슨무슨 단체에서 온 버스…… 따로따로 자가용 끌고 오는 사람들…… 장난이 아니로구나. 바글바글한 이곳. 이런 곳이 관광지겠지. 연속극이 아니었어도 참으로 좋은 곳이었을 텐데.

제주 바닷물은 북쪽 서쪽 남쪽 모두 맑고 파랗다. 이 맑고 파란 물에서 살아가는 물고기들은 모두 싱싱하고 튼튼하겠지. 그렇다면, 맑지 않고 파랗지 않은 하늘 밑에서 살아가는 이 나라 사람들 몸과 마음은 어떠할까. 신나게 달려 성산항으로. 성산항 닿을 무렵 하늘을 보았을 때 잔뜩 찌푸렸다. 바람은 얼마나 거칠게 불던가. 제주바람이려니 하기는 했는데, 우도로 들어가는 배는 없다고 한다. 풍랑주의보 때문에 들어갈 수 없다고. 경보 친구는 우도에 꼭 들어가 보

고 싶어했는데, 아주아주 아쉬워한다. "여러 날 못 나오더라도 우도에 들어가야 해." 하고 말할 만큼이니 얼마나 서운할까. 어떻게 하면 좋을까. 단출한 새참으로 배를 채우며 생각하다가 그냥 달려 보기로 한다. 만장굴 쪽으로 달린다. 경보 자전거 페달질이 가장 느리다.

석다원이라는 곳. 달리면서 마을을 지나갈 때 얼핏얼핏 가게를 살피니, 빵집으로 보이지 않는 여느 가게에 '보리빵' 파는 데가 많다. 보리빵, 보리빵, 보리빵. 어떤 빵이기에 마을마다 보리빵을 팔까. 한 번 먹어 보고 싶구나. 언제쯤 먹어 볼 수 있으려나. 이제 막 달리다가 보리빵 알림판을 만나면 멈출 수 없다. 어느 만큼 달린 뒤 쉴 즈음 보이면 좋을 텐데. 에구구.

군부대 옆. 바람 그을 데가 있어서 자전거를 멈추다. 무슨 물고기 잔뜩 기르고 있는 옆쪽. 군부대 보초한테 부탁하니 짬밥통 같은 큰 양철통에 물을 한 가득 채워 준다. 이번에는 라면을 끓여서 먹다.

김녕해수욕장. 모래밭에 까만 그물을 넓게 펼쳐 놓고 있다. 무얼까 싶었는데, 모래밭 모래가 바람에 날아가지 않게 막아 놓은 것이란다. 여기도 어쩔 수 없구나. 바닷가에 나무가 없고 찻길만 빙 둘러 놓았으니 어찌하겠나. 제주바람이 보통 센가. 이 모래밭 모래가 안 날아갈 수 있을까. 저렇게 해 놓고 성수기에만 살짝 열어 놓는다고 해 보았자, 모래가 얼마나 버틸까. 성수기 아닌 때에는 보기 나쁘게 까만 그물을 덮어 놓고 있으면, 비수기 때 오는 사람들은 무엇을 보라고? 무엇을 느끼라고? 비수기 때는 이곳 가게는 문을 닫아야 할까? 비수기 때에는 제주 모래밭을 찾아오지 말라고? 찾아오더라도 회집에만 가라고?

해수욕장 둘레면 묵을 곳이 많겠거니 했는데, 빈자리가 없단다. 오던 길을 돌아가 이 마을 저 마을 누비며 구멍가게마다 들어가 아주머니들한테 여쭙는다. 다들, '성수기 때만 열고 지금은 손님을 안 받는다' 는 손사래만. 어렵사리 월정리에서 민박집 하나 찾아서 아주머니한테 조르고 졸라서 방을 얻다. 한숨 돌리다. 저녁을 해 먹고 평가 자리를 연다. 나는 밥을 먹기 무섭게 곯아떨어진다.

5월 6일

07:30 - 경보, 일찍 일어나서 밥 준비. 11:10 - 비옷 챙겨입고 만장굴로 떠나기로 함. 11:25 - 만장굴 앞 삼거리. 비 거의 그침. 11:47 - 만장굴 닿음. 빗줄기 가늘어짐. 만장굴 구경. 13:14 - 다시 길 떠남. 13:39 - 김녕해수욕장 다시 옴. 바닷물에 들어가서 놀기. 14:31 - 다시 길 떠남. 15:09 - 혜숙 선생님 자전거 정비. 15:33 - 다시 길 떠남. 15:42 - 자전거 고치기. 영도 자전거 앞바퀴에 구멍 남. 16:03 - 다시 길 떠남. 16:43 - 함덕해수욕장. 17:00 - 신흥리. 17:23 - 조천읍. 17:30 - 조천읍에 있는 빵집에서 쑥빵 먹음. 17:47 - 빵 다 먹고 다시 떠남. 18:15 - 제주시 들머리. 18:27 - 제주민속박물관 옆 지남. 18:39 - 제주교대 지남. 19:15 - 〈자전거집〉 다시 닿음. 제주도 자전거 나들이 끝.

엊저녁 무슨 이야기들이 많았을까? 경보 친구가 아침 일찍 일어나서 밥 준비를 한다. 오늘은 아침부터 바삐 움직일 수 있는 날이겠군. 아니, 바삐 움직여야 하는 날이다. 오늘은 다시 제주시까지 들어가서 자전거를 돌려주어야 하니까.

그런데 웬걸. 어제 내린 풍랑주의보는 비바람을 이끌고 찾아와 철썩철썩 큰 물결을 일으킨다. 비를 맞으며 바닷가에 서서 물결 구경을 해 본다. 어떡해야 할까. 어떡하긴 뭘. 길을 나서야지. 하루 늦으면 자전거집에 물어야 하는 벌금이 얼마인데.

비에 젖지 않도록 비닐을 단단히 씌우고 비옷을 챙겨입다. 만장굴로 달린다. 후두둑 떨어지는 비를 맞으며 달리는 길. 음, 제주섬 나들이를 하는데 하루쯤 비님을 만나야 하지 않겠어?

아침에는 그리도 거친 비바람이더니 만장굴에 닿을 무렵 가늘어지는 빗줄기. 어라. 친구들과 함께 만장굴 구경을 마치고 밖으로 나오니 말끔하게 갠 하늘. 허허. 비가 왔었나 싶은 날씨. 비옷을 벗고 가방에 씌운 비닐을 벗기고 달린다. 비 갠 바람이 한결 시원하고 싱그럽다. 햇살도 그다지 뜨겁게 느껴지지 않고 딱 알맞다.

김녕해수욕장에 다시 닿다. 모래밭을 즐길 수 없는 해수욕장은 스치고 지나가 버릴까 했는데, 해수욕장이 끝난 옆으로 자그맣게 이루어져 있는 모래밭은 그냥 지나칠 수 없을 만큼 우리를 이끈다. "자전거 늦게 돌려주더라도 여기서 물에 들어갔다가 가요!" 하고 외치는 친구들. 좋다. 물에도 한 번 들어가야지. 자전거는 길가에 세우고 신을 벗고 물속으로 들어가 차가운 바닷물을 느낀다. 고요함. 고즈넉함.

〈민들레사랑방〉 혜숙 선생님 자전거에 말썽이 생겨서 손질을 하게 되다. 덕분에 다리쉼까지. 손질을 얼추 마치고 다시 달리는데, 이번에는 영도 친구 자전거 앞바퀴에 구멍이 났다. 구멍 때우기. 드디어 한 번 구멍이 나 주는구나.

조천. 이제 이 마을만 지나면 제주시이다. 〈민들레사랑방〉 선생님하고 이야기해서, 제주시 들어가기 앞서 여기에서 보리빵 사먹자고 이야기. 보리빵에다가 쑥빵을 사먹으며 쉬다. 조금만 더 달리면 '제주 한 바퀴 돌기'를 마치는 데다가 빵까지 먹어 배가 든든하니 친구들이 부쩍 힘을 낸다. 시내가 가까워질수록 자동차가 늘어나고 찻길도 넓어진다. 그동안 만나지 못한 신호등도 많다. 틈틈이 신호에 걸린다. 제주민속박물관 옆을 지난다. 꼭 가보고 싶은 곳인데. 나 혼자가 아니기 때문에 갈 수는 없다. 제주교대를 지난다. 이제 거의 다 왔다. 제주에 처음 닿아 〈민들레사랑방〉 친구들이 자전거를 빌린 ㅌ에 이르다. 짐받이에 묶은 가방을 풀고 자전거를 돌려주다. ㅌ 자전거집은 우리가 돌려주는 자전거를 살펴보지 않고 헛간에 집어넣는다. 헉! 설마 여태까지 이렇게 자전거를 다뤄 왔을까? 돌려받은 자전거가 어떠한지 하나하나 살피고 손질이라도 한 다음 넣어야 하지 않나?

제주시에서 잠잘 곳을 찾아야 한다. 어디로 가면 좋을까. 두리번두리번 헤매고 또 헤맨다. 닷새 동안 자전거로 다니다가 두 다리로 걸어서 그런가. 움직임이 아주 굼뜨는 듯. 바람도 많이 불지, 어디로 가면 좋을지 모르겠지, 길 잃은 어린 양도 아니고 모두들 지친 얼굴. 시내이기 때문에 방값이 만만치 않다. 나한테 자전거가 있기에 먼저 씽하고 이 골목 저 골목 찾아다니며 방값을 묻기로. 번화가에서 두 골목쯤 안으로 들어가 있는 〈태경모텔〉이라는 곳에서 방 둘

주는 값으로 5만 원만 받겠다고 한다. 다른 집은 8만 원, 7만 원을 부르는 판. '고맙습니다' 인사를 하며 사람들을 불러 짐꾸러미를 내려놓다. 차례차례 씻고 저녁 먹을 채비. 이제 자전거 나들이를 마치는가. 걸어서 5분 거리에 있는 이마트에 들러 페트맥주를 사다. 독일월드컵을 기린다며 사은품으로 유리잔을 둘 선물로 끼워준다. 오늘은 모처럼 밖에서 저녁을 사먹다. 회값 엄청 비싸다. 제주에서 회를 먹을 때는 이런 시내가 아니라 마을에서 해녀 분들이 갓 잡은 바닷것을 내놓는 데에서 먹어야 해.

5월 7일

저마다 움직임

혼자서 자전거 타고 다니기. 그래서, 친구들과 함께 움직이기로. 관광안내소에서 새 길그림을 하나 얻어서 이곳저곳 알아보다가 한라산까지는 갈 수 없고(아침에만 들어갈 수 있음을 나중에 앎), 가까운 데에 수목원이 있다고 하기에 걸어서 감. 나는 자전거를 끌고. 하지만 정작 닿아 보니, 이름은 수목원이지만 동네 공원 같은 느낌. 오름을 갔으면 좋았을 텐데 하는 이야기들. 다시 쫄래쫄래 걸어서 잠자는 곳으로 돌아가다. 친구들은 힘들어서 택시를 잡아타고, 나는 자전거를 타고 돌아오고.

5월 8일

한라산 오르기

08:45 - 택시 타고 시외버스터미널로 감. 09:35 - 산천단에서 버스에서 내림. 10:25 - 관음사 쪽 매표소에 닿음. 하지만 입산시간 지나서 못 들어감. 11:20 - 갈래길에서 뒤에 처진 사람들 기다림. 12:20 - 충혼각 앞에서 지나가는 차 잡아타서 가기로. 12:35 - 어리목 닿음. 13:45 - 매표소에서 싸 온 밥 다 먹음. 13:52 - 산 오르기. 15:05 - 윗세오름 닿음 15:42 - 윗세오름에서 내려옴. 16:40 - 영실 쪽에 다 내려옴 18:45 - 모두 움직이며 영실 매표소로 내려옴. 하지만 막차버스 놓침. 18:47 - 강원도에서 오신 분이 차를 돌려서 모두 큰 길에 실어다 날라 줌. 18:55 - 짐차 얻어 타기 성공. 19:02 - 구름 속으로 들어감. 19:04 - 제주시로 들어옴. 19:10 - 충혼묘지 지나감(아침에 차 잡아타던 곳) 19:11 - 해지는 모습 구경. 19:14 - 신비의 도로에서 내림. 제주시 쪽으로 걷다가 택시 잡아 타고 돌아옴.

오늘은 다 함께 한라산에 오르기로 한다. 친구들은 오늘도 늦잠. 부랴부랴 여덟 시 사십오 분에 길을 나서서 택시를 타고 시외버스터미널로. 산천단까지 버스를 타고 감. 관음사 쪽으로 부지런히 걸어감. 하지만 입산시간이 지나서 못 들어간다고. 허허. 그런데 표파는 곳 사람 말이, 한 사람이라도 먼저 와서 표를 샀다면 들어갈 수 있었단다. 뭐라고? 그러면 내가 먼저 닿아 기다리고 있을 때 표를 주든지? 공무원들 일처리가 이 모양인가? 어리목으로 돌아가면 낮까지 들어갈 수 있는 데가 있다고 알려준다. 참 고맙기도 하셔라. '그러면 그곳으로 어떻게 가야 하나요?' 하고 물으니 차를 타고 가란다. '차가 어디 있나요?' 하고 물으니, '어떻게 오셨어요?' 하고 되묻기에 '걸어왔습니다' 하니, '아, 네.' 하고 끝. 어찌하겠는가. 우리는 툴툴거리며 어리목이라는 데까지 걸어갈밖에.

모르는 일이기 때문에 걸음을 재게 놀린다. 거기서도 '늦어서 들어갈 수 없습니다' 하면 우린 그야말로 끝장이니까. 차 없이 두 다리로 걸어서 어찌 제주시로 돌아가나? 잰걸음으로 걸으면서도 길 둘레를 굽어보다. 빨리 걸어 보다가 느긋하게 걸어 보다가. 앞뒤에 아무도 없으면 혼자 소리높여 노래를 부르기도. 길가에 버려진 쓰레기를 보다. 이 쓰레기들은 자동차로 움직이는 사람들이 내다 버렸겠지. 이 길을 걷는 사람이 버렸을까?

어리목 표파는곳 닿음. 표를 사고 도시락을 먹다. 이즈음 고등학교 수학여행 관광버스가 빼곡하게 닿으며 아이들이 잔뜩 내리다. 저 아이들하고 섞인 채 걸어 올라가야 하나? 처음에는 〈민들레사랑방〉 선생님들과 친구들하고 함께 걸어 올라가다가, 한두 사람씩 뒤로 처지게 되면서, 먼저 윗세오름까지 올라가 보기로 한다. 수학여행 온 아이들이 재잘재잘 주고받는 이야기소리가 시끄럽게 들린다. 재잘재잘거리는 소리면 살갑게 와닿을 만도 하건만, 이 아이들 수다소리는 시끄럽게만 들린다. 아이들다운 싱그러움은 찾아보기 어렵고, 애늙은이다운 겉늙음과 핏기잃음만 보이기 때문일까. 조용히 산타기를 하고 싶어서 빨리빨리 올라가게 된다.

올라가는 길 곳곳에 빈 물병이 보인다. 처음에는 뭔가 싶었다. 윗세오름에 다 오르고 보니, 수학여행 온 아이들이 산길에 그냥 버린 물병들이다. 윗세오름 꼭대기에서는 교장선생이라는 사람이 마이크를 켜고 한참 동안 연설을 하신다. 저 소리를 듣고 있어야 하나? 저런 소리를 들으러, 저런 고등학교 아이들하고 부대끼러 이 산길을 올랐는가? 처진 무리가 올라오기를 기다리며 삼십 분쯤 앉아 있는 데에도 소식이 없다. 이러는 가운데 수학여행 온 무리들이 산밑으로 내려간다는 방송이 나온다. 아이구야. 올라올 때에도 지끈지끈 골때렸는데 내려갈 때에도 섞이라고? 안 되지, 안 될 말이지. 손전화를 해서 나 먼저 내려가겠다고 말한 뒤 후다닥 뛰어서 수학여행 무리를 앞지르다. 나 좀 조용히 살게 해 주소.

느긋느긋 한라산을 즐기고 싶었건만, 틈틈이 야호 야호 외치고 쓰레기 함부로 버리는 아이들과 부대끼는 동안 이마에 주름살만 늘어난다. 이 아이들을 어찌하면 좋겠습니까. 선생님들.

산밑으로 다 내려와서 먼저 자리 하나 잡아 놓는다. 나중을 생각해서. 아이들은 기념품집에서 얼음과자를 하나씩 사들더니 빈 껍데기는 아무 데나 버린다. 뭐 이런 놈들이 다 있나 싶어서 한 녀석한테, "야, 이거 네 거 아냐? 여기다 버려도 돼?" 하니까, 아무 말 없이 자기가 버린 빈 껍데기를 줍는다. 그러나 쓰레기통에 버리지 않는다. 자기 친구들 무리에 슬쩍 섞이더니 살그머니 딴 데다 버린다. 조금 늦게 닿은 이 학교 선생님을 붙잡고 이야기한다. "아이들이 휴게소에서 이렇게 쓰레기를 버리는데, 관광지에 있는 분들이 치울 수도 있지만, 쓰레기를 함부로 버리지 않도록 이야기를 하고, 지금 이 자리부터 치우라고 말씀하셔야 하지 않겠습니까?" 하고 여쭌다.

선생님 말씀이, "알고 있습니다."이지만, 이 말로 그칠 뿐, 아이들한테 아무런 주의도 이야기도 없다. 자기들도 기념품 가게에서 이것저것 사먹은 뒤 쓰레기를 제대로 안 치우고 떠난다. 그래, 그렇구나. 그 선생에 그 학생인가? 그 학생에 그 선생인가? 그나마 선생님 한 분은 큰 비닐봉지를 들고 다니면서 '다른 아이들이 버린 물병을 자기가 주울 수 있는 만큼 줍는 모습'을 보여주었다. 그분 한 사람을 보며 가슴을 쓸어내릴 뿐이다. 서울 ㅂ고등학교에서 수학여행을 온 이 아이들은 한라산까지 와서 무엇을 보았을까. 무엇을 느낄까.

이 학교 교장선생이라는 사람은 윗세오름 꼭대기에서 훈화랍시고, "학생 여러분 모두 내년에 치르는 수학능력시험에서 전국 1700등 안에 들어서 자기가 바라는 대학교에 합격하면 좋겠습니다." 하고 말했다. 서울에서 내로라 하는 고등학교일까? 이 학교 아이들은 대한민국에서 내로라 하는 대학교에 걱정없이 들어갈 수 있을까? 그러면 이 아이들은 뒷날 대학교에서 무엇을 어떻게 배울까? 대학교를 마친 뒤에는 어느 일터에서 어떤 마음으로 어떻게 일할까? 느즈막히 내려온 〈민들레사랑방〉 선생님과 친구들하고 버스 정류장 쪽으로 걷는다. 걷는 길에는 더 많은 쓰레기들이 보인다. 이 쓰레기들은 모두 조금 앞서 지나간 고등학생들이 버린 것. 높은 나뭇가지에 집어던져서 걸치게 된 얼음과자 봉지도 보인다. 사람쓰레기들, 몹쓸 사람쓰레기들……

제주시로 들어가는 막차버스가 떠났다. 끊겼다. 하. 하.

걷는다. 지친 얼굴로 걷는다. 둘씩 셋씩 흩어져서 걸으며 '지나가는 차 잡기'를 해 본다. 지나가는 차도 거의 없지만 다들 그냥 지나간다. 걷는다. 기운 빠진 얼굴로 걷는다. 그런데 우리를 스치고 지나갔던 차 한 대가 돌아온다. 강원도에서 오셨다는 분인데, '아무래도 젊은 사람들이 걱정되어서 돌아왔어요' 하면서, 우리를 네 사람씩 나누어서 큰길까지 태워다 주는 수고를 해 주신다. 눈물이 나도록 고마웠다. 연락처라도 남겨 주시면 나중에 보답이라도 할 텐데, 그냥 자기도 예전에 이 비슷한 일을 겪은 적이 있기 때문에 우리들을 도와준단다. 다시 한 번 눈물이 난다.

큰길에서 손을 흔들며 헤어진다. 아저씨가 차로 태워다 주는 동안 아주머니와 어린아이 둘은 큰길가에 서서 기다려 주었다. 이만큼 마음써주기란 보통 어려운 일이 아닌데. 또 한 번 눈물이 나도록 고맙다고 꾸벅 절을 한다. 하얀 차가 멀어진다.

그러나 여기에서도 버스는 없다. 어쨌든 제주시 쪽으로 걸어야 한다. 걷는다. 걸어가면서 또 둘씩 셋씩 찢어져서 '차 잡기'를 해 본다. 십 분 남짓 차가 안 잡히다가, 짐차 한 대가 멈추어 준다. "어디까지 가는데?" "제주 쪽으로 가면 돼요." "중간까지만 태워 줄게, 어서 타요!" "네! 얘들아, 타자!" 우리를 짐칸에 실은 짐차는 신나게 달린다. 오월도 지난 제주섬이지만, 짐칸에 실린 채 달리는 우리 몸은 얼어붙는다. 장갑도 없이 맨손으로 옆칸을 붙잡으며 달리는데, 더없이 시리면서도 좋다. 아주 끝내준다. 구름 속으로 들어갔다가 나오고 오르막을 헉헉헉 오르다가 신나게 내리막을 달리고. 이십 분쯤 달린 끝에 '신비의 도로'라는 곳에 닿다. 이제부터는 제주 시내까지 가깝지. 마음을 놓는다. 짐차로 신나게 달려서 이십 분 거리인데, 이 길을 우리가 걸었으면 새벽나절까지도 못 닿지 않았을까? 후후. 이번에는 셋씩 찢어져서 택시를 잡아타기로. 모두들 잠자는 곳으로 돌아간다. 오늘은 고기를 구워먹자고 웃음 띄우며 이야기.

모두들 이마트로 고기 사러 간다. 나는 혼자 빠져나와서 이도1동에 있는 헌책방 〈책밭서점〉을 찾아간다. 헐레벌떡 뛰어서 찾아가는데, 이제 막 문닫아야 할 때란다. 세 해 만에 찾아와 반가운 인사를 나누고, 새로 옮긴 이곳 사진을 몇 장 담는다. 오늘은 마침 어버이날. 〈책밭서점〉 둘째 따님이 아버지한테 드릴 꽃바구니를 들고 찾아온다. 올해가 고3이라고 하던가? 〈책밭서점〉 둘째 따님은 아버지가 하는 헌책방 일을 이어받고 싶어 한다. 그래서 대학교도 '고고미술학과'로 들어가려고 공부를 한다고. 부랴부랴 이 책 저 책도 구경하며 한 상자쯤 되는 책을 고른다. 제대로 훑지도 못하고 골라놓기만 먼저 하다. 골라둔 책은 나중에 보면 되니까.

책은 택배로 부쳐 달라고 부탁을 드리다. 아저씨는 책방 문을 닫고, '저녁이나 같이 하지요?' 하시기에, '네, 저도 좋습니다.' 하고 아저씨가 즐겨찾는 막회집으로 간다. 밥집에는 아주머니도 함께한다. 〈책밭서점〉 아주머니는 서울사람이란다. '제주에 와 보니 살기 좋아서 서울에서 여기까지 왔지요.' 하신다. 부럽다. 좋은 사람과 좋은 책과 좋은 자연과 좋은 이야기가 있으니, 또 먹을거리와 물도 몸에 맞으니 제주로 시집와서 살기 좋으시겠지. 막회집에서 소주잔을 기울이며 밥을 먹은 다음 자리를 옮겨 〈책밭〉 아저씨 댁으로 간다.

〈책밭〉 아저씨가 자랑하는 제주섬 지도판을 구경하다. 땅 높낮이에 따라서 종이로 만든 지도판. 울퉁불퉁 솟았다가 들어갔다가 하는 지도판. 이 지도판은 우리 나라에 하나만 있지 않을까. 〈책밭〉 아저씨는 이곳 제주에서 '제주 민속학' 연구를 하고 싶으시단다. 제주섬과 얽힌 자료를 이천 점 가까이 모아 놓으셨단다. 낮에는 농장을 꾸리고 밤에는 연구를 하는 꿈을 키우며 살림도 이끌고 딸아이도 돌보고. 이런 마음씀씀이로 살아가시니 아주머니도 즐거워하시고, 두 아이도 즐겁겠지. 나도 제주에 터 잡고 살 수 있으면 좋을 텐데. 〈책밭〉 아저씨 집에서 대접을 받다가 술이 떨어져서 밖으로 나와 가까운 맥주집에 들르다.

아저씨는 내일도 가게문을 열고 일을 하셔야 하는데, 나도 얼른 잠자는 곳으로 돌아가 〈민들레사랑방〉 친구들과 고기굽기를 즐겨야 하는데, 세 해 만에 만나 주고받는 이야기는 그치지 않는다. 새벽녘까지 이어지는 이야기. 아저씨도 나도 더는 시간을 끌 수 없다. 헤어지기 아쉬운 자리. 하지만 다음을 바라며 헤어져야 하는 자리. 택시를 타고 잠자는 곳으로 돌아온다. 모두들 잠들었다. 구석자리 조그맣게 빈틈이 있어 드러눕다.

5월 9일

08시 40분 배를 잡아 타려고 부지런히 제주항으로 감. 13:57 - 목포항에 닿음. 14:40 - KTX 타고 용산역으로 떠남. 17:38 - 용산역 닿음. 모두 집으로 돌아감.

모두들 늦잠을 잤다만, 서울로 돌아가는 배 시간에 늦으면 안 되기 때문에, 서둘러서 짐을 챙긴다. 아침은 나중에 먹기로 하고 부지런히 제주항으로. 목포까지 타고 가는 배에 자전거 싣는 일은 어렵지 않다. 흔들흔들 천천히 가는 배. 느릿느릿 배는 다섯 시간이 걸려서야 목포에 닿았다. 배에서는 모두들 쿨쿨쿨.

목포 시내를 둘러보지도 못한 채 기차역으로 간다. 기차를 타고 서울 용산역으로. 기차에서도 모두들 쿨쿨쿨. 자기에 바쁘다. 나도 잔다.

용산역. 어느덧 제주 나들이가 끝났나? 끝이 아닌 듯, 무언가 허전한 듯. 조촐하게 뒤풀이라도 하면 좋을 텐데, 〈민들레사랑방〉 친구들이 아직 어리기도 하여 하나둘 보내니 다들 집으로 가고 없다. 그럼 나는 어쩌나. 나는 어디로 갈까. 혼자 남은 용산역 너른터에서 잠깐 뻘쭘하게 선 채로 둘레를 둘러본다. 뉘엿뉘엿 해가 기울지만 용산역 둘레는 건물마다 내뿜는 불빛으로 밝다.

그래, 함께 떠난 여행이었어도, 돌아오면 모두 제 갈 길로 가야겠지. 나도 내 갈 길로 가자. 내 갈 길? 내 갈 길은 헌책방인가? 용산역 너른터 옆, '용사의집' 뒤편에 자리한 〈뿌리서점〉으로 간다. 한 시간 남짓 책을 구경하다가 너무 졸립고 고단해서, 자전거를 몰고 홍제동으로 달린다.

삼각지를 지나고 청파동을 지나고 서울역 앞을 지나서 교남동과 독립문을 지나 무악재. 무악재를 지나서 홍제동. 홍제동 구멍가게에서 페트맥주 두 병을 산다. 개미마을 언덕길에서 자전거를 내린다. 땀을 뻘뻘 흘리며 끌고 올라간다. 홍제동 선배 집에 닿다. 문을 벌컥 연다. 방에서 텔레비전을 보며 술을 마시고 있던 선배 세 사람이 "어? 종규 씨 왔어?" 하며 반긴다. 하아 하아. 내 쉴 곳이 서울에 아예 없지는 않구나. 이렇게 반겨 주는 형들도 있으니까. "하하, 살아서 왔습니다. 제주섬 한 바퀴 돌고."

6월 4일 자전거 만세, 충주 ↔ 서울

저녁 아홉 시, 음성군 생극면에 있는 시골 버스역에서 내린다. 고속버스 짐칸에 넣었던 자전거를 꺼내어 펼친다. 불이 제대로 들어오는지 살피고, 바퀴에 들어 있는 바람 세기, 자전거 손잡이 들을 한 번 살펴본 뒤 탄다. 짧은 거리를 타든 먼 거리를 타든, 자전거를 타기 앞서 꼭 이리저리 살펴본다. 조그마한 고장이나 문제가 있더라도 길에서 타다 보면 크게 다치거나 아슬아슬할 수 있기 때문이다.

어느덧 어두워졌고, 거리등이 거의 없는 시골은 더 어둡게 느껴진다. 오가는 차도 적고, 나처럼 자전거로 살림집으로 돌아가는 사람도 거의 없다. 모두 잠든 듯이 보이는 저녁길이다. 이 저녁 시골길을 자전거로 달리면 벌레들 우는 소리 하나하고 자전거가 바람을 가르는 소리 둘만 들린다.

앞등과 뒷등을 켜고 시골길을 달린다. 달리는 동안 앞쪽에서 반짝하고 지나가는 작은 것이 있다. 뭐지? 하고 잠깐 쳐다보려 하지만, 어두운 시골길을 달리다가 뒤를 돌아보면 자칫 논바닥에 자전거가 처박힐 수 있으니 고개를 돌리지 못한다. 그렇게 내처 달리면서 모두 열두 차례 반짝이는 것을 본다. 반딧불인가? 아, 내 사는 산속 살림집에서 더러 반딧불을 보는데, 여기에서도 그 반딧불을 보는 셈인가?

달린 지 십 분쯤 될 무렵부터 이마에서 땀이 줄줄 흘러내린다. 이번 서울 나들이에서 산 책은 제법 많아서 세 번 택배로 시골집으로 부쳤다. 그런데도 들고 갈 짐이 가방 가득이다. 자전거 짐받이에도 묶었는데 가방은 거의 터질 듯하다. 이번 책짐은 얼추 25킬로그램이 넘겠다 싶다. 그래, 이런 짐을 메고 신나게 자전거를 밟으니 금세 땀이 나고 이마에서도 땀이 물줄기처럼 흘러내리겠지.

톡 · 톡 · 톡 …… 턱까지 흐르는 땀은 방울이 지며 자전거로 떨어지고 길바닥으로 떨어진다. 사이사이 반짝이는 벌레가 스쳐 지나간다. 가끔 뒤에서 자동차가 지나가기도 하는데, 밤길을 달리는 자전거를 보고 멀찌감치 돌아서 지나가 준다. 뒤에서 시끄러이 경적을 울리며 자전거를 위협하는 운전수가 아무도 없다. 마음이 놓인다.

이렇게 달리는 동안 길가 무논에서는 개구리들이 신나게 운다. 왼쪽에서도, 오른쪽에서도 신나게 운다. 이곳 음성 — 충주도 모내기를 다 끝마쳤고 논마다 물이 가득 고여 있다. 개구리들은 알 낳기 좋고 올챙이 까기 좋고 무리지은 개구리들은 저녁이 되면 아주 목청높이 신나게 울기 좋겠지.

이웃마을 어귀를 하나 · 둘 · 셋 지난다. 오늘은 다른 날보다 페달 밟기가 힘들다. 아무래도 등에 짊어진 짐 때문이다. 그러나 그다지 먼 길을 달리는 셈이 아니라서 쉼 없이 달린다.

드디어 음성군 생극면을 지나 충주시 신니면 세거리 앞까지. 훅 훅 훅. 마지막 가쁜 숨을 몰아쉬며 휴게소 앞 언덕길을 오른다. 이 언덕길은 예전에는 땀 빼며 가까스로 올라가던 길이요, 한때는 자전거로 못 오르기도 하던 길이다. 그러나 이제는 기어가 없는 자전거를 타고도 그다지 어려움 없이 오르내리고 있다. 그동안 허벅지에 힘살이 많이 붙었다.

훅 훅 훅. 입으로도 숨을 쉬고 싶지만, 밤길에 불 켜고 달리는 자전거에 모여드는 날벌레 때문에 입은 꾹 다물고 코로만 숨을 쉰다.

야, 이제 다 올랐다. 주머니에서 손전화를 꺼내 열어 본다. 저녁 아홉 시 이십팔 분. 21분 걸렸군. 밤길이라 조금 천천히 달렸고, 짐 무게 때문에 힘들었다고는 하지만, 여느 때 낮에 달릴 때보다 많이 늦었다. 여느 때 낮에는 15~17분 걸린 길인데. 아무튼, 조금 더 빨리 달렸으면 어떻고, 조금 더 늦게 달렸으면 어떠랴. 이렇게 자전거로 내 갈 길을 달렸으면 그만이지. 찻길가에 잘 달라붙으며 조심조심 달렸고, 뒤에서 앞지르는 자동차들이 빵빵거리지 않고 지나갈 만큼 잘 달렸구나 싶기도 하고, 찻길을 달려오는 동안 개구리나 여러 벌레를 바퀴로 밟고 지나오지도 않았으니 됐다.

이제는 마을 들머리까지 죽 내리막이다. 시골 버스역에서 이곳, 못고개라고 하는 데까지는 비스듬한 오르막이었는데, 여기부터는 내리막이니 가볍게 달릴 수 있다. 여태까지 달리며 고단했던 몸이 확 풀린다. 다른 분들은 오르막을 썩 달갑게 여기지 않는 편이지만, 나는 이런 오르막을 즐긴다. 오르막을 오르면 내리막이 있기 마련. 내리막만 달리면 얼마나 좋으냐 말씀하는 분도 있지만, 오르막을 힘겹게 오른 뒤에 시원하고도 짜릿하게 내려가는 내리막이 참맛이지, 내리막만 내려간다면 아슬아슬하기만 할 뿐, 자전거 타는 맛은 안 난다.

마을 어귀에서 빠르기를 늦춘 뒤 다시 부지런히 페달을 밟는다. 어귀에서 굴다리 하나 지난 뒤 퍽 가파른 오르막길이 하나 있다. 그렇지만 이 오르막은 끝까지 못 간다. 아무래도 힘이 든다. 자전거에서

내려 숨을 몰아쉬며 끌고 오른다. 다시 내리막. 마을길에도 등불 하나 없다. 퍽 가파른 내리막이지만 빠르기를 늦추며 마을 어귀 집들을 다 지나가고, 집이 끝난 뒤 나오는 논길을 타고 살림집으로 간다. 논길을 달리면서도 자전거를 스치는 반짝이는 벌레를 본다. 그러다가 문득, 어, 왜 이렇게 많이 보이지? 반딧불이 이렇게 많았나? 반짝이는 벌레가 지나갈 때 찬찬히 들여다본다. 날개를 퍼덕이는 녀석이 보인다. 조금 넓은 논길이요, 앞에서 오는 차도 없고 하니 슬슬 달리

다가 뒤를 돌아본다. 아무것도 안 보인다. 아하, 이 반짝이던 벌레는 반딧불이 아닌가 보구나, 그냥 날벌레인데 불빛이 비치면서 잠깐 반짝하듯 보였을 뿐이겠구나 싶다. 그러면 찻길에서 본 그 반짝이던 벌레도 모두 ……

마을 어귀에서 10분쯤 달려 산속 살림집에 닿는다. 창고에 자전거를 들여놓고 짐받이에 묶은 책을 푼다. 자전거에서 내리고 보니 온몸에서 열이 후끈후끈 달아오른다. 책보따리를 들고 집으로 들어와 내려놓고 등과 가슴에 멘 가방 셋을 푼다. 몸이 아주 가뿐하다. 짐이 꽤 무거웠나 보다. 등이고 다리고 팔이고 얼굴이고 온통 땀투성이다. 가방을 멜 때는 몰랐는데, 벗고 나니 아주 덥다.

옷을 훌러덩 벗고 설거지대에 다리 한 짝씩 올려놓고 씻는다. 바닥에 떨어지는 물은 걸레로 닦는다. 샘가에 가서 멱이라도 감을까 싶지만, 배도 고프고 힘들기도 해서 다리와 등짝과 얼굴과 목만 씻는다.

푸아. 밥그릇에 물을 담아 거푸 마시고 방바닥에 드러눕는다. 오늘도 잘 달려서 왔구나 싶어 마음이 푹 놓인다. 지난주에 처음으로 충주에서 서울까지 자전거로 달렸는데, 다가오는 금요일에도 자전거로 서울까지 가 볼 생각이다. 저번에는 길을 좀 헤매느라 애먹었지만 이번에는 길을 헤매지 않고 끝까지 잘 달리고 싶다. 가방에는 깃발도 하나 매달 생각이다. "충주 ↔ 서울, 자전거 만세!"라고 몇 글자 적어 볼까 한다.

6월 5일 - 검정 고무신을 사러 장에 가다

자전거를 타고 음성 읍내로 나갔다. 내가 사는 시골집에서 음성읍을 다녀오자면 제법 비탈진 언덕을 넘어야 한다. 낮은 산이랄까? 달려 보니, 가는데 17분, 오는데 18분 걸린다. 다리힘을 좀더 기를 생각으로 웬만해서는 기어를 안 넣고 달리는데, 언덕 반쯤 오를 무렵이면 땀이 방울져서 뚝뚝 떨어진다.

이렇게 자전거로 음성읍에 나간 지난 5일이다. 장날인 줄 알았는데 아니었다. 5 · 10장이 아니라 2 · 7장인가 보다. 깜빡했다. 그래도 신발집에서 고무신을 살 수 있을까 싶어 읍내를 빙 돈다. 하지만 마땅한 신발집이 안 보인다. 몇 군데 있는 신발집은 이름난 상표가 붙은 신발만 있다. 드디어 한 집, 예전에 고무신을 산 적 있던 곳을 찾아서 들어간다. 그런데 검정고무신은 없다고 하네. 흰고무신과 보라고무신만 있단다. 신발집 사람은 '태화'에서 만들어 좋은 것이라고 얘기한다. 하지만 그분은 뭘 잘 모른다. 흰고무신, 보라고무신이 얼마나 금세 닳는지 모른다. 아마 그분은 고무신을 안 신고 다니니까 알 턱이 없겠지. 그냥 물건만 팔 테니까. 그렇지만 지금 신고 있는 내 검정고무신은 거의 다 닳아서 이거라도 사야 할 판이다.

한 켤레 값 5천 원! 아이고, 너무 비싸군. 장마당에서 파는 검정고무신은 3천 원인데. 더구나 두 켤레 사면 천 원을 빼 주기까지 하는데.

장날을 못 맞춰 온 나 자신을 탓하면서 투덜투덜 집으로 돌아간다. 요즘은 검정고무신 사기가 어려워서 한 다섯 켤레쯤 살 생각으로 나왔는데, 다섯 켤레는커녕 한 켤레도 못 사고 돌아가야 하니, 자전거 페달을 밟는 발이 무겁다.

문득 요즘 세상에 누가 고무신을 신겠냐 싶고, 더욱이 멋도 안 나는 검정고무신을 누가 신을까 하는 생각이 든다. 그래, 아무리 시골 신발집이라고 하지만, 요새 누구도 신으려 하지 않는 이런 고무신을 찾는 내가 잘못이겠구나 싶은 생각도 든다.

6월 7일 - 검정 고무신을 사다

장날, 다시 읍내에 나간다. 장마당 가게에서 3000원 주고 검정고무신 새로 산다. 킁킁킁! 캬! 타이어 냄새 물씬 나는 검정고무신! 참 반갑다. 어렵사리 장만한 검정고무신. 코에 갖다 대고 냄새도 맡고 주물럭주물럭 만지작만지작 한 뒤 가방에 넣는다. 이제 집으로 돌아가는 길은 아주 즐겁고 페달질도 가볍다. 언덕길 넘으며 떨어지는 땀방울도 시원하다고 느낀다.

6월 19일 - 서울에서 충주로 내려가기

6월 19일 월요일. 아침에 길을 나서려 했으나 몸이 고단하여 좀더 자기로 한다. 열 시쯤 일어난다. 이제는 밥을 먹고 부지런히 길을 나서야겠다고 생각한다. 이곳, 서울 홍제동에서 충주까지 가자면 넉넉히 여섯 시간을 잡아야 할 테니, 얼른 준비해야지.

찌개를 끓여 밥 한 그릇 비운 뒤, 뒷간에서 볼일도 본 뒤 짐을 꾸린다. 그런데 발바닥에 난 작은 생채기 하나가 걸린다. 발바닥 한복판에 어쩌다가 난 생채기에서 고름이 나온다. 아, 이걸 어쩌나. 고름이 딱지로 지면 좋을 텐데. 좀 기다려 볼까? 시간은 한 시를 넘고 두 시를 넘는다. 바야흐로 두 시 반. 아무래도 안 되겠구나 싶다. 반창고를 붙이고 그냥 달려야겠다 싶다.

자전거에 바람을 더 채워 넣고 짐도 단단히 묶는다. 오늘 짐은 얼추 22킬로그램 남짓. 퍽 무겁다고 하겠지만, 다른 때보다는 가벼운 책짐이다. 홍제동 헌책방을 더 들러서 책을 산 다음, 웬만한 책들은 택배로 부칠까 하는 생각도 들지만, 택배값 들일 것 뭐 있냐 싶어서, 그냥 이 짐을 고스란히 들처메고 달리기로 한다. 이만한 짐이야 늘 메고 다니는 짐이니, 가다가 힘들면 좀더 자주 쉬면 되겠지.

부랴부랴 길을 나선 때는 낮 세 시. 오늘은 시간을 재지 않고 그냥 달려 보기로 한다. 그동안 충주와 서울을 오갈 때 시간을 꼼꼼히 재보곤 했는데, 충주와 서울을 좀더 빨리 오가기보다는, 느긋하게 풍경도 구경하면서 다니는 편이 더 낫지 않겠느냐 싶다. 자전거 빨리 달리기 내기를 하는 것도 아니요, 자전거 선수가 될 생각도 없을 뿐 아니라, 빨리 달린다고 해서 더 나을 것이 없다. 몇 번 죽어라 달리면서 시간을 줄여 본다고 애쓰기도 했지만, 그렇게 죽어라 달리다 보니, 뒷꿈치 아킬레스건만 늘어나서 외려 여러 날 자전거도 못 타고 끙끙

앓기만 했다.

산중턱에 있는 집에서 가파른 언덕길을 조심조심 내려온 뒤 유진상가 앞 홍은고가차로에서 길을 꺾어서 무악재 쪽으로 간다. 햇볕이 퍽 따갑다. 더운 날이 되겠군. 짐도 잔뜩 짊어졌지 햇볕도 따갑지, 땀 한번 실컷 흘리겠다.

슥슥 나가는 자전거. 무악재를 거의 다 넘을 무렵, 갑작스레 내 앞에 끼어든 무쏘 자가용 하나가 길가에서 멈춘다. 무단정차군. 더구나 언덕을 낑낑대며 올라가는 자전거 앞으로 갑자기 끼어들어서 무단정차라니. 고운 말 바른 말을 쓰면서 착하게 살자는 다짐을 깨고야 만다. 자가용에 탄 사람은 내가 씨부렁거리는 말을 못 들었겠지.

언덕을 넘고 독립문 네거리. 독립문에 있는 헌책방 〈골목책방〉에 잠깐 들른다. 어제 이곳을 찾아왔을 때 산 《난장이 마을의 유리병정》(조세희,동서문화사,1979)을, 홍제동에서 나한테 잠자리를 내어준 분한테 선물로 드렸다. 마침 이 헌책방에 이 책이 여러 권 들어온 모습을 보았기에, 내가 읽을 책으로 하나 더 고르려고 들른다.

책 하나를 고른 뒤 다시 자전거에 탈 무렵, 헌책방 아주머니가 "이제 이 자전거 타고 어디로 가요?" 하고 묻는다. "충주에 가요." "엥? 요렇게 작은 자전거를 타고 충주까지 가? 아니, 얼마나 걸려요?" "뭐, 한 여섯 시간이면 가겠지요." "여섯 시간? 아이고나, 선이 아빠(헌책방 아저씨), 여기 이 꽁지머리 총각이 이 자전거를 타고 충주까지 여섯 시간 동안 달린대요."

하핫. 아이고, 아주머니도 참. 쑥스럽게 무슨 광고까지 …… 아주머니는 그렇게 책방 아저씨와 이야기를 하시더니, 옆에 있는 가게에 가서 찬 마실거리 하나를 사와서 나한테 건넨다. "자, 이거라도 마시고 가요. 힘들 텐데." "네? 이런 것 안 주셔도 괜찮은데요." "먼길을 가는데, 조심해서 가야지. 시원하게 마시고 가요."

헌책 하나 천 원에 샀는데, 천 원짜리 마실거리를 얻어 마신다. 참 미안하면서 고맙다. 아주머니가 건네준 마실거리는 한 모금만 들이킨 뒤 뚜껑을 닫고 사진기 가방에 넣는다. 벌써 다 마시면 너무 아쉬울 것 같아서다.

헌책방 아주머니한테 꾸벅 절을 한 뒤 다시 길을 나선다. 서대문로터리에서 서울역 쪽으로 들어서고, 삼각지와 용산을 지나 자전거길로 내려선다. 자전거길을 죽 달려 반포지구에서 잠깐 다리쉼을 한다.

얼굴을 찬물로 씻고 걸상에 앉아 숨을 돌린다. 조금 뒤, 내 옆에 앉아서 며느리하고 손주 둘하고 얘기도 하고 함께 놀고 계신 할아버지가 말을 건다. "이 자전거는 처음 보는 건데, 참 특이하게 생겼네. 이렇게 이렇게 접으면 차에도 들어가겠구만. 이 자전거는 얼마나 해요?" "중고로 30만 원 주고 샀어요." "어, 중고로 30이면 새 거는 50만 원쯤 가겠네."

나는 '스트라이다' 자전거를 즐겨 타는데, 이 자전거를 타고 다니면 이런 물음을 참 자주 듣는다. "값이 얼마냐?" "국산이냐 외제냐?" "바퀴가 작은데 잘 안 나가지 않느냐? 힘들지 않느냐?" 접어서 지하철을 타고 가노라면, "휠체어냐, 외발자전거냐?" "이상한 자전거다" 이러쿵저러쿵 ……

어떤 자전거를 타든 즐겁게 타면 좋은 일이고, 값이 싸든 비싸든 중요하지 않다. 자전거는 돈(자전거 값)으로 타는 녀석이 아니라 자기 삶으로 타는 녀석이며, 자기가 타고 다니려는 쓸모에 걸맞는 녀석을 골라서 제값 주고 사야 한다. 버스나 전철 같은 대중교통으로 갈아탈 때도 편리한 작고 잘 접히는 자전거가 좋다면, 내가 타는 '스트라이다'는 가장 알맞은 자전거라고 느낀다. 자전거를 타고 꼭 시속 40~50킬로미터를 달려야 하는 것이 아니며, 모양새 자랑하려고 타는 것도 아니다. 즐기면서 타는 자전거다. 한 시간을 달리든 두 시간을 달리든, 즐기면서 달리면 좋다. 나처럼 하루에 대여섯 시간은 아무렇지도 않게 자전거로 다니는 사람이라면, 안장을 좀 좋은 것(그만큼 비싸겠지만)으로 갈아서 탈 수 있다. 나는 주머니가 가벼워 좋은 안장으로 바꾸지 못하고, 처음 달린 안장을 그대로 쓰지만, 이렇게 타도 좋고, 돈을 모아서 좋은 안장을 마련할 수도 있다. 그런데 퍽 많은 분들은 이런 여러 가지를 거의 생각하지 않는 듯하다.

반포지구를 벗어나고 잠실에 이른 뒤, 탄천으로 꺾어 들어간다. 사람들 거의 없고 한갓져 보이는 자리에서 자전거를 세운 뒤 물 한 모금 마시고 큰숨을 들이킨다. 신을 벗고 발바닥에 밴 땀을 말리고 뒷꿈치를 주물럭주물럭 만져 준 뒤 다시 길을 나선다.

어느 만큼 달렸을까. 엉덩이가 자꾸만 아파온다. 등에 멘 짐 무게도 자꾸자꾸 무겁게 느껴진다. 어디에서 한 번 쉬어야겠는데, 마땅한 자리가 안 보인다. 사람들 없는 자리를 찾다가 우람한 느티나무가 서 있는 자리 하나가 눈에 뛴다. 예전에 충주에서 서울로 올라올 때 한 번 다리쉼을 했던 그 자리이다.

그 자리에는 할아버지 두 분이 쉬고 있지만, 아까처럼 번거롭게 하지는 않겠다 싶어서 한쪽 가에 자전거를 세우고 짐을 내려놓고, 긴 걸상에 올라 다리를 쭉 펴고 큰숨을 쉰다.

할아버지 두 분은 나이가 예순도 훌쩍 넘고, 어쩌면 일흔이 넘었는지도 모르는 분들이다. 어쩌다가 느티나무 그늘 밑에서 만나신 듯한데, 자전거 이야기꽃을 피우셨다. "저번에 자전거 함께 타는 사람들하고 큰차 한 대 빌려서 짐칸에 자전거를 싣고 강화도에 간 적 있어요. 거기에 자전거로 일주하는 도로가 있더라고요. 그 길을 세 번 돌았는데 참 좋았어요."

두 분은 처음 보는 사이 같았는데, 자전거를 이야깃감으로 삼아서 그런지, 마치 오랜 동무 같은 느낌이 난다. 그렇게 두 분이 즐겁게 얘기를 나누다가 슬쩍 나한테 눈길을 뻗치며, "젊은이가 탄 자전거가 꽤나 남달라 보이는데 …… " 하면서 말을 건다. 그렇지만 아까처럼 값이 어쩌니 뭐가 어쩌니 하는 물음이 아니다. 그래서 나도 마음문을 열고, 충주에서 서울로 자전거로 오간다고, 대여섯 시간쯤 걸리지만 즐겁게 다닌다고 대꾸한다. 할아버지 두 분은 "젊으니까 그렇게 다닐 수 있지. 나보다 두 살 아래인 친구가 있는데, 그 사람은 가끔 아랫쪽(남부 지방)에 내려가 20일 있다가 올라와. 자전거를 타고 그렇게 다닌다고." "자전거로 여행하면서 다닐 때에는 노인정에서도 자고 새마을회관에서도 자고 그랬지. 돈이 없으니까, 돈 없이 잘 수 있는 곳을 찾으면서." "자전거 뒤에 텐트도 가지고 다니면서 자기도 했잖아요." "아주 재미나게 사시네. 가는 길 조심하시고 즐겁게 타세요." 두 분끼리 또 도란도란 말씀하신다. 가만히 할아버지 말씀을 들으며, "할아버지들도 건강하게 잘 타셔요." 하고 얌전하게 말씀을 받는다.

다시 길을 나선다. 어느덧 분당으로 접어들었다. 길가 가로등이 아주 멋져 보이는 데가 나오는데, 같은 성남 하늘 아래라고 해도, 분당 쪽에 들어서면 가로등도 아주 멋스럽게 세워 놓아서 한눈에 알 수 있다고 한다. 한편 분당 쪽에는 자전거를 타고 오가면서 쉴 자리도 퍽 알뜰히 꾸며 놓았다. 그래, 나는 이 좋은 시설을 그냥 지나칠 수 없어서, 정자가 있는 곳에서 자전거를 세운 뒤 땀으로 얼룩진 얼굴을 씻고 잠깐 바람을 쐰다.

다시 길을 나선다. 이번에는 배가 고프다. 사실, 아까부터 배가 퍽 고팠으나 꾹 참으며 달렸다. 등에 진 짐도 짐이지만, 생각해 보니, 아침 열한 시에 밥을 먹은 뒤, 지금까지, 저녁 다섯 시를 넘기고 여섯 시가 다가오는 이때까지 물만 몇 모금 마셨을 뿐, 달리 먹은 것이 없다 보니 페달을 밟는 힘이 나지 않는다.

그래도 꾹 참고 달린다. 백궁, 정자, 미금, 오리. 아무래도 이 몸으로는 충주까지 가기 어렵겠다 싶다. 안 되겠군. 하는 수 없지. 오늘은 용인에 있는 부모님 집 신세를 져야겠구나. 부모님 집에 찾아가 본 지도 오래되었으니 인사도 하고, 몸도 쉬고 그래야겠구나. 어머니한테 전화를 하고 멋쩍게 "오늘 자러 가도 될까요?" 하고 여쭙는다. "또 자전거 타고 가냐? 그 먼길을? 이 더위에? 그래, 어서 와라. 밥해 놓을게."

어머니 한 마디에 힘을 더 내어 페달을 밟는다. 이제 더 페달 밟을 힘도 안 나지만, 영차영차 속으로 되뇌면서 내대지마을이라는 아파

트숲 한가운데로 들어온다.

7월 26일 – 내 자전거 경력

예전에 신문배달을 하며 자전거를 탈 때에도, 날마다 자전거를 하나하나 알아갔다. 가난한 신문사에서 내는 신문을 돌렸기 때문에, 자전거는 늘 신문사 지국 사람들이 알아서 고쳐야 했고, 헌 자전거에 신문덩이를 무겁게 이고 다니다 보면 한 주에 한 번씩은 구멍이 나서 때워야 하기 마련이었다. 그때나 이제나(10년 앞서) 자전거집에서 구멍 때우는 값은 비슷한데(4천~5천 원), 두 번 때울 돈이면 자전거 구멍 때우는 장비를 사서 손수 때우면 된다(스무 번까지도 때울 수 있으니)는 것을 배웠다. 뭐, 구멍 때우기는 초등학교 다닐 때에도 배웠고, 그때도 집에 구멍 때우는 장비가 있었지만, 몇 번 해 보지 않았기 때문에 손에 그다지 익지 않았다. 신문배달 자전거를 타며 아주 질리도록 이 일을 익혔다. 또한, 길바닥에 떨어져 있는 것을 꼼꼼히 살피게 되었으며, 자잘한 압정이나 깨진 병조각을 요리조리 비껴 달려야 하는 것도 익혔다.

이때 뺑소니 사고를 한 차례 겪으며 자전거 휠이 찌그러질 수 있음을 알았고, 지국장님이 손수 휘어진 휠을 펴는 것을 보며, 찌그러진 자전거도 저렇게 고칠 수 있구나 하는 것을 새삼 느꼈다. 짐을 많이 싣다 보니 바구니도 튼튼해야 하기 때문에, 바구니를 키우고 이래저래 끈으로 단단히 조이는 방법도 자연스레 알게 되었다. 짐을 묶을 때에는 '너무 구멍이 많이 나서 더는 때울 수 없는' 튜브를 반으로 갈라서 묶어 쓰면 가장 좋다는 것도 알았다. 헌 튜브로 짐받이 끈을 쓰면 '보기에 나쁘거나 시골스럽거나 후져 보인다'는 소리를 흔히 듣지만, 이보다 좋은 짐받이끈이란 없다고 느낀다. 짐자전거는 짐자전거대로 멋이 있고, 산악자전거는 산악자전거대로 멋이 있잖은가. 신문배달을 하면서 버려진 산악자전거(유사MTB)를 한 대 주은 일 있는데, 이 녀석을 여러 날에 걸쳐서 손보고 구멍 때우고 뭐 맞추고 하면서 타기도 했으나, 짐을 싣기에 너무 나빠서, 지국에 있는 다른 형한테 넘기기도 했다. 만화 《내 마음속의 자전거》를 보면 (아마 1권이었지 싶은데), 신문사 지국 딸내미가 짐자전거를 새롭게 깨닫는 대목이 나오는데, 나는 그 이야기를 보며 눈물을 흘렸다.

아무튼 신문배달을 그만두고 나서 세 해 뒤, 처음으로 내 돈 주고 자전거 한 대 장만했다. 그때 그 감격스러움이란!

기어 달린 자전거로 장만했는데, 기어 쓰는 자전거는 처음이라 몸을 맞추기가 참 까다로웠다. 처음 타는 기어 자전거였으니 이래저래 손볼 데가 많았으나(흔히 말하는 '세팅'), 이런 것은 하나도 몰랐기에 체인이 자주 빠져도 왜 그런지 몰랐고, 빠진 체인 다시 끼우기를 놓고도 한참 씨름했다. 나중에야 기어 자전거 체인 끼우기가 얼마나 쉬운가를 알았지만.

이 자전거로 신나게 다니다가 서울을 떠나 시골로 일할 곳을 옮기게 되었고, 서울과 시골을 오가면서 덩치 큰 자전거는 하루하루 멀어지게 되었다. 이러는 가운데 자연스럽게 바퀴작은자전거를 알았고, 예전 자전거 값보다 곱절이나 돈을 들여서 한 대를 뽑은 뒤로는 고속버스 짐칸에 싣고 끝없이 달리고 또 달리고 했다. 이때 얼마나 신나게 달렸는지 반 해도 채 되지 않았으나 바퀴가 다 닳아 새것으로 갈았고, 브레이크슈도 갈았다. 브레이크슈는 한 해쯤 될 무렵 한 번 더 갈았는데, 이 녀석을 따로 사서 손수 붙이면 자전거집에 맡길 때보다 값이 1/3이나 1/2밖에 안 됨을 알았다. 부품을 사서 손수 갈아 보니 뜻밖에도 퍽 쉬웠다. 브레이크줄이나 다른 중요 부품 가운데에도 값이 얼마 안 하는 것이 많음을 알고, 고장난 채로 그냥 다녀서는 안 되는구나 하고 느끼기도 하고(사실, 돈 걱정 때문에 고장난 부품을 그냥 달고 다니기도 했다), 앞등-뒷등-뒷거울이 얼마나 싸구려로 안 튼튼하게 만들어지는가도 느꼈다.

그 뒤로 타게 된 자전거가 험머, 그 뒤로는 스트라이다. 이렇게 다른 자전거도 하나하나 타면서, 또 험머 자전거 체인도 끊어먹으면서 자전거집에 들르는 날은 끊이지 않는다. 자전거집 아저씨는 '자주 찾아오기는 하지만, 딱히 매상을 올려주지도 않는 손님'인 나한테 거의 거저로 정비를 보아 주었고, "다 가르쳐 주면 난 장사 어떻게 해요?" 하고 너스레를 떨면서도 "나중에는 안 오셔도 되고, 이렇게 저렇게 손보면 돼요." 하면서 '가르쳐 주면 안 되는데" 하던 것도 차근차근 가르쳐 주었다. 체인 튀는 것을 맞추던 날, 저녁에 바로 체인이 끊어졌다. 이튿날 자전거집에 연락했더니 "그때 아무래도 새것으로 갈아야 한다고 생각했는데, 그러면 돈이 드니까 미안해서 두 군데만 잘라서 바꿨는데, 그냥 새것으로 갈 것을 그랬어요." 하면서, 외려 나보고 미안하다고 거듭 얘기하시고, 내 자전거를 실으러 차를 몰고 찾아와 주셨다. 다음에 또 체인이 끊어지면 내가 손수 체인을 갈고 맞추는 방법도 가르쳐 주고, 장비도 하나 그냥 주셨다.

어제와 그제는 시골집에서 자전거 청소를 부지런히 한 다음, 읍내로 마실을 다녀왔다. 돌아오는 길에 뒷바퀴에 자꾸 무언가 걸린다는 느낌이 들어서, 자전거를 내려서 살펴보니, 튜브 바람넣는 쪽 옆으로 바퀴가 밀려나와 있었다. 자칫 튜브가 뻥 하고 터질 수도 있었다. 소름이 쫙 돋았다. 내리막에서 터졌다면, 또는 찻길에서 터졌다면 어찌 되었을까. 자전거를 살살살 몰며 집으로 돌아온다. 그런데 읍내에서 돌아온 날 저녁부터 보슬보슬 비가 내리더니, 오늘까지도 비가 멎지 않아서 튜브 정비는 못하고 있다.

이래저래 잔고장도 많고 잔손질이 많이 가는 자전거 타기로구나 느낀다. 가만가만 헤아려 보면, 자전거 한 대에 들어간 돈은 '자전거 사는 데 든 값' 못지않게 많다. 나는 자전거 부품을 더 나은 것으로 바꾼(업그레이드) 적이 없고, 그저 앞등, 뒷등, 뒷거울을 꾸준하게 고쳐 붙였을(너무 약해서 살짝 부딪혀도 깨지고 하니) 따름이고, 예비 튜브 사고, 구멍때우는 장비 사고, 니뻐 사고 드라이버 사고 …… 하는 데에도 돈이 제법 들었다. 그렇지만 이렇게 들어가는 돈은 '아무 생각 없이 택시 타면서 새어나가는 돈'이나 '대중교통이라고 하지만, 나날이 올라가서 참 비싸게도 느껴지는 버스, 지하철 타는 데 들어가는 돈' 하고 견주면 얼마 안 된다고 느낀다.

한 주에 한 번 서울 나들이를 해서 사흘쯤 전철 — 버스를 타고 돌아다닌다고 해도, 한 달 찻삯이 육칠만 원은 되지 싶은데, 자전거를 즐겨타면서 한 달 찻삯을 5천 원~1만 원으로 줄였다. 장마나 추운 겨울에는 버스나 전철을 타면 더 낫다고도 하겠지만, 신나게 달리며 몸에 땀을 내도 좋다. 땀으로 목욕을 하고 햇볕에 그을리며 자동차

배기가스를 흠뻑 마셔야 한다고 해도, 내 다리로 움직이고, 어디든 마음 내키는 대로 달릴 수 있는 자전거가 더 마음에 끌린다. 그러니, 한 달에 오륙만 원은 아끼는 셈이라 한다면, 이 가운데 이삼만 원을 자전거 정비에 써도 몇 만 원이 책값이나 술값으로 남겠지.

지금, 이 밤에는 비가 멎었는데 내일도 비가 멎을까 모르겠다. 내일도 비가 멎는다면 뒷바퀴 튜브를 손봐야지. 처음, 자전거로 신문배달을 할 때라든지, 내 돈 들여 자전거를 살 때까지만 해도, 또 고속버스에 싣는 바퀴작은자전거를 살 때만 해도, 자전거 정비나 손질에 여러모로 많이 마음을 써야 한다는 생각은 못했다. 이래저래 사고도 나고 잔고장도 겪으면서 '싸구려 자전거를 사서 그런가' 하는 생각도 들었고 '내가 너무 거칠게 타나?' 싶기도 했지만, 덕분에 아무 탈도 없이 그냥 탔다면 그냥 넘어가 버렸을 여러 가지 정비라든지, 자전거 속성도 더 깊이 알게 되는구나 싶어서 고맙기도 하고 반갑기도 하다. 부품을 하나씩 사서 자전거를 조립하는 분들을 보며, 어떻게 저렇게 할 수 있을까 싶었지만, 이제는 얼마든지 그럴 수 있겠구나 싶다. 나도 좀더 자전거를 배우고 나서, 내 마음을 사로잡는 부품을 적금 들듯이 하나씩 모은 뒤, 고무신 이름을 내건 자전거를 하나 만드는 꿈을 꿔 볼까 한다.

8월 24일 - 자전거 수레를 달고 서울에서 충주로

지지난해 어느 날, 어린아이를 자전거 뒤에 붙인 수레에 태우고 다니는 분을 보았다. 자전거 좋아하는 아버지를 만나서 저 아이는 참 가뿐하게 다닐 수 있어 좋겠구나 하는 생각과 함께, 저 수레에 아이가 아닌 짐을 실으면 어떨까 하는 생각을 잠깐 했다. 그 뒤, 아이가 아닌 짐만 싣고 다니는 수레를 구경했으나 만만치 않은 값을 듣고는 퍽 오랫동안 잊고 지냈다.

그러던 엊그제, 그러니까 8월 19일 '발바리 자전거 행사'에서 또다시 자전거 수레를 본 뒤 '나도 저 수레를 달아서 짐수레로 써야겠다'고 다짐을 했고, 적잖은 돈이 들어갈 줄은 알지만, 앞으로 충주와 서울을 오로지 자전거로만 다니자고 마음먹으면서 얼마 남지도 않은 은행돈을 찾았다.

인터넷으로 알아보니 나한테 알맞겠다 싶은 짐수레가 36만 원 안팎. 웬만한 자전거 한 대 값이 들어가는 짐수레이다. 하지만 서울에서 사들인 책들을 이 짐수레에 차곡차곡 실어서 충주까지 즐겁게 자전거를 타고 올 수 있다면, 찻삯도 줄이고 택배값도 안 들며, 몸도 더 튼튼할 수 있을 테니, 시간이 가면 갈수록 나한테 도움이 되는 일이 되겠지.

서울에 볼일을 보러 갈 때면 들르는 홍제동 아는 분 집에서 11시 30분쯤 길을 나선다. 처음 짐수레를 붙여서 충주까지 가는 날이니 힘을 아끼도록 전철을 타고 갈까 했으나, 어차피 자전거 짐수레를 살 생각이라면, 짐수레 파는 그곳(강남구청역 둘레)까지도 자전거를 타고 가자고 생각한다. 홍제동 유진상가에서 홍제천을 따라 달린 뒤 동교동과 합정동을 지나 양화대교를 건넌다.

달리고 달려 반포를 지나고 압구정동으로 빠져나오는 구멍에 닿

는다. 한낮에 가까워 오는 때라 그런지, 그다지 멀지 않은 길인데도 조금 멀게 느껴진다. 아파트 사이를 지나 찻길로 들어선다. 나한테는 낯선 동네인 강남. 공중전화 찾기 어렵고 구멍가게 찾기 어려운 동네인 강남. 그렇지만 짐수레를 파는 회사는 이 강남에 있다.

30분 남짓 헤매고, 조금 더 헤맨 끝에 짐수레 파는 곳에 닿는다. 번듯하고 눈부신 강남거리와는 달리, 지하실에 간판도 없이 수수하게 자리한 이곳에서 마지막으로 물건을 하나하나 살핀다. 그 자리에서 값을 치르고 자전거 뒤에 수레를 붙인다.

무게 11킬로그램, 실을 수 있는 짐(또는 사람 무게)은 45킬로그램. 앞뒤로 멘 가방 넷을 끌러 수레에 싣는다. 자전거 짐받이에 묶고 있던 책도 수레에 넣는다. 아주 홀가분하다. 어깨가 이렇게 가볍고 시원할 수가. 이 느낌 하나만으로도 수레 값을 하는구나 싶다.

수레 뒤에 깃발도 꽂고 기념사진 한 장 찍은 뒤 힘차게 페달을 밟는다. 자, 이제 충주까지 가 보는 거야! 이때가 15시 30분쯤.

아까 나왔던 압구정동 쪽 구멍을 거쳐서 다시 한강 길로 접어든다. 아까는 몰랐는데 이번에 다시 오노라니, 한강 자전거길로 들어오고 나가는 데에 박아 놓은 '자동차가 못 들어오게 막는 턱'에 짐수레가 끼일락 말락 한다. 차가 못 들어오게 막는 일은 좋지만 자전거 뒤에 수레를 붙이는 일도 막을 수 있겠군. 그래서 이날 탄천 길을 따라 용인을 지나면서 밖으로 나가려고 하다가 그만 이 턱에 수레가 끼어 꼼짝달싹 못하기도 했다. 찻길을 달릴 때면 길 한쪽에 함부로 세워 놓은 차 옆을 스치고 지나갈 때 조심스럽기도 하다. 자칫 짐수레가 이 차를 긁고 지나갈 수 있으니까.

그래도 꿋꿋하게 달리고 또 달려서 한강 길을 벗어나고 탄천 길로 접어든다.

탄천 길을 다 지나고 용인으로 나올 무렵 무릎이 몹시 힘들다. 왜 이렇게 힘들까 생각하며 주유소에 딸려 있는 편의점 앞에서 잠깐 쉬면서 물 한 통 산다. 수레에 짐을 너무 많이 실었나 싶기도 하고, 처음 끄는 터라 아직 익숙하지 않아서 그런가 싶기도 하다. 딸내미 둘을 이 수레에 싣고 다니는 아저씨도 있는데, 이까짓 짐이 얼마나 무겁기에 그리 힘들까 했는데, 용인 시내를 벗어날 무렵에는 너무 힘들어서, 양지에서 꺾은 뒤 베낭 하나를 다시 등에 멨다. 아무래도 수레 무게가 너무 무거워서 무릎이 힘들구나 싶어서다.

그래, 큰 베낭 하나를 등에 짊어지고 달리니 자전거가 훨씬 잘 나간다. 옳거니. 짐을 무턱대고 수레에 잔뜩 실어서는 안 되겠구나 싶다. 더욱이 언덕길이 잦은 길을 달릴 때에는 수레가 무거우면 자전거 기어를 많이 주어도 올라가기 무척 힘들다. 그러고 보면 딸내미 둘을 태우고 다니는 분도 평지에서 그렇게 달리셨지, 언덕에서는 거의 내려서 끌고 올라갔다.

어느덧 해는 저물었고 어스름이 깔린다. 서울만 벗어나면 국도 거리등이란 없다. 더욱이 경기도를 지나 충청도로 들어가는 국도와 지방도로에서는 아주 깜깜. 앞뒤에서 달리는 자동차에서 비추는 불빛과 내 자전거에서 비추는 불빛에만 기대어 달릴밖에 없다. 지금 달고 다니는 앞등도 퍽 큰 녀석이지만, 나중에 밤길을 이날처럼 오래 달린다고 할 때에는 한두 개를 더 달아야겠구나 싶다.

한편, 어두운 밤길을 달리는 일이 꼭 나쁘지는 않다. 국도이기 때문에 더러 신호등이 있고, 이 신호등에 걸린 차들이 불이 바뀔 때까지 기다리는 동안, 사차선 국도에는 수레를 달고 달리는 자전거 하나뿐이다. 더욱이 이 자전거에서 비추는 조그마한 불빛은 코앞만 살짝 밝히기 때문에 밤하늘 별이 잘 보인다. 길도 검고 하늘도 검은 이 밤에 자동차 소리가 아닌 풀벌레 소리를 들으면서 별도 보고 달린다.

서울에서 15시 30분쯤 길을 떠났는데, 어느덧 17시가 넘고 18시가 넘고 19시도 넘는다. 38번 국도를 끝으로 일죽을 거쳐 음성군 생극면으로 접어드는 지방도로로 들어서니 고요함과 한갓짐은 더욱 깊어진다.

앞뒤로 아무 차도 안 지나가는 어두운 길에서는 멧짐승이라도 튀어나오지 않을까 싶은 생각도 든다. 늘 다니는 길이니 밤길도 알아보기는 하지만, 자칫 엉뚱한 길로 빠지지 않을까 싶기도 하다. 그러다가 맞이한 팔성리 언덕길. 언덕마루를 넘고 2분 남짓 이어지는 신나는 내리막길. 드디어 거의 다 왔구나. 내리막길을 다 내려서 마지막으로 한 번 더 쉴 때가 21시 50분.

짐수레를 달면 찻길에서 차들이 좀더 마음을 써 준다고 한다. 글쎄, 얼마나 마음을 써 줄랴구…… 했는데, 뜻밖에도 적잖은 차들이 퍽 마음을 써 준다. 여느 때와 마찬가지로 시끄럽게 빵빵거리면서 비키라는 차도 있지만, 서울에서 충주까지 오는 동안 이렇게 빵빵거린 차는 두어 대뿐, 다른 차들은 거의 자전거 옆을 멀찌감치 돌아서가 주었으며, 밤길을 달리는 국도와 지방도로에서는 일부러 자전거 뒤에서 빠르기를 맞추면서 어두운 찻길을 밝혀 주는 분도 제법 있었다. 얼마나 고맙던지.

용인 시내를 벗어날 무렵에는 어느 학원버스를 모는 분이 내 옆에서 빵빵하고 부르더니 엄지손가락을 치켜들고 "최고예요!" 하고 활짝 웃어 주었다. 얼결에 들은 칭찬이라 꾸벅 고개를 숙여 인사만 하고 말았는데, 그 버스가 앞으로 붕 달린 뒤 곰곰 헤아려 보니, '짐수레 달고 서울에서 충주까지 자전거를 달리는 사람한테 힘을 북돋워 주는 그분' 이야말로 '최고예요' 소리를 들어야지 싶었다.

9월 7일 – 충주에서 서울로

(09:32)

금요일마다 대안학교 아이들과 하던 글쓰기 공부는 거의 끝이 났다. 이 아이들이 저마다 한두 가지 자기 일을 찾게 되었고, 자연스럽게 '대안학교 밖' 에서 꿈틀꿈틀 세상을 보게 되어서. 이제 마지막으로 이 아이들하고 그동안 해 온 이야기를 갈무리하는 일만 남았다. 오늘 낮, 이런 이야기를 하면 좋겠다는 연락이 와서 부랴부랴 서울로 간다.

오늘은 큰차가 지나가려 할 때마다 자전거를 멈추어 먼저 지나가

HUMMER

라고 했다. 그런데도 집부터 일죽까지 1시간 16분. 스트라이다로 죽어라 달려 1시간, 허머 자전거로 52분 걸리던 길인데, 그다지 벌어지지 않는다. 내 달리는 빠르기를 지켜서 꾸준하게 달릴 때가 외려 더 가볍고 신나게 나아가는구나 싶다. 몸에 땀도 그다지 안 나고 무릎도 괜찮다.

(11:15)

'사은' 이라는 곳에서 잠깐 쉬며 물 한 모금. 짐수레 덮개 단추 하나가 떨어졌다. 아이구, 저걸 어쩌나. 옷핀도 없는데.

차에 치여 죽은 짐승 주검 아홉.

(13:22)

용인 시내 가로지른 뒤. 슬슬 배고파 온다. 이따 도시락 먹어야지. 배를 가득 싣고 파는 짐차가 보인다. 배 한 알 살까. 짐차 옆에 자전거를 세우고 차 임자가 오기를 기다린다. 몇 분 기다리지만 소식이 없다. 짐차에서는 녹음기 소리가 이어진다. 어떻게 할까 하다가, 종이쪽지에 적힌 대로, 배 한 알 들고 천 원 한 장 놓는다. 지키는 사람이 있었다면 한 알 더 샀을 텐데.

학교 마치고 집으로 돌아가는 초등학교 아이들이 내게 다가와 놀랍다는 듯이 쳐다본다. 짐수레에 꽂아 놓은 깃발을 펼쳐 읽는다. "주충? 주충이 어디야?" 하고 저희끼리 이야기한다. '충주' 를 거꾸로 읽네. 이 아이들은 충주란 곳을 아직 모르나 보다. "주충이 아니고 충주예요." 하고 한 마디. "우와, 멀리서 왔어요?" 이 아이들은 내가 아침 일찍 자전거를 달려 여기까지 왔음을 믿지 못하겠다는 눈치. 그냥 장난치는 줄 아는 듯.

(16:30)

드디어 민들레사랑방. 낮 세 시쯤 만나기로 했는데 많이 늦었다. 아침 아홉 시에 나와도 이리 늦네. 낮 세 시쯤 서울 신촌까지 가자면 아침 여덟 시에는 나와야겠다. 힘들어 죽겠다. 탄천부터 한 번도 못 쉬고 내처 달렸으니. 싸 온 도시락도 못 먹었다. 사랑방에 들어가기 앞서 가게에서 맥주 한 병 산다.

9월 12일 - 서울에서 충주로

(12:27)

홍제동에서 길나섬. 지난 한 주 동안 사들인 책으로 짐수레 가득. 아주 묵직하군. 슬슬 페달을 밟는다. 짐수레가 무거울 때는 페달만 힘껏 밟는다고 앞으로 잘 나아가지 않는다. 뒤에 따르는 무게 느낌을 잘 헤아리면서 박자를 맞춰야 한다. 꾹꾹 페달을 누른다. 메주 쑬 때 삶은 콩을 밟듯.

(13:19~13:24) 반포매점

공덕동 지날 무렵 "화이팅!"을 두 번이나 외치며 주먹 불끈 쥐고 웃어 준 아주머니 두 분. 차를 타고 지나가다가 나를 보고는, 창문을

남

열고 몸을 바깥으로 내민 뒤 몸짓까지 곁들여서 외치신다. 멋쩍게 웃으며 답인사를 했지만, 힘들어서 손도 못 흔들어 드렸다. 차 타고 지나가며 그렇게, 또 두 번이나 잇달아 외쳐 주기는 쉽지 않을 텐데.

"교통비 0원"은 어려운 일이 아니라고 느낀다. 예전에는 10리고 20리고 다 걸어다니지 않았는가. 걷거나 자전거 타면 누구나 할 수 있는 일. 누구나 이룰 수 있는 일.

문득 어릴 적 생각. 초등학교 마치고 중학교 갈 때, 담임은 내게 "종규는 학교에 자전거 타고 다닐 수 있어 좋겠네." 하고 웃으며 말했다. 이 말을 들으며 '으, 나만 다른 동무들하고 멀리 떨어진 학교로 가게 되는구나.' 하며 몹시 서운했지만, '학교를 자전거를 타고 다닌다고? 그건 좋네.' 하는 생각이 들었다.

예전 초등학교 다닐 때, 나 살던 집에서 학교까지는 버스로 두 정류장. 그런데 이 길을 걸어서 다닌 아이들(동무든 언니 오빠 누나 형 동생이든)은 아주 드물었다. 다섯 손가락으로도 꼽기 어려울 만큼 드물었다. 다들 버스를 탔다. 고작 두 정류장 거리일 뿐인데. 우리 어머니도 나한테 버스삯을 꼬박꼬박 주셨다. 힘들게 걸어다니지 말라면서. 하지만 나는 무거운 과제물과 폐품 따위를 들고 가야 했던 한두 번을 빼고는 여섯 해 내내 걸어서만 다녔다. 나중에는 무거운 폐품을 들었을 때에도 그냥 걸었다. 초등학교 1학년 때 버스삯은 60원. 그때 학교 앞 문방구 군것질거리는 50원. 한 번 걸어가면 군것질을 하고 10원이 남았으며, 한 주 동안 10원을 차곡차곡 모으면 군것질을 한 번 더 할 수 있었고, 오락실에서 오락 한 판 땡길 수 있었다.

지금 생각해 보면, 무슨 마음으로 그렇게 걸었는지 모르겠다. 다만,

얼마 안 되는 거리를 버스 타고 간다는 일이 내키지 않았다. 버스 차장 누나 보기에도 늘 미안했다. 차장 누나는, 아침마다 우리들(초등학생 꼬맹이)을 보며 '가까운 거리도 버스를 타고 다니냐?' 며 눈치를 주는 듯했다. 또한, 꼭 두 정류장 거리지만, 아이들이 죄 붐비며 탔다가 죄 쓸려나가듯 내리면서 오징어가 되어야 하는 버스가 너무 괴로웠다. 뭐, 요새는 다들 자가용으로 아이들을 태워 보낼 테지만.

집에서 학교까지 걷는 길은 퍽 좋았다. 사람도 드물어 부대낄 일 적고, 혼자서 이것저것 생각하는 일도 재미있었고, 봄부터 여름이면, 또 가을이면 거의 날마다 끼던 안개를 헤치며 걷는 느낌도 남달랐다. 걸을 때는 2미터 앞도 보이지 않아, 때때로 마주 걷던 사람과 부딪힐 뻔했고, 많이 부딪히기도 했다. 안개를 헤치며 학교에 갈 때면 '제발 이 안개가 열 시까지 걷히지 말게 해 주셔요. 그러면 학교 안 가도 돼요' 하고 빌었는데, 아홉 시 반쯤이면 앞 10미터를 볼 수 있을 만큼 걷히는 터라, 한 번도 안개로 학교를 쉬지 못했다. 맑은 날은 구름 보며 걷는 재미로 즐거웠고, 비오는 날은 비그친 뒤 무지개 올려다보며 걷는 재미로 좋았으며, 오가는 길에 있던 분수대에서 노는 일도 좋았다. 학교를 마친 뒤 운동장에서 공놀이를 한 뒤, 집까지 공을 차며 올 수 있어서 좋기도 하고. 걸음이 잰 어른 뒤에 바싹 붙어서 악착같이 따라가며 빨리걷기 연습을 했던 일도 재미있었다.

(14:52~15:22) 탄천 정자

짐수레 오른쪽 바퀴에 문제가 생겼다. 책짐을 너무 많이 실었나? 아무래도 걱정이다. 튜브가 제대로 물리지 않는다. 그래서 예전 튜브에 난 실구멍을 때운 뒤 갈아끼운다. 언제까지 버틸 수 있을지? 나중에 휠을 통째로 갈아야 할지도 모르겠다. 바퀴를 갈든.

정자에 닿기 앞서 '곧 전국 자전거 여행을 할 생각' 이라는 젊은 분 만났다. 내가 충주와 서울을 자전거로 오간다는 것을 짐수레에 꽂은 깃발을 보고 안 다음, '많이 도와주세요' 하면서 이것저것 묻는다. 그래서 이것저것 이야기를 들려준다. 페달에 끼우는 클릿신발이라는 것은 안 신는 편이 낫다고 이야기. 국도나 지방도로를 탈 때 보면, 길가에 패인 데가 군데군데 있고, 돌을 밟든 무슨 일이 있든 갑자기 자전거가 한쪽으로 쏠리거나 튀어오를 때가 있는데, 이럴 때 페달에서 발을 빨리 빼내지 못하면 크게 다칠 수 있으니까. 다른 무엇보다 자전거로 먼길을 나설 때는 예비튜브와 바람넣개만큼은 꼭 챙기라고 이야기. 자전거로 다니다가 비라도 만난 뒤 구멍이 나면 때우개를 붙일 수 없으니, 이럴 때는 튜브를 아예 새것으로 갈아야 하니까. 예비튜브 값이 5천 원밖에 안 하고, 가볍고 작은 바람넣개도 만 원이 안 넘는다고 하니까 놀란다. 아마 몇 만 원쯤 하리라 생각하신 듯. 자전거는 퍽 비싸 보이는 것을 타시는데, 자전거 주변물품에는 눈길을 한 번도 둔 적이 없구나 싶다. 부디 바람넣개만이라도 장만하시길. 5천 원짜리도 제법 쓸만하답니다.

김밥 한 줄 먹으면서 책을 조금 읽는다.

(16:02~16:10)

용인 들어서다. 저번에는 몇 번이나 길을 헷갈렸는데, 오늘은 그럭저럭 잘 빠져나왔다. 잠깐 길에 서서 김밥 한 줄 먹는다. 슬슬 배가 많이 고파진다. 김밥 한 줄로는 어림도 없지만 참아야겠다. 먹을거리가 얼마 안 남았다. 앞으로 더 배고파지겠지. 9월을 조금 넘겼을 뿐인데도, 한낮에 자전거를 달려도 그다지 안 덥다. 오히려 알맞다고 할까?

(18:22~18:34)

근곡리(종평). 어느덧 여섯 시간째 달린다. 이럴 때 언덕을 넘으면 다리가 끊어질 듯하다. 그런데, 막상 낑낑대며 언덕을 다 넘고 나면 다리가 조금씩 풀린다. 언덕을 넘은 이들한테만 주어지는 달콤한 내리막 선물이랄까.

양지면 벗어나며 17번 국도로 막 접어들 때 만나는 언덕은 두 쪽 모두 만만치 않다. 충주 돌아갈 때 1.5킬로미터 오르막, 서울 갈 때 3킬로미터 오르막. 하지만 어느 쪽이든 좋다. 부딪쳐 볼 수 있고, 신나게 쉴 수 있어서.

국도를 달리다 보면, 가고 오는 쪽 모두 차가 없을 때가 있다. 우연하게 두 쪽이 한꺼번에 신호에 걸렸을 때다. 이때 가만히 귀를 기울이면 풀벌레소리와 새소리가 들린다. 이때만큼은 마을도, 길도, 내 마음도 차분하고 고요해진다.

잠깐 쉬며 마지막 김밥 한 줄 먹는다.

(19:31)

일죽 지나 318번 시골길로 접어들었다. 이제 조금만 더 가면 된다만, 참말 차들은 낮이고 밤이고 너무 쌩쌩 달린다.

(20:31~20:42)

생극에 닿다! 술 한 병, 참치깡통 둘, 과자 하나, 칼국수면 하나 산다. 10,290원.

마지막 길. 오늘은 이 길을 다니는 차가 거의 없다. 밥때라 그런가? 차가 없으니 호젓하면서 조금 무섭기도 하다. 멧짐승이나 귀신 때문이 아니라, 어디서 사람이 툭 튀어나올까 봐서. 그러나저러나 시골길처럼 차 적고 조용해야 사람이 사람답게 살 수 있지 않겠는가.

(21:22)

집에 닿다. 부엌에서 물을 길어 마당에서 옷을 입은 채로 끼얹다. 수건으로 몸을 닦은 뒤 방바닥에 그대로 드러눕다.

9월 22일 - 충주에서 남원으로

옆집에 인사하고 책 선물 하나 하고 이야기를 나눈다. 며칠 집을 비워야 하기에 설거지니 빨래니 마무리를 짓고 나오는데, 생각보다 시간이 많이 걸린다. 이번에는 스트라이다 자전거를 타고 가기로. 한 달 만에 타는구나 싶은데, 그 사이 바람이 빠졌나 싶어 잠깐 바퀴 만져 보는데 좀 눌린다. 이거, 가다가 탈 나는 거 아닌가? 어찌할까 잠깐 생각하다가, 바람 넣고 가기로. 그런데, 시간이 없고 기차 시간 맞춰야 하다 보니까, 바람이 잘 안 들어간다. 덕분에 있는 바람만 더 빼고 그냥 달리게 되었다.

(12:15)

음성역 닿을 때 대전 가는 기차가 들어온다. 역무원은 안 보인다. 그때 옆에 서 있던 손님 한 분이 "거기 벨 눌러요. 그럼 사람 나와요." 벨을 누른다. 그런데 역무원은 지금 들어온 기차 못 탄다고만 말하고 다시 안으로 들어간다. 타는 곳을 내다보니 기차는 그대로 서 있다. 표 끊어 주는 시간이 10초도 안 걸릴 테고, 저 기차가 잠깐(또는 몇 분) 서 있는 동안 끊어 주고 말해 줘도 될 텐데.

다음 기차는 낮 세 시에 있다. 이곳 음성 기차역에서 기차를 타고 내리는 사람이 드물기는 하지만, 역무원이 이렇게 해서야 되겠나? 버스 타는 곳에서는, 손님이 부랴부랴 뛰어오며 버스를 잡으면, 100이면 100 다 멈춰서 기다려 준다. 다만, 늦게 타는 손님을 보며 기사가 한 마디는 하지. "정신 어디다 두고 이제 타요? 얼른 타소." 듣는 쪽에서 기분 나쁘지 않을 만한 농담으로. 이래서 나날이 기차역은 줄고 버스역이 늘까? 어쨌든, 음성 기차역 역무원 모습을 신고하려고 '고객불편신고엽서' 한 장을 빼들고 나온다.

버스를 탈까 그냥 자전거를 탈까 한참 생각. 기차를 놓친 일은 '대중교통뿐 아니라 시외버스도 타지 말라는 하늘 뜻' 은 아닐까 하는 생각이 든다. 그래, 날도 좋은데 자전거로 가자. 가다가 힘들면 그때 버스를 타든 기차를 타든 하자.

(12:44) 충도리1구

괴산 가는 길. 그냥 자전거로 달리고 있다. 길이 좋다. 차도 거의 없다. 가다가 시골 버스역 한 군데가 보여서 잠깐 쉬었다 가기로 한다. 사실, 쉰다기보다 버스역 생김새가 재미있어서 사진 한 장 찍으려고 섰다. 그런데 옆 느티나무 그늘에 마을 분들이 여럿 둘러앉아 있기에 사진만 찍으면 무어라 할까 싶기도 해, 그냥 쉬기로.

"아저씨! 어디서 왔어요?"

"충주요."

"(사진) 왜 찍어요?"

"쉬는 곳 찍는 거예요."

"난 또, 그거 새로 지어 줄랑가 해서."

생각대로, 시골에서 사진을 찍을 때 경계하는 목소리로 한 마디 물으신다. 내가 자전거를 타고 여행하는 차림으로 보여서인지, 그냥 웃으며 받아 준다. 시골에서 풍경이 좋다고 사진 찍을 때는 마음을 많이 써야 한다.

안도리? 구안리? 지나가며 마을이름을 제대로 못 보았는데, 길가에 버려진 농약병과 비닐푸대 하나 없이 깨끗한 마을이다. 조용하고. 이런 곳도 다 있구나.

(13:25)

괴산군 들어서다. 새로 뚫린 4차선 언덕마루를 오른다. 예전에 이 길을 지나가 본 적 있다. 그때는 차로. 오늘은 자전거로. 참 힘들구나.

언덕마루 다 올라갈 무렵, 건너편에 자전거 경기 하는 사람들 무리가 지나가며 나를 쳐다본다. 나도 그 무리를 쳐다본다. 그분들 달리는 모습을 보니 그다지 언덕을 잘 타는 것 같지는 않다. 나는 가방도 무겁고 바퀴도 작고 기어도 없는 자전거로 이만큼 오르는데 그분들은 글쎄 …… 하지만 모를 일이다. 그분들이 어디서부터 달려왔는지, 또 몇 시간째 달리고 있는지 어떻게 아는가? 또, 그분들이 내가 어떻게 달리고 있는지, 내 몸은 어떠한지 모르겠지. 섣불리 다른 사람을 재거나 따지면 안 된다.

배 까뒤집고 죽은 개구리. 차에 밟히지는 않았지만 차에 치여서 죽은 개구리이다.

시골길, 평일 낮에는 참 좋구나. 사람소리도 차소리도 거의 없이 풀벌레소리만. 다만 새소리는 거의 사라져 버린 듯해서 아쉽다. 고갯마루에서 쉬면서 한참 가만히 귀를 기울여 보는데, 비둘기와 까마귀와 까치 소리를 뺀 다른 새소리가 들리지 않는다. 이제 괴산읍까지 7킬로미터쯤 남았다. 얼른 가서 얼음과자 하나 사먹자.

(13:53) 괴산읍
길에 늘어나는 차를 보며 읍내에 가까워진 줄 알겠다.

(14:15)

얼음과자 사먹은 뒤 문방구를 찾아간다. 가방에 붙일 새 깃발을 만들려고. 괴산읍까지 오는 동안 면내에 있을 시골 초등학교가 보이면, 학교 앞 문방구도 있으리라 생각했는데, 음성읍에서 괴산읍으로 오는 동안 시골 초등학교를 한 군데도 못 보았다. 중고등학교는 더더구나.

문방구 한 곳에는 천을 안 판다. 다른 문방구로 간다. 이곳에는 깃발 천을 판다! 그냥 천이 아니라 깃발로 쓸 천을! 한 장에 500원. 그래서 한 장 더 사 둔다. 매직 600원. "충주 신니면 광월리에서 왔구먼"이라는 글씨를 적는다. 마을 아이들이 내 자전거를 놀라워 하면서 보기에, 어떻게 접고 펴는지 보여준다.

괴산읍에서 나와 미원면으로 간다. 미원면이 18~19킬로미터 남았을 무렵 굴티재란 고개를 넘는다. 대단한 고개다. 남산보다 힘들다. 자전거 삐걱삐걱. 산을 돌고 돌며 다음 오르막이 올려다보이고 지나간 내리막이 내려다보인다. 이런 길이 다 있나?

오르막을 오르면서 혼자서 묻고 대답한다.

"오르막 오르면 힘들지 않아요?"

"죽을 맛이죠."

"그런데 왜 올라요?"

"재미있거든요. 오르막 오른 사람만 내리막을 즐길 수 있기도 하고요."

(15:13) 부성

산으로 둘러싸인 마을이구나. 잠깐 땀 좀 들이자.

(15:46)

오르막이 자꾸자꾸 나온다. 이제 고개 다 넘었으니 되었겠지 했지만, 굴티재 못지않은 고개가 자꾸자꾸 나온다. 지쳐 간다.

길에 짐차 대놓고 칡즙 파는 아저씨가 보인다. 서울에서 충주로 가는 길에도, 양지면에서 나와 백암면으로 가는 길에 칡즙 아저씨가 있다. 그곳 지나면서 언제 한번 저 칡즙 마셔 봐야지 했다. 오늘이 마침 저 칡즙을 마실 날일까? 날도 덥지만, 다리도 쉬고 배고픔도 달래려고 자전거를 멈춘다.

"아저씨, 칡즙 어떻게 해요?"

"한 잔에 2천 원이요."

"네, 한 잔 주셔요."

아저씨가 맥주잔으로 하나 가득 따라 준다. 꿀꺽꿀꺽 두 모금에 마신다. 조금 뒤, 아저씨가 반 잔을 더 따라 준다. 요건 한 모금에 마신다. 덤으로 더 주신 덕분에 배고픔도 많이 가시고 목마름도 풀려서 좋다. 이날부터 다음날 낮까지 밥을 한 끼니도 안 먹었는데, 나중에 생각해 보니, 이때 마신 칡즙이 여러모로 도움이 많이 되었다고 느낀다.

(16:07) 미원면

맥주 한 병 사서 마시다. 이제는 엉덩이가 너무 아프고 날도 덥지만, 목적한 곳까지 도무지 시간에 못 맞출 듯해서 버스를 타기로 마음먹었다. 그래, 구멍가게에서 길을 여쭈려고 맥주 한 병을 산 뒤 버스역이 어디에 있는가 여쭙는다. "저 아래로 죽 가면 있어요." 아주머니 말을 듣고 길을 따라 죽 갔으나 버스역은 보이지 않았다. 면내에서 삼십 분 가까이 헤맸다. 사람들 길 알려주는 것은 믿을 게 못된다. 찾아도 찾아도 버스역이 보이지 않아서 그냥 자전거로 보은까지 가려고 했는데, 큰길 세거리에서 보은 쪽으로 꺾다가 사진이라도 한 장 찍을까 하며 뒤를 돌아보는데, 거기에 바로 면내 버스역이 있었다. 꽤나 어이가 없었고, 어떻게 할까 잠깐 생각했으나, 버스 타기로 다시 마음 고쳐먹음.

(16:34)

보은 가는 버스 타다. 2,500원. 2,500원이면 30분 안에 간다는 뜻이겠지. 버스삯이 6천 원이면 한 시간 거리라는 뜻이라고 느낀다. 거의 천 원 단위로 10분 거리라고 할까?

버스표를 살 때 청주로 갈까 보은으로 갈까 잠깐 망설였는데, 청주가 버스는 훨씬 많겠지만, 보은에는 발을 디딘 적이 없어서 보은으로.

(17:05)

보은에 닿다. 옥천으로 가는 버스를 타다. 영동으로 갈까 옥천으로 갈까 망설이는데, 버스기사 아저씨들끼리 "저 청년이 어디로 가야 더 낫다"는 이야기를 나눈다. 그래, 옥천으로 가기로 하고 표를 끊으

려고 하는데, 표파는 곳 직원이 안 보인다. 자판기만 있다. 옥천 가는 버스가 떠나려 한다. 기사 아저씨 한 분이 "돈 나한테 주고 얼른 버스 잡아. 내가 끊어 줄게." 한다. 그래서 손을 흔들어 막 나가려는 버스를 잡고 자전거를 싣는다. 낮에 음성 기차역에서 겪은 일하고 너무도 다른 모습.

해발고도 320미터 안티재. 꽤나 깔딱고개인데 높이는 낮네. 고갯마루 지나며 내려가는 길 풍경이 끝내준다. 이 고갯마루 넘자면 힘들겠지만, 고갯마루를 넘자마자 펼쳐지는 모습을 보는 즐거움 하나 때문에라도 이 길을 자전거로 달리고 싶다. 넉넉히 죽을 동 살 동 올라갈 만한 길이다.

시골에서 농사짓고 사는 할아버지를 보면 모두 비슷하다. 비쩍 마르고 어깨가 앞으로 조금 굽었으나 단단해 보이는 한편, 손과 얼굴 모두 시커멓고, 모자 쓴 모습, 수수한 옷차림. 양복은 하나도 안 어울리는 옷차림.

안남면 옆으로 끼고 달리는 언덕 몇 지나자 옆으로 호숫가 숲길이 펼쳐진다. 숲그늘이 참 좋아 보인다. 이 길을 자전거로 달렸으면 더 좋았을 텐데. 아직까지는 우리가 숨을 쉴 수 있게 해 주는 숲, 논밭이 도심지보다 넓기는 하지만, 이런 땅이 얼마나 오래 버틸 수 있을까.

(17:59)

옥천 닿다. 버스기사 아저씨 말로는 옥천에 닿으면 금산 가는 버스가 있다고 했는데, 정작 옥천에 닿아 보니 금산 가는 버스가 없다. 버스기사 아저씨 말도 믿을 게 못 되나?

무주 가는 버스를 타기로. 버스삯 5,700원. 버스가 모두 깨끗하고 넓다. 다시 떠올리지만, 내가 서울을 갈 때 타는 버스, 생극이나 무극에서 타는 고속버스는 참 지저분하고 좁다. 안전띠 떨어진 것도 있고 에어컨 고장난 것도 있고 불 안 들어오는 자리도 있고.

버스는 영동을 돌아서 무주로 간다. 영동을 거치게 되는구나. 이럴 줄 알았으면 처음부터 영동으로 오는 건데. 하지만 이 생각은 곧 바뀐다. 영동읍 버스역에 닿아 보니, 영동읍 버스역은 읍내하고 아주 멀리 떨어진 외딴 곳에 있는데, 이렇게 을씨년스러울 수가 없다. 버스역은 대단히 넓고 깨끗하지만(새로 지은 지 얼마 안 되었음), 이곳에 닿아서 선 버스는 20분 넘게 꼼짝을 않는다. 기사는 아무 말도 안 해 주고.

영동은 생각 밖으로 땅이 고르다. 언덕도 안 보인다. 그래서인지, 자전거 타는 사람이 많이 보인다. 더구나 학교옷 입고 자전거 타는 여고생도 많다. 치마를 입고 자전거를 타는 여고생들. 하나하나 세다가 여섯까지 센다. 이 가운데 셋은 뒤 짐받이에 동무를 태우고 탔다. 모두들 학교옷 치마를 입은 채.

영동읍 빠져나갈 때 선 시골역에서 손님 한 사람과 버스기사 말실랑이.

"아이가 일곱 살이면 표 주세요."

"표 파는 곳에서는 일곱 살은 안 사도 된다던데."

"일곱 살이면 표 내야 해요."

(전화를 받으며 대꾸를 않는다. 버스기사는 조금 기다리다가 목소리를 높인다.)

"아저씨 혼자 편리 보는 차예요?"

"돈으로 드리면 되잖아요."

"표로 끊어 오세요."

"큰소리 나올 거 없잖아요."

"큰소리 나오게 하니까 그러죠."

(아저씨는 표를 사려고 버스에서 내린다. 그 뒷꽁무니에 대고 나지막하게)

"뭘 잘했다고 큰소리야."

(아저씨는 표를 획 던진다. 기사는 더 말을 않는다.)

(19:50)

무주에 닿다. 적어도 장수까지는 갈까 했는데, 장수 가는 버스는 끊어졌다. 히유. 장수까지는 없지만, 장계에 가면 장수 들어가는 버스가 있단다. 장계 가는 표 끊다. 3,800원. 장수 가는 버스는 4,900원. 남원 가는 버스는 8,900원. 남원 가는 막차는 18시 45분.

읍과 읍 사이를 다니는 데에도 이렇게 차가 일찍 끊기면 다니기 참 힘들다. 그러나 뭐, 읍과 읍 사이를 다닐 일이 없기도 할 테고, 다니는 사람도 적으니 차편도 없겠지. 시골에서는 저녁 여섯 시만 넘어도 버스 타고 움직이기 힘들다.

안성재 …… 버스 타고 가며 느끼는데, 3~4킬로미터쯤 어마어마하게 이어지는 오르막이다. 차니까 수월하게 올라갔지만, 이 길을 자전거로 갔다면 ……

(20:32)

장계에 닿다. 장수 가는 버스는 21시 10분에 있다. 그런데 버스는 21시 30분이 되어서야 들어왔다. 참 너무한다. 10분쯤 늦는 것도 아니고 20분씩이나. 버스역 공중전화기 앞에 돼지코가 있어서 전화기에 밥을 주다. 10분쯤.

장계에 내린 뒤 잠깐 동네 마실을 했다. 여느 면내와 그다지 다르지 않다. 술집이 보이고 다방이 보이고. 빵집 하나, 술집 여럿, 여관과 모텔 여럿, 분식집 몇, 큰 교회도 하나 보이네. 어느 가게 안을 들여다보니 학교옷 입은 계집아이 하나와 동생으로 보이는 사내아이 하나가 인터넷게임에 푹 빠져 있다. 부모는 텔레비전 연속극을 보고. 〈말표 신발〉이라는 시골 신발집이 보인다. 아는 분이 290미리 고무신이 있는지 알아봐 달라고 이야기했기에, 이곳 할아버지한테 여쭈어 본다. 큰 치수는 275문까지 나오고 280문도 더러 나온다는데, 더 큰 치수는 없단다. 그래서, 내가 신을 270문 고무신을 하나 달라고 여쭌다. 할아버지는 돋보기를 쓰고 신을 하나하나 살피더니 꺼내어 주신다. 3천 원. 농사짓는 마을에서는 신발집이 있고, 신발집에서 고무신을 판다.

뭐라도 하나 먹을까 하다가 그만두기로. 이따가 장수에 가서 먹으련다. 그다지 배고프지 않기도 하지만, 잔돈을 남겨 놓아야 여관삯 낼 때 좋으니까. 장계면 버스역에서는 저녁 19시 30분이 넘으면, 버스역에 딸린 주유소에서 표를 판단다.

(21:44)

장수읍에 닿다. 금방이군. 그런데 이곳 장수읍에 여관이 하나뿐이다. 다른 여관도 하나 있지만 장사를 안 한다. 여인숙도 하나 보이지만 이곳도 장사를 안 한다. 하나 있는 〈황토방〉이라는 곳은 25,000원을 부른다. 25,000원은 2인1실 기준인데 100원도 깎아 줄 수 없다고 한다. "우린 그렇게 못 줘요." 한다. 25,000원 주려면 들어오고 아니면 말라는 투. 그래서 그냥 나온다. 차라리 길에서 자고 말지. 경찰서에 들어간다. 경찰관 아저씨는 인터넷으로 뭔가 하며 놀다가 흠칫 놀란다. 이곳 가까이에 다른 여관이 있는가 여쭌다. 그렇지만 나보다도 모른다. 오늘 처음 장수읍에 닿은 나보다도. 그래, 경찰서 안에서 잠깐 쉬면서 길그림을 보다가 그냥 남원까지 자전거를 타고 가기로 한다. 이곳은 다른 데보다 차도 훨씬 없고, 길도 그다지 힘들지 않으리라는 생각에(속리산을 지나왔고, 지리산은 아직 멀었으니까), 자전거 뒤에 등을 달고 채비를 한다. (나중에 알았지만, 이곳 경찰서에 지도를 놓고 나왔다. 남원에 닿아서 알았는데, 놓고 왔으니 어쩌겠는가. 거기까지 다시 자전거 타고 가서 가져올 수도 없고.)

(22:50)

길을 떠난다. 서울만 벗어나도 가로등이 없지만, 이곳 장수 — 남원 사이에도 가로등 하나 없다. 자전거 앞등을 밝게 비추면서 달린다. 차는 몇 분에 한 대 지나갈까 말까. 참 조용하다. 고개를 들어 올려다보지 않아도 밤하늘 별이 가득하게 보인다. 흐릿하지만 미리내도 보인다. 내 자전거 불을 끄면 더 잘 보이겠지. 장수읍에 머물지 않고 남원까지 자전거 타고 가기를 잘했다. 내, 두 번 다시 장수읍에는 발을 디디지 않으리라. 장수사람들한테는 미안한 말씀이지만. 그러나 서른 해쯤 뒤에 다시 가 볼까 싶기도 하다. 그때는 좀 달라졌나 어쩌나 궁금하기도 할 테니.

한참 달리다 보니, 5킬로미터 가까이 꽤 가파른 내리막으로만 이어진다. 참 좋구나. 아까 미원면 들어설 때 고개 오르며 애먹은 모든 것을 다 갚고도 남는다. 그런데 5킬로미터 내리막에 이어 또 기나긴 내리막이 나오니, 밤길을 달리는데 으슬으슬 춥다. 낮이라면 아주 시원했을 텐데, 그래도 제법 썰렁하겠구나 싶다. 남원까지 34킬로미터 남았던 처음 길이 13킬로미터가 될 때까지 거의 힘을 안 들이고 달렸다.

언제나 느끼지만, 국도를 달릴 때는 덩치 큰 짐차는 하나도 무섭지 않다. 잘 모르는 분들은 덩치 큰 짐차 때문에 걱정을 하지만, 외려 덩치 큰 짐차는 자전거 여행하는 사람한테 마음을 많이 써 준다. 그래서 이분들은 거의 차앞등을 내려서 내 눈이 부시지 않게 해 주며, 아주 가끔 기운을 북돋우는 경적도 울려주고(위협 경적과 기운 북돋우는 경적은 다르다), 자전거가 바람에 날리지 않게 옆으로 크게 돌아가는 차가 많다. 뭐, 아랑곳않고 달리는 사람도 꼭 있기는 있다. 그러나 여느 승용차들이 하는 것과 견주면 덩치 큰 짐차는 아주 멋지다.

번암면 지날 때부터 따순 바람이 분다. 뭐지? 뭘까? 번암면부터 남원시 들어설 때까지 찬바람이 아니라 따순 바람이 분다. 이곳 지형 때문인가? 따순 바람 덕분에 밤길을 달리면서 춥지 않아 좋다.

(00:40)

남원시 들어서다. 그런데 길알림판이 이상하다. 여기로 가라는 건지 저기로 가라는 건지. 길알림판 믿지 말자. 내 몸느낌을 믿고 가자.

시내로 들어서니 여관이 참 많이 보인다. 허름한 데 골라 갈까 하다가, 아까 장수에서 기분나쁜 일이 있었기에, 일부로 좀 시설 좋아 보이는 데로 골라 들어간다. 뭐, 값만 물어 보고 비싸면 돌아나오면 되니까. 남원 버스역 바로 앞에 있는 〈한일파크호텔〉이라는 곳으로 들어간다. 할머니가 나물을 다듬고 있다. 문을 똑똑 두들긴다. 25,000원 부른다. 워낙 30,000원인데 "요새 장사가 안 돼서" 25,000원만 달라고 한다. 장수읍 허름한 여관 25,000원을 생각하면 아주 싼값. 그래서 이곳에 묵기로 한다. 주인 할머니와 자전거 여행 하는 이야기를 조금 나누었는데, "큰 방 말고 작은 방 줄까?" 하면서 20,000원만 내고 작은 방으로 가라고 한다. 나로선 더 고마운 일이지.

그래서 작은 방으로 갔는데, 할머니가 말한 작은 방도 작은 방이 아니다. 서울 같은 곳 여관에서 큰 방이라 할 만한 곳이 이곳에서 '작은 방' 이다. 안에 쇼파도 둘이나 있고 차 마시는 책상까지 있다. 씻고 빨래하고 드러눕다!

10월 10일 - 할딱고개

오늘도 길에서 사고날 뻔하다. 언덕마루를 지나 내리막을 내려가는데, 골목에서 차 한 대가 고개를 슬슬 내밀더니, 내가 지나갈 무렵 불쑥 나온다. 위험하기에 딸랑딸랑 소리를 울린다. 그렇지만 이런 소

리에 아랑곳 않고 그냥 나와 버린다. 등을 펴고 몸을 뒤로 눕히고 팔을 쭉 뻗으며 살살살 제동을 건다. 가까스로 차와 부딪치지 않고 차 옆에서 멈추었다.

"조심해서 다녀야죠!" 하고 화를 잔뜩 억누른 채 외친다. 이와 비슷한 사고를 몇 번 겪으면서, 아무리 내가 피해자라고 해도 욕을 하거나 말을 까면 맞은편 가해자가 되레 큰소리를 친 일을 겪었기 때문. 운전자는 "자전거가 안 보여서 ……" 하면서 말을 어물어물. 눌렀던 화가 다시 치밀었지만 또 한 번 꿀꺽 삼킨다. "사고날 뻔 했잖아요!" 운전자는 또 자기한테만 들릴 만한 목소리로 웅얼웅얼. 죽어도 '미안하다' 한 마디는 하기 싫은가 보다.

오늘은 아무래도 뭔가 꺼림칙한 느낌이 들어 충주로 버스를 타고 가기로 한다. 더욱이 한강 자전거길에서는 마라톤 대회인지를 한다고 했으니, 그리로 지나갈 수도 없다. 전철을 타고 오리역까지 간 뒤 자전거로 갈까 했으나, 오랜만에 버스를 타 보기로 한다. 홍대 전철역에서 지하철을 타고 강변역으로 간 뒤, 6,500원 표를 끊고 무극으로 간다.

버스가 거의 꽉 찬다. 생극으로 가는 버스는 덜 차지만, 강변역에 닿은 때가 16시 39분이었기에 40분 차를 탈 수 없었다.

고속버스를 타면 옆자리 앉은 사람, 앞뒤 둘레에 앉은 사람 때문에 마음이 쓰인다. 버스가 떠날 무렵 안전띠 매고 전화기는 진동으로 해 달라는 방송이 나오건만, 이를 지키는 사람은 몇 없다. 슬쩍 버스를 둘러보니 안전띠 맨 사람은 나 혼자뿐인 듯. 옆자리에 앉은 어린

학생은 내릴 때까지 끊임없이 손전화로 문자를 보내고 받는다. 책을 읽으며 가다가 20분이 못 되어 두 손 든다. 그냥 자자.

이제 곧 내릴 때. 창밖을 본다. 대소면을 지나 무극으로 가는 길. 창밖으로 보이는 하늘에 노을이 진다. 썩 곱지는 않으나, 퍽 볼 만하다. 턱을 괴고 올려다본다. 문득, 이 버스에 탄 다른 사람들도 노을을 보는가 싶어 살짝 둘러본다. 나 혼자만 노을을 보고 있다.

무극에서 내린 때는 18시 28분 무렵. 자전거를 펴고 뒷등과 앞등을 켠 뒤 달린다. 금왕읍(무극)에서 충주로 가는 길은 4차선길. 차가 거의 안 다니는 길인데도 4차선길이다. 그런데 이런 길을 두고 새로운 4차선길을 다른 자리에 하나 뚫었고, 요즘도 새로운 4차선길 공사를 또 하나 하고 있다. 저 많은 찻길을 닦는 돈이 어디에서 나왔는지 궁금하지 않고, 차 뜸한 이 넓은 길을 나중에 어디에 쓸지도 궁금하지 않다. 다만 한 가지, 새로 놓은 이 4차선길은 길섶이 조금 넓은 편이라 자전거로 다니기에 좋을 뿐.

금왕읍에서 충주 신니면으로 가는 길에는 할딱고개가 셋. 처음 자전거로 이 할딱고개를 넘을 때 몹시 힘들었다. 하나도 끝까지 못 넘었다. 그때가 벌써 이태 앞서인가. 이태 사이, 다리힘을 참 많이 길렀구나 싶다. 오늘 타고 가는 자전거는 기어 없는 스트라이다인데 기어 있는 자전거로 헐떡거리던 이 길을 거의 아무런 어려움 없이 넘었다. 첫 고개를 넘으니 둘째 고개도 수월하게 넘었다. 둘째 고갯마루에서 사진 한 장 찍어 볼까 하고 멈춰서 뒤를 돌아보는데, 벌써 해가 져서 너무 어두워 찍을 수 없다. 넘은 고개는 예순터. 이 예순터를 넘을 때마다 드는 생각인데, 이 길을 다니는 시골버스는 하루에 몇 대 있을까? 이 길을 세 해 남짓 다니면서 시골버스 다니는 모습은 딱 한 번 보았다. 걸어서 한 시간 남짓 지나간 적도 많은데, 그때에도 버스는 못 보았다. 그러고 보니 언젠가 금왕읍에서 버스 시간표를 보았구나.

이 길을 지나는 버스가 하루에 두 대였던가? 몇 집 안 사는 외진 마을이기는 하지만, 돌고 도는 시골버스가 좀더 자주(하루에 네 번이라도) 있으면 좋으련만. 하긴, 이렇게 버스편이 있더라도 요즘 시골사람 가운데 차 없는 사람이 드무니까, 다들 자가용차 타고 다니겠지. 할머니 할아버지는 젊은 사람들이 짐차로 실어다 줄 테고.

이제는 가뿐하게 넘는 할딱고개 셋이지만, 이 할딱고개를 넘는 동안에도 땀이 방울지어 똑똑 떨어진다. 마지막으로 음성군 생극면에서 충주시 신니면으로 접어드는 고갯마루에서는 또도독 떨어진다. 나는 자전거를 탈 때 이렇게 땀이 방울이 되어 떨어질 때가 아주 짜릿하면서 기쁘다. 땀방울이 떨어질 때마다 더 힘이 난다. 그러다가 땀이 방울이 아닌 물줄기처럼 흘러 눈이고 코고 입을 적실 때는 쉬어야 할 때.

금왕읍 버스역에서 이곳 고갯마루까지 17분. 참 금방 왔군. 7킬로미터쯤 되는 거리인데. 이제 마을길로 들어선다.

10월 23일 - 용인에서 서울로

낮 2시가 안 되어 길을 나선다. 해가 있는데 비가 뿌린다. 옷이 젖을 만큼은 아니지만 눈을 뜨기 어렵게 뿌리는 비다. 비옷을 쓰기 그렇고, 안 쓰자니 그렇고. 날도 제법 차다. 탄천길 접어들기 앞서 신호등에 걸려 서 있는데 손이 시리다. 몸이 얼어붙는다. 손을 비빈다.

비는 흩뿌리고 날은 꾸무리하고 바람은 몹시 거세다. 탄천길에 다니는 사람도 거의 없다. 그만둘까? 오리역에서 전철을 탈까? 하지만 어제 신촌에서 오리역까지 전철을 타 보니 자그마치 2,200원이나 나왔다. 자전거로 두 시간이면 넉넉히 갈 만한 거리를 1시간 30분쯤 걸려 2,200원이나 써야 한다는 일이 내키지 않는다. 좀더 달리자.

어마어마하게 부는 맞바람. 충주에서 달려와서 용인을 지날 무렵이었다면 다리에 힘도 많이 빠져서 이 맞바람을 견뎌내지 못하고 발목 힘줄이 늘어나거나 다리가 저려 더 달리지 못했으리라. 그나마 할머니 제사가 있어 용인 부모님 집에 하루 묵은 뒤 달리는 터라 힘을 낼 수 있다. 오리역을 지나 미금역쯤을 지날 무렵, 잠깐 다리 밑에서 뱅뱅 돌며 생각한다. 어찌할까? 어찌할까? 그냥 달릴까? 전철을 탈까? 바람을 뚫을까? 2,200원 아깝지 않나?

몇 없지만, 이 바람길에도 꿋꿋하게 달리는 아저씨, 할아버지, 아줌마가 있다. 이분들을 보니, 나도 달려야겠다는 생각이 든다. 기운을 내자.

참말로 힘겹게 잠실까지 나온다. 1시간 30분쯤 걸린 듯하지만 시

302
서해로

계가 없어 얼마나 달렸는지 모르겠다. 맞바람을 뚫으며 한 번도 쉬지 않고 달렸다. 쉬엄쉬엄 달려야 더 좋다고도 느꼈으나, 어디까지 달릴 수 있나 시험해 보고 싶기도 했다. 시간이 갈수록 흩뿌리던 비도 차츰 가시고 하늘을 뒤덮던 구름도 조금씩 걷힌다. 두 달 가까이 비가 내리지 않아 끔찍하게도 뿌옇고 더러웠던 서울 하늘이 다시 맑아졌다. 이대로 한 달 동안 비가 더 내리지 않았다면 많은 서울사람들은 숨이 막혀 병에 걸리거나 죽는 사람도 나왔을는지 모르는데, 하늘이 한 번 우리들 목숨을 살려주었다고 느낀다.

이 좋은 하늘을, 바람을, 춥기는 해도 좀더 많은 사람들이 느끼고 소중히 여길 수 있으면 얼마나 좋을까. 맑은 하늘 고마운 줄 알고, 시원한 바람 고마운 줄 깨달으며, 우리한테 무엇이 소중한지 느낄 수 있으면 얼마나 좋을까. 팔이 얼어서 글씨를 못 쓰겠다. 억지로 몇 글자 적어 놓는다.

한남대교 지나 언덕마루부터 맞바람이 뒷바람으로 바뀐다. 아. 드디어. 허벅지에 쥐가 나도록 달리느라 이만저만 힘들지 않았는데, 이 얼마나 반가운 일인가. 마주 달리는 사람은 괴롭겠지. 하지만 내 쪽에서 달리는 사람은 여태껏 얼마나 힘들었는데. 서로서로 괴로움을 나누어 받으면 좋으리라 본다.

오는 길에 어느 젊은이를 살짝 앞지르면서 "고생 많으시네요." 하고 인사를 건넸다. 한창 맞바람이 거센 길을 달리는 사람을 만나 반가운 마음에 건넨 인사이다. 젊은이를 지난 뒤 언덕길에서는 자전거에서 내려 끌고 올라가는 아주머니를 보았다. "힘내셔요." 한 마디

하고 싶었으나 나도 힘들어서 목소리가 안 나온다. 언덕길을 스쳐 지나간 뒤, 그때부터 마주치는 사람들을 보며 속으로, "힘내셔요. 바람에 지지 마셔요. 바람을 즐기셔요." 하고 속삭인다. 오늘 같은 날 자전거 타는 사람이 진짜 자전거꾼, 자전거를 사랑하는 사람이리라.

10월 30일 - 홍제동에서 용인으로

(08:40) 길 나섬. (09:27-09:35) 한강 반포매점 앞에서 잠깐 쉼

새벽 일찍 나올까 하다가 아침 때에 나가 보기로. 예전에 서울 시내에 있는 일터에 나갈 때에도 늘 새벽 6시 조금 넘어서 길을 나섰기 때문에, 서울에서 지내면서 출퇴근 시간 끔찍한 길을 거의 겪지 않았다. 그래서 오늘 한번 부대껴 볼까 하는 마음으로. 사진기가방은 이곳에 놓기로 하고, 그만큼 책을 더 싣다. 자전거에 싣는 짐무게는 달라지지 않다.

출근길 홍제동 지나기. 끔찍한 싸움터. 길을 가득 메운 온갖 차들. 버스고 짐차고 택시고 자가용이고…… 뒤엉키고 밀리고. 버스길을 살짝살짝 몰래 넘나드는 얌체 자동차. 골목에서 미리부터 대가리 디미는 차들. 갑자기 골목에서 튀어나와 경적 세례를 받는 차들.

아침부터 이렇게 지루하고 끔찍한 싸움을 치르고 찾아가는 일터에서도 싸움을 벌이지 않나? 하루일을 마치고 집에 갈 때에도 싸울 테고. 집에서는 어떨까? 집에서는 안 싸우고 고이 지내는가? 도시에서 일하는 회사원들은 출퇴근길이고, 일터에서고, 집에서고 내내 싸움투성이로구나 싶다. 이 끔찍한 싸움터에서 어찌 살아남을 수 있을

까? 무섭다.

한강 자전거길 들어설 때. 마포대교 건넌 뒤 내리막을 브레이크 잡으며 슬슬 내려와서 자전거길로 접어들려는 때, 차가 옆에서 나를 칠 뻔했다. 깜짝 놀란다. 나도 서둘러 멈춘 뒤 왼쪽을 흘낏 보니 자동차들이 한강에 와서 차 대는 곳으로 들어가는 어귀. 그리고 내가 들어가는 곳은 자전거길로 들어가는 어귀. 둘이 한 곳에서 만난다. 오늘은 자동차가 재빨리 멈춰 주고 나도 멈췄기에 사고가 안 났지만, 이 자리에서 쉬 사고가 나겠구나 싶다. 교통행정을 하는 사람들은 이곳에 자전거 들어서는 길과 자동차 들어서는 길을 따로 마련해 놓든지, 자동차가 들어설 때 빠르기를 아주 낮춰 시속 20킬로미터 아래로 달리도록 하든지, 뭐라도 대책을 세워 놓아야 한다고 느낀다.

(10:32-10:39) 늘 쉬는 탄천길 정자 앞

맞바람 맞기. 이른 아침에는 맞바람 기운이 있더니 10시를 넘을 무렵부터는 고요하다. 좋구나. 어째 내가 달릴 때면 이리 맞바람이 불어 괴롭히나 싶기도 했지만, 늘 바람 한 점 없고 날이 맑을 수야 있겠는가. 바람 불 때도 있고, 비가 올 때도 있고, 눈이 흩날리기도 하고, 구름이 잔뜩 끼기도 하는 날씨 아닌가.

공사 짐차. '자전거만 달려야 한다는' 길을 떡하니 막고 선 짐차가 꽤 된다. 한쪽 가에 세워 둔 차도 있지만, 무슨 공사를 하는지 몰라도 아침부터 온갖 차들이 넘나든다. 자전거길에서 공사를 할 때는, 오가는 자전거가 다치거나 번거롭지 않도록 마음써야 하지 않겠나?

(10:59-11:11) 부모님 집에 거의 다 옴

배가 많이 고프다. 날이 조금씩 더워진다. 이젠 페달 밟는 힘도 줄어들고. 오늘 하루 부모님 집에서 자고 갈까? 충주로 가는 일도 중요하지만, 고등학교 마친 뒤 너무 오래 부모님 집과 떨어져 지내는구나 싶다. 오늘 같은 날 한 번쯤 묵고 가는 일도 괜찮겠지. 내가 회사에 다니는 사람이라면 회사일에 매여 바쁘다는 핑계로 주말이든 다른 때에든 거의 못 찾아가지 않겠나. 오늘 같은 날, '한 번에 집에 가자니 좀 힘들어서요' 하고 둘러대면서 부모님 집에 찾아뵈어도 좋겠지.

소독차. "자전거는 한쪽으로 비켜서 달리세요"라고 안내방송을 뇌까리는 소독차가 지나간다. 길가 풀숲에 소독약을 뿌린다. 으. 냄새. 소독약을 왜 지금 뿌리지? 그리고 굳이 뿌려야 할까? 지금 내가 쉬는 버드나무 앞 그늘 있는 곳 옆 풀숲에는 새소리 가득하다. 저 소독약은 이 조그마한 풀숲에 보금자리를 튼 자그마한 새들에게 어떻게 영향을 끼칠까? 또한, 소독약을 꼭 쳐야 한다면, 왜 이런 때에? 새벽 네다섯 시쯤에 쳐야지 싶은데. 지금 이때, 아침에서 낮으로 접어드는 때는, 아주머니, 할아버지, 어린아이 들이 슬금슬금 나와서 운동을 하거나 나들이를 하는 때. 다니는 사람과 자전거가 적다고 하지만, 이 길에는 온통 '노약자'가 가득한 때다.

(11:38) 부모님 집 닿음

백봉리
통로암거4

10월 31일 - 집으로 돌아가는 날

(12:16) 길 나섬. (13:32-13:47) 용인장례식장 어귀

이제 용인 시내를 거의 벗어났다. 용인 시내도 서울 못지않게 차가 많다. 아파트 새로 짓는 곳이 많아서 큰 짐차도 많다. 그 끔찍한 곳을 지날 때면, 힘들거나 지쳐도 어느 한 곳에 멈추어 쉬고픈 생각이 조금도 안 난다. 어서 빠져나갔으면 하는 마음뿐이다. 아까 고갯마루에서 잠깐 숨을 돌리며 이것저것 생각나는 것이라도 적어 볼까 했으나, 고갯마루 넘는 짐차에서 내뿜는 시커먼 배기가스를 보며 속이 뒤집혀서 그냥 쉬지 않고 내처 달렸다.

아침에 밥 두 그릇 비웠고, 어제 낮부터 느긋하게 몸을 쉬었기에 큰 어려움 없이 할딱고개도 넘었다. 누구라도 배불리 먹고 몸도 아늑하게 잘 쉰 다음 달리면, 큰 어려움 없이 달릴 수 있겠지. 이 나라 노동자도, 농사꾼도 일한 만큼 대접을 받을 수 있으면 얼마나 신나게 일하고 즐겁게 일할까. 즐겁게 일할 수 없을 만큼 푸대접을 받으니 마음 가벼이 놀지도 못한다고 느낀다. 있는 만큼 나누고, 번 만큼 베풀며, 가진 만큼 함께한다면 싸움이란 없겠지. 왜 노동조합이 있을까? 왜 삼성이나 현대가 수천 억이 넘는 돈을 내놓는다고 해도 좋게 들리지 않는가?

아침에 집(부모님 집)을 나오면서 이웃집 꼬마 자전거에 바람 넣어야지 했으나 또 잊고 그냥 나왔다. 어제 집에 들어갈 때도 그랬고, 지난번에 왔을 때에도 그랬다. 보았을 때 그 자리에서 넣어야 하는데. 부모님 집까지 닿을 무렵이면 늘 고단하고 지쳐서 생각만 할 뿐, 몸이 안 따르기 때문일까. 힘들면 생각만 앞서니까. 그러면 오늘 아

침은 뭐지? 까마귀 고기를 먹었나?

오늘도 느낀다. 건널목 신호에 차들이 멈춰 서 있을 때처럼 평화롭고 조용하기 그지없을 때가 없다.

가벼운 차림으로 달리는 일도 나쁘지 않으나, 짐 가득 채운 가방을 메거나 짐수레 가득 책을 싣고 낑낑거리며 자전거 달릴 때가 더 좋고 즐겁다. 내 자전거 타기는 아무리 고단해도 짐자전거 달리기이다.

(14:31-14:41) 17번 국도, 아무튼 어딘가 고갯마루

달리면서 생각하는데, 오늘은 다른 날과 달리 신호를 아주 잘 받는다. 한참 뒤에 있을 때부터 신호를 바라보며 '이제 끊기겠지', '아무리 페달질 부리나케 밟아도 코앞에서 걸릴 테지' 하면서 느긋하게 달리는데, 웬걸. 이렇게 생각할 때마다 한 번도 안 걸리고 술술 넘어간다. 뜻밖이다. 한편, 신호 잘 받아 건널목을 지난 뒤 생각한다. 우리 나라 찻길 신호는 너무 길다고. 나야 오늘은 이렇게 신호 잘 받아 마음 놓고 건널 수 있으니 좋지만, 맞은편에서 기다리는 차는 얼마나 짜증나게 기다리고 있을까?

나 또한 한 번 신호 걸리면 하염없이 기다리느라 지루하고. 그러고 보니, 이렇게 신호가 길기 때문에, 신호가 바뀌어도 억지로 자기 갈 길을 가려고 신호에 아랑곳 않고 달리는 차가 많겠구나 싶다. 한 번 놓치면 하염없이 기다려야 하니까. 조금이나마 서로서로 더 안전하게 다니도록 하자면, 신호를 좀더 짧게 끊고 자주 바뀌도록 고쳐서

대놓고 씽씽 달리는 차가 억지로 지나가지 않아도 조금 뒤에 걱정없이 지나갈 수 있도록 해야지 싶다. 그러면 건널목 사고도 줄고, 신호 바뀐 뒤 건널목 건너는 사람도 훨씬 느긋하겠지.

시원하게 물 한 모금. 자전거로 달리든 걷든 물을 거의 안 마신다. 그러나 요사이는 곧잘 마신다. 물을 마시노라면 배고픔도 조금은 가시는 듯해서.

(15:43-15:56) 어느 시골길

17번 국도 끝나고 38번 국도로 접어들어 달리다가 깜짝 놀란다. 318번 시골길로 들어서는 곳으로 빠져나가는 사잇길에 2미터가 넘는 쇠막대가 떨어져 있다. 가까스로 비껴 달리며 걸려 넘어지지 않았다. 생각을 더듬어 보니, 지난번에도 이 쇠막대를 보았다. 하지만 아직도 그 자리에 그대로 있다.

집(내 살림집인 충주)으로 가는 길은 차가 줄어들고 조용해지는 길. 서울로 나들이 나오는 길은 차가 갈수록 늘고 시끄러워지는 길.

'국토종단' 을 한다는 아이들 옆을 지나간다. 잠깐 다리쉼을 하는 듯. 옷 갖춰 입고, 도우미 차도 두어 대 있고. 뭐, 좋은 경험이겠지. 그다지 힘들지도 않을 테고. 걷기만 하면 되니까.

마을이 건너다보이는 길가에서 쉰다. 이제 거의 다 온 셈이고, 서울 갈 때 받아 온 물도 많이 남아서 얼굴에 흐르는 땀을 씻어내는 데에 쓴다. 배고프다. 얼른 가야겠다.

'국토종단' 하는 아이들은 먼길을 걸으며 무엇을 보고 느낄까 걱정하기 앞서, 서울과 충주를 자전거로 오가는 동안 내가 보고 느끼는 게 무언지부터 걱정하자. 가만가만 돌아보니, 자동차들이 미친 듯이 달리는 이야기만 너무 많이 하지 않나? 그러나 미친 듯이 달려대는 자동차 이야기를 안 할 수 없다. 줄일 수 없다. 그게 현실이니까. 생각해 보면, 자전거로 출퇴근하는 사람이 많이 늘었다고는 해도, 아직까지도 혼자 자동차를 타고 출퇴근하는 사람이 훨씬 더 많다. 비율을 따지면 1000:1은 너끈히 넘겠지.

(16:21-16:27) 생극에 닿다

아까 하던 생각을 조금 이어서. 일삯 제대로 안 주고 푸대접하며 괴롭히는 자본가에 맞서 자기 권리를 말하고 찾아야 옳다. 그러면서 우리가 권리를 찾고 난 뒤 누리려는 게 무언지도 생각해 봐야겠지. 다만, 자전거가 찻길에서 권리 찾기란, 노동자가 자기 땀방울 값어치 찾는 일만큼 어렵지. 그러니 아직까지는 느긋하게 '자전거로 충주와 서울을 오가며 이런저런 모습을 느끼고 볼 수 있어 좋아요' 같은 이야기는 쉽사리 못 나오는구나 싶다.

그래도, 가을이다. 지난 봄부터 충주와 서울을 자전거로 오가는 동안 처음 느끼는 가을이다. 용인 시내만 접어들어도, 또 서울로 들어설 때에도 느낄 수 없던 가을이다. 국도 숫자가 두 자리수일 때는 가을을 느끼기 어렵지만, 세 자리수인 지방도로, 그러니까 시골길로 접어들면 이내 가을임을 느낄 수 있다. 봄에는 봄을, 여름에는 여름을, 가을에는 가을을 느낄 수 있다. 안타깝게도 시골에도 차가 부쩍 늘어서, 이 가을을 마음껏 느끼지 못하게 가로막는다. 슬금슬금 달릴 때에도, 자전거를 세우고 길가에 앉아 있을 때에도, 씨이이이익 바람을 가르면서 서 있는 자전거도 휘청거릴 만큼 달려제끼는 온갖 짐차와 자가용들은 가을을 가을이 아니게 한다.

생극에 있는 할인마트에서 맥주 한 통, 당근 둘 산다. 두부도 살까 하다가 그만둔다. 요 자그마한 생극면에도 큼직한 할인마트가 하나 들어섰다. 지난 여름까지만 해도 조그마한 가게였는데.

오는 길에 콩 베는 이, 콩 터는 이를 많이 보았다. 자전거 타고 시골길을 지나오면서 논이나 밭에 일하는 분들을 오늘처럼 많이 보기는 처음. 모두 할머니, 할아버지라 할 만한 분들이다.

(17:20) 집에 닿음

마지막 시골길을 달릴 때 사마귀 두 마리 보다. 한 마리는 잘 비껴 달렸으나 두 번째 사마귀는 살짝 스친 듯. 앞에서 보며 아차! 하고 앞바퀴를 틀어서 안 밟았고, 뒷바퀴도 비꼈지만 짐수레 바퀴에 살짝 치지 않았을까? 뒤돌아보니 깜짝 놀란 사마귀가 잰걸음으로 풀숲으로 들어간다. 나는 그대로 달리면서 '그래, 저렇게 풀숲 들어가는 모습을 보니 괜찮겠지? 밟았다면 그 자리에서 꼼짝도 못했을 테니까' 하고 생각한다. 하지만, '아니야, 잠깐 스치듯이 쳤어도 그 충격 때문에 죽을 수 있잖아? 그냥 지나쳐 버리려고?' 하는 마음이 잇따른다. 뒷거울을 보니 차가 없다.

이 시골길에는 차가 거의 안 다니니까. 자전거를 돌려 아까 사마귀를 본 자리를 더듬어 본다. 풀숲에도 보이지 않는다. 크게 놀랐는가 보다. 그리고 살았나 보다. 가슴을 쓸어내린다. 다음에 또 사마귀를 볼 때면 제대로 비껴 가든지, 그 자리에 멈춰서 사마귀를 풀숲으로 보낸 뒤 다시 달려야겠다. 찻길에서는 자동차가 멈춰서 자전거나 걷는 사람을 지켜 주어야 하듯이, 시골길에서는 자동차와 자전거가 풀벌레와 풀짐승을 지켜 주어야 한다.

11월 4일 – 오윤 판화 전시회 구경하러 가던 날

어제 비를 맞은 뒤 자전거(스트라이다) 벨트가 좀 늘어졌지 싶다. 예전에 비 많이 오던 날, 이 자전거를 타고 충주로 돌아가는 길에 벨트가 끊어진 적 있다. 자칫 이번에도 끊어질 수 있겠다 싶어(그동안 두 번 끊어졌다), 아침에 길 나서기 앞서 비누칠을 해 준다. 비누칠을 해 주면 한결 나아진다.

아이들(초등학교든 중고등학교든)이 학교 마치고 집으로 돌아가는 동네길에 덩치 큰 차가 퍽 많이 지나간다. 요새 많이 팔리는 SUV라는 자동차다. 이 차들은 덩치도 크지만 2차선밖에 안 되는 동네길에서도, 또 길가 한 쪽이나 두 쪽 모두 차가 세워져 있기도 한 이 좁은 길에서도 너무 씽씽 달린다. 학교 앞 찻길에서는 자동차가 30킬로미터 넘게 달릴 수 없도록 되어 있다지만, 실제로 이 빠르기를 맞추어 차를 모는 이가 있을까? 학교 앞 찻길뿐 아니라 동네길에서도 자동차 빠르기를 낮추도록 해야 한다.

무악재 넘는 오르막길, 버스 한 대가 어중간하게 선다. 판판한 길이라면 모르되, 오르막길에서 차를 저렇게 대 놓으면, 뒤에 달리던 자전거는 어찌하라고? 왼편으로 나가지도 못하고 오른쪽으로 지나

가지도 못한다. 무악재 넘는 오르막길에 놓인 버스전용찻길은 퍽 넓기 때문에 버스가 어느 한쪽으로 반듯하게 서면, 버스도 자전거도, 또 뒤따르는 다른 자동차도 거리낌이나 위험 없이 잘 지나갈 수 있다.

서대문 전철역에서 경찰청 쪽으로 건너가는 큰 네거리. 은행에서 돈을 찾은 뒤, 내 자전거 달리는 빠르기 그대로 가는데 뒤에서 "빵!" 하는 소리가 들린다. 뒷거울로 보니 버스 한 대. 내 자전거가 그 버스 지나가는 데에 걸리적거렸나? 버스가 내게 경적을 울린 때는, 그 버스가 오른편으로 돌아나가려는 때인데, 뒷거울로 보았을 때 그 버스는 조용히 지나갔어도 아무 거리낌이 없었다고 본다(어쩌면, 나 혼자 이렇게 느낄지 모르겠다. 그 버스가 오른쪽으로 돌 때 내 자전거와 거리가 제법 떨어져 있었어도 그 버스를 몰던 분으로서는 눈에 거슬릴 수 있을 테니까). 버스 모는 분은, 자기가 가는 길에 내(자전거)가 걸리적거리지는 않더라도, 찻길에 자전거가 있는 모습이 보기 싫어서, 자기 차 앞에 자전거 따위가 있어서 저렇게 경적을 울렸을까? 아니면, 제법 쌀쌀한 늦가을에도 자전거를 타는 사람한테 힘을 북돋우고 싶어서 경적을 울렸을까?

숙대입구 전철역. 지하철을 타기로 한다. 오늘 갈 곳은 과천 현대미술관. 판화쟁이 오윤 님 20주기 전시회를 열고 있다. 내일까지. 과천까지 내처 자전거로 달릴까 하다가 그만두다. 좋은 그림을 보러 가는 길인데, 벌써부터 찻길에서 버스 때문에 골머리앓고 싶지 않고, 차방귀도 마시기 싫다. 또, 어제 자전거를 비 맞췄기에 벨트를 좀 쉬게 해 주어야겠고.

(과천 어린이대공원)

대공원으로 들어가는 길. "자전거 · 인라인 통행금지"라는 선간판이 보인다. 대공원에 놀러오는 아이들이 많아서, 사고가 날까 봐 이런 선간판을 세워 놓았을까.

코끼리열차가 지나간다. 코끼리열차는 드문드문 지나간다. 그런데 이 코끼리열차가 지나가는 찻길은 꽤 넓다. 이곳 대공원은 사람이 다니는 길도 넓은 편이라 하겠지만, 오가는 사람 숫자를 헤아린다면 찻길이 지나치게 넓고 사람길은 좁다고 할 수 있다. 이곳 대공원에서 "자전거 · 인라인 통행금지"라 써 붙일 게 아니라, "자전거 · 인라인은 이쪽 길(코끼리열차 다니는 길)로"로 고쳐서 써 붙여야지 싶다. 코끼리열차 다니는 찻길을 반으로 갈라서 한쪽은 자전거와 인라인이 다니도록 하면 좋겠다.

한낮인데 미술관 앞 거리등에 불을 켜 놓았다. 잘못해서 켜 놓았나 싶었는데, 가만히 보니 미술관에 있는 등불마다 켜져 있다. 멋으로 느끼나? 아니면, 요즘은 서울이고 시골이고 어디고 낮에도 뿌연 스모그가 껴 있어서, 사람들 안전을 생각해서 불을 밝히는지?

오윤 판화 구경을 마치고 돌아가는 길. 자전거 타고 다니는 사람을 열쯤 만나다. 먼저 외국사람 하나. 다음으로 아이 둘. 다음으로 자전거모임 사람 예닐곱. 그런데 대공원 들머리에 세워 놓은 "자전거 · 인라인 통행금지"라는 선간판은 뭐지?

11월 23일 – 그대로 죽을 뻔

(15:35)

홍제동 문화촌 산동네 언덕길을 내려와 동네 큰길로 접어들다. 저번에도 느끼고 오늘도 느낀다. 2차선 이곳 동네 큰길 한쪽에는 언제나 무단불법 주차 자동차가 빽빽하다. 하지만 단속을 나오는 경찰도 없고, 자기들이 잘못하고 있다고 느끼는 운전자도 없다.

동네 큰길을 지나 홍제동 큰길로 나오기 앞서. 샛골목을 거쳐 나오려는데, 이삿짐 차 두 대가 골목을 꽉 채우고 있다. 일꾼으로 보이는 한 사람이 담벼락에 등을 대고 쭈그려앉아서 담배를 피다가 "어, 못 가는데." 하고 나즈막히 한 마디. 나 들으라는 소리가 아닌, 혼자 중얼거림. '못 가면 어쩌라고? 돌아가라고?' 하고 속으로 생각하며 좁은 틈바구니를 지나간다.

8차선쯤 되는 홍제동 큰길로 나오다. 오늘은 한강 자전거길을 타볼까 싶다. 시내 찻길에서 차들과 복닥이고 싶지 않아서. 유진상가 앞 고가도로 밑에서 U자돌기를 해야 한다. 이리로 가는 길은 언제나 차가 많이 막힌다. 왜냐하면 길 한쪽에는 골목길과 마찬가지로 무단불법 주정차 자동차가 너무 많기 때문. 그나마 이런 차가 '한 줄'이라면 이렇게까지는 안 막힌다. 이런 차가 으레 '두 줄'씩 있다. 그리고 남은 찻길 '하나 반'에는 오른쪽 틈을 안 주고 막아선 자동차도 많다. 그래서 자전거로도 이 사이를 비집고 지나가기 힘들다.

자전거를 달릴 때뿐 아니라 걸어다닐 때에도 그런데, 길에서 가장 무섭고 위험한 건 '사람'. 우리 나라 어느 길에도 아무 데나 세워진 자동차가 참 많다. 그러고도 미안해하는 사람 참 없다. 이들은 아무

한국스피치센터
세계여행
Pizza Hut
부산 어묵
150cc이상

데나 차를 세운 뒤 문을 벌컥벌컥 연다. 걸어다닐 때에도 깜짝 놀라는 한편, 길을 지나가기 껄끄럽게 하는데, 자전거로 달리노라면 목숨이 왔다갔다 할 만큼 아찔아찔하게 놀랄 때가 잦다. 자동차 왼쪽에는 문을 달지 말아야 한다는 생각이 애타게 든다.

홍대전철역 앞을 지나고 서교동 네거리를 지날 무렵. 신호 바뀐 것을 보고 조금 오르막인 건널목을 짐수레 달린 자전거를 낑낑 끈 다음 자전거에 오를 때, 왼편으로 갑자기 불쑥 들이민 짐차 하나. 깜짝 놀라서 넘어질 뻔했으나 넘어지지 않다. 브레이크도 못 잡고 얼이 빠지다. 짐차는 급정거. 이 네거리에서 푸른불이 들어와 내 옆에 있던 택시 한 대는 일찌감치 길을 건넜고, 나는 무거운 짐 때문에 네다섯 걸음 달음박질로 자전거를 끈 뒤 자전거에 탔는데, 건너편에서 '바뀐 신호를 무시하고 그대로 왼돌기를 했'던 것. 더욱이 그 짐차가 왼돌기하기 앞서 지나가는 차도 있었는데.

너무 놀란 나머지 그 운전수를 붙잡고 욕하거나 따지거나 해야 하는 것도 떠오르지 않았다. 사고란, 길에서 교통사고가 나서 골로 가 버리는 일이란 이렇게 생기나 보다. 교통사고로 억울하게 목숨을 잃는 수많은 사람들은 '제 가는 길만 생각하고 남들은 아랑곳 않는 이 개떡만도 못한 사람들' 때문에, 신호고 뭐고 다 무시하고 지들 맘대로만 휘젓고 다니는 못난이들 때문에, 남이야 다치건 죽건 보험회사에서 알아서 처리해 준다고 생각하며 '돈이면 다 되지 않아?' 하는 불망나니들 때문에 크나큰 슬픔과 괴로움에 시달리는구나 싶다. 한참 동안 넋이 나갔다.

조금 아까 교통사고로 죽을 뻔했기 때문일까? 양화다리를 건너 한강 자전거길로 접어들어야 하는 길을 놓치고 엉뚱한 데로 빠져나왔다. 내가 빠져나온 길은 강서구로 들어가는 무시무시한 찻길. 돌아나갈 길 없고 빠져나갈 자리 없는 이곳. 그래도 꾸역꾸역 달리노라니 오른편으로 '한강시민공원' 으로 들어가라는 푯말이 보인다. 그러나…… 시민공원 들머리에는 공사 짐차가 한 가득. 무슨 짐도 잔뜩 부려 놓아서 도무지 들어갈 수 없다. 걸어서라면 들어갈 수 있겠지만, 자전거를 끌고는, 또 내 짐수레까지 끌고는 들어갈 틈이 없다.

버스정류장 앞에 차를 대고 사람을 내리는 자가용. 덕분에 나는 왼쪽으로 빠져나가지도 못하고 그 뒤에 서서 그 차가 볼일을 다 보고 갈 때까지 서서 기다려야 했다. 자동차 타는 이도, 그 차에서 내린 사람도, 자기 때문에 뒤에 뻘쭘하게 서서 차방귀를 고스란히 마셔야 하는 이 모습을 아무렇지도 않게 느낀다. 아니, 아예 생각도 안 하고 쳐다보지도 않겠지.

그나저나 지금 내 가는 길이 큰 문제다. 이제 어디로 가나? 조금 더 달리니 오른편으로 성산다리 건너라는 푯말이 보인다. 에휴. 다시 다리를 건너야 하나? 그래야지. 시간도 없고, 다시 돌아갈 길조차 없으니, 한강다리 하나 다시 건넌 다음, 시내를 가로지르자.

성산다리도 다른 다리 못지않게 건너기 안 좋은 다리. 서울 한강에 놓은 어느 다리도, 사람이 걸어서 건너거나 자전거를 타고 건너기에는 대단히 나쁘다. 생각해 보면, 이 다리들은 자동차를 타고 건너는 것만 생각해서 놓았지, 걷는 사람과 자전거 타는 사람은 눈꼽만큼도 생각하지 않고 놓았을 테니까.

마포구청을 지나 합정동으로 꺾어들어가는 네거리. 오른돌기를 해야 하는데, SUV라고 하는 덩치 큰 차가 앞을 가로막고 있다. 이 차는 온몸을 비틀어 오른돌이를 하려고 하는데 사람길 턱에 대여서 못 지나간다. 뭐, 그렇게 비틀고 비틀지 않아도 들어갈 턱이 없던 틈. 어차피 못 지나간다. 그런데 이 녀석은 그 틈을 '크기가 작은 다른 차' 라든지, 나 같은 자전거가 지나가지 못하게 꽉 막아선다.

홍대전철역 앞을 지나갈 때 문득 든 생각 하나. 동교동으로 빠져나가는 자리는, 사람길을 찻길 넓이 하나보다 조금 더 많이 없애고 찻길을 넓혀 놓았다. 그래서 이 길을 걸어서 지나가기란 아주 안 좋다. 그러면, 이렇게 찻길을 넓혀서 차들이 다니기 좋은가? 덜 막히는가? 아니다. 외려 더 막힌다. 똑같거나. 왜냐하면 찻길이 넓어졌다고 차가 줄지 않고 더 늘어나며, 넓어진 찻길에는 무단불법 주정차 자동차가 줄을 잇기 때문에. 넓힌 길은 곧바로 주차장이 되는 우리 형편임을 생각한다면, 아예 찻길을 줄이고 한쪽은 자전거길로 삼아야지 싶다. 그런데 우리 형편에서는 자전거길을 넓히면, 길가에서 장사하는 이들이 제 가게 물건을 내놓는 자리로 삼아 버리니, 이 또한 골칫거리.

(16:31)

합정동 네거리, 양화다리 들머리까지 다시 오다. 다리를 다시 건널 엄두는 안 난다. 공덕동 쪽으로 자전거를 달린다. 처음 지나가는 듯 낯선 길. 그러나 처음 지나가는 길은 아니리. 예전에 걸어서 지나간 적이 있으리. 지난날에 지나갔을 때는 없던 건물이 새로 솟아서 못 알아보는 것이리.

공덕동을 빠져나와 삼각지로 접어드는 고가도로. 여기서도 자전거 갈 틈을 안 내주는 얄궂은 택시를 만나다. 이 택시는 막힌 채 죽 늘어선 자동차무리 맨 끝에서 제 차례를 기다려 가지 않고, 갈 수 있는 데까지 앞으로 가서 새치기를 한다. 덕분에 이 택시 뒤에서 나(자전거)를 비롯해 여러 사람(오토바이)이 못 지나가고 서 있어야 한다. 새치기를 마치고 찻길가 한쪽이 트일 때까지.

용산 가는 길에는 버스중앙찻길을 새로 놓았다. 덕분에 이 길을 지날 때, 예전보다는 '덜' 버스에 시달린다.

'공무수행'이라는 글자를 박은 짐차 한 대가 갑자기 찻길가 자리를 좁히며 달린다. 그 틈이 찡길 뻔한 나는, 급제동을 건다. 차가 많아서 신호가 떨어져도 못 가는 차들 무리에, 이 '공무수행' 차도 똑같이 걸려서 멈출 때, 이 옆을 가까스로 비집고 지나가면서 차창을 들여다본다. 갑자기 '빵' 하고 경적을 울리는 사람. 우리가 내는 세금으로 나라밥 먹는 이들이 어디다 대고 경적질?

(19:15 ~ 21:40)

한강 자전거길에는 따로 거리등이 없다. 자전거길 옆으로 난 자동차길을 밝히는 거리등이 어설피 자전거길에도 빛을 조금 내어줄 뿐. 탄천길로 접어들면 더 어두운데, 옆에 군부대 공항을 끼고 달리는 길은 그야말로 어두컴컴. 군부대 공항 때문에 거리등을 안 단다고 하는데, 그러면, 자전거길 바로 옆 위쪽에 있는 자동차길은 왜 그렇게 밝게 등불을 달고 있는가? 자전거길에 등불을 달면 비행기가 잘

못 내릴 수 있어 걱정이 된단다. 글쎄, 밤에 군부대 공항에 내리는 비행기가 몇 대나 있기에? 또, 이런 게 걱정이 되면, 자전거길 등불은 파란빛이나 빨간빛을 사이사이 섞어 놓으면 그만.

이 어두컴컴한 길은, 자전거에 매단 자그마한 등불로는 밝힐 수 없다. 그래서 참 아슬아슬하다. 어두운 저녁, 또는 밤에 운동하러 나온 사람들이 자전거길을 걷거나 달리기도 한다. 자전거길 하나만 있어서 사람길과 같이 쓰는 자리는 어쩔 수 없다. 그러나 넓은 사람길이 바로 옆에 있는 데에도, 거리등 하나 없는 이 어두운 자전거길을 걷거나 달리는 사람들은 뭘까? 이렇게 운동하는 사람들이 자동차를 몰 때에도, 우리들 자전거꾼을 괴롭히고 들볶지 않는가? 골목길에서 마구마구 내달리며 걷는이를 힘들게하지 않는가?

부모님 집에 거의 다 왔다. 두어 구역쯤은 사람길 쪽을 달려야 한다. 이곳에 있는 사람길에는 '자전거길' 이라며 돌도 새로 깔고 바닥에도 자전거 그림을 그려 놓았다. 그렇지만 이 '사람길 한쪽에 새 돌을 깐 자전거길' 을 느끼는 사람은 드물다. 새로 들어오는 가게에서 공사할 때 쓰는 자재를 잔뜩 부려 놓고, 편의점에서는 차양과 걸상을 내어놓고 있으며, …… 사람길이 끝나고 골목 찻길과 이어지는 몇미터쯤 되는 자리마다 길에 세워둔 차가 있다. 자전거뿐 아니라 사람이 지나갈 때도 걸리적거린다. 하도 많아서 높은 턱에 쿵쿵거리며 자전거를 내려야 한다. 가다가 흰차 한 대를 발로 찼다.

마지막으로 타는 언덕길. 기어를 많이 넣고 오르는데도 힘이 든다. 배고프다. 저녁 먹은 지 얼마나 되었다고. 그런데 참말 배고프다. 집

밥이 아닌 바깥밥을 먹어서 그런가? 배고프다.

아파트 어귀에 닿다. 짐수레를 뗀다. 자전거 먼저 문 안쪽으로 들여놓는다. 이 아파트는 어귀가 잠금문으로 되어 있어 무슨 카드를 대야 열린다. 자전거를 들여놓고 짐수레를 끌어서 들여놓으려는데 잠금문 한쪽에 걸려서 잘 안 들어간다. 히유. 힘들군. 잠금문을 좀 넓게 만들든지, 아니면 다른 방법으로 잠금문을 하든지. 어차피 한쪽 잠금문은 안 열리게 되어 있다면, 널찍하게 드나들 수 있도록 무언가를 해야지. 내 짐수레(유모차)가 드나들기 어렵다면, 다른 이들 유모차도 드나들기 어려울 터(내 짐수레이자 유모차는 두 사람 태우는 넓이. 그러니 한 아이 태우는 유모차 말고 두 아이 태울 수 있는 유모차는 이 잠금문을 거의 못 지나가리라).

12월 20일 - 우리, 서로 좋게좋게 삽시다.

홍제동에서 길을 나선다. 낮에 나서는데도 춥다. 참말 추운 날씨로구나. 이 추운 날에 아이들한테 두툼한 옷 뒤집어씌워 나들이 나선 아줌마 셋이 보인다. 언덕 내리막길인데 여섯 사람이 길을 죄 막아서며 걷는다. 한참을 이대로 걷는다. 걷는 일은 마땅한 일이겠으나, 골목길을 저희들끼리 다 차지하면서 걸으면 어쩌나. 반이 아니라 2/3만 차지하고 걸어도 한쪽으로 빠져나갈 수 있을 텐데.

추운 날씨인데 맨손으로 자전거를 타는 아이들을 본다. 손이 꽤 시려운지 잠바 소맷부리를 당겨서 손잡이를 잡고 있다. 장갑을 깜빡 잊었을까? 아니면, 저 아이 어머니나 아버지가 아이 장갑을 안 사 주

DAEWOO
덕수택시

었기 때문일까?

큰 찻길로 나선다. 하도 많은 차들로 뒤범벅이 되는 홍제동 큰 찻길. 버스도 참 많이 다니는 길이고 버스전용차선도 있으나, 이 버스길에 버스만 다니는 일이란 없다. 교통순경이 늘 지켜서고 있으나 버스길을 내달리는 택시와 승용차가 많다. 이들 택시와 승용차를 단속하는 공익근무요원이나 교통순경을 아직 한 번도 본 적이 없다. 버스 정류장 앞에 떡하니 대놓고 볼일을 보는 승용차나 짐차에 딱지를 떼는 경찰 또한 본 적이 없다.

15시 42분, 서울 혜화동, 서울대병원 들어가는 길목 지나서. 172번 파란버스. 넓은 길을 놔두고 찻길가로 붙어서 달리는 내 옆으로 아주 바짝 다가와 밀어붙이면서 빵빵빵빵 거리고 쌩 하니 내뺀다. 추운 칼바람이 부는 이 겨울날, 손이 시렵다고 손잡이를 조금만 떨었어도 이 버스와 부딪혀서 나가떨어지며 크게 다치거나 죽을 뻔했다. 오른쪽은 높다란 울타리벽이었으니.

버스기사들은, 또 택시기사들은, 찻길가로 붙어서 조용히 달리는 자전거꾼한테 왜 이렇게 자꾸자꾸 으름장을 놓고 괴롭히고 들볶으면서 되레 큰소리로 욕을 늘어놓을까. 이들이 하루 일을 열고자 일터로 올 때, 하루 일을 마치고 집으로 돌아갈 때, 반드시 자전거만 타고 오가도록 해도 이 모습 그대로일까?

고가도로가 있는 혜화동 나들목. 건널목 신호를 기다리며 서 있다. 손이 시려 장갑 낀 손을 어루만지고 있을 즈음, 뒤에서 누군가 "잠깐

만 지나갈게요." 하고 말한다. 오토바이로 배달을 하는 분. "아, 네." 하고 자전거를 앞으로 당긴다. 빵빵거리며 비키라 하지 않고 "지나갈게요." 하고 말해 준 분은 오늘 처음 만났다.

헌책방 〈혜성서점〉에 닿다. 문은 열렸는데 안에 사람이 없다. 아저씨가 잠깐 어디 가셨나? 책방 앞에서 사진 몇 장 찍을 무렵, 〈혜성〉 아저씨가 자전거를 타고 책방으로 돌아온다. 추운 겨울인데 맨손이다. "어, 왔어? 밥 먹고 오느라고. 어서 들어와." 하신다. 아저씨 짐자전거에는 자물쇠가 없다. 그냥 길 한쪽에 세워 두신다.

책 구경을 마친 뒤 다른 책방으로 나선다. 오늘은 세 군데 책방에 들를 생각. 길 나서기 앞서 면장갑 하나를 속에 끼고 겉에 자전거장갑을 낀다. 두 겹으로 끼는 셈. 아까 혜화동 나들목으로 다시 온다. 파출소 앞 사람길 돌을 갈아치우는 공사를 하고 있다. 이 동네에도 올해 쓸돈이 남았나 보군. 돈 참 잘 쓴다.

삼선교 〈삼선서림〉으로 가는 길. 고개만 하나 넘으면 된다. 그러나 이곳 고개에도 찻길가 한쪽을 꽉 막아서서 다른 오토바이나 자전거는 못 지나가게 하는 차를 만난다. 시내에서 자전거를 달리노라면 5분에 한 번? 글쎄, 좀더 자주인가? 아무튼 참으로 자주 이런 '길막기차'를 만난다.

헌책방 〈삼선서림〉 아저씨도 자리를 비웠다. 어디 멀리 가셨을까? 책방 앞에서 한참 기다리지만 안 오신다. 책방 앞에서 벌벌 떨고 있는데, 책방 앞 2차선길에서 버젓이 무단정차를 하며 볼일을 보러 가는 사람을 본다. 이곳 삼선시장 옆 찻길은 넓지도 않고 4차선길도 아니기 때문에 한쪽에 이렇게 차를 대면, 뒤에 있는 차들은 꼼짝 없이 막혀야 한다.

〈삼선서림〉은 다음에 들르기로 하고 대학로 〈이음아트〉로 자전거 머리를 돌린다. 이 길은 역주행이기에 사람길로 달린다. 내 앞에 걷는 세 사람. 셋이 아닌 둘만 서도 이 사람길은 꽉 찬다. 서울 시내 어디를 가도 사람 다니는 사람길은 다 좁다. 너무 좁다. 좁아도 너무 좁다. 사람이 오붓하게 다닐 수 없는 길은 자전거도 다니기 힘들지만, 자전거가 다니기 힘든 길은 사람도 다니기 힘들다. 게다가 이 좁은 길 한쪽에는 오토바이 가게에서 오토바이를 죽 늘어놓기도 하고, 지하철역 환기구가 높직하게 나와 있기도 해서 더 좁다. 거리등도 어두워 밤에 지나가면 아슬아슬할 때가 있다. 아니, 사람길을 비추는 거리등이란 없지. 거리등은 찻길만 밝힐 뿐, 사람 다니는 길은 안 밝힌다.

인문사회과학 책방 〈이음아트〉에 닿는다. 자전거를 접어서 들고 내려가려는데, 지나가던 사람들이 내 자전거를 구경한다. 앞바퀴 빼는 모습을 처음 보는가 보다. 더구나 산악자전거인데 반으로 뚝딱 접으니 더 재미있는 모양. "야, 이거 좀 봐. 신기하다, 그치?" 내가 옆에서 다 듣고 있는데, 아니 듣고 싶어서 듣지 안아도, 그렇게 큰소리로 말하니, 참……

문가에 자전거를 세워 놓다가 그만 꽃그릇 하나를 건드려 엎질렀다. 그릇은 안 깨졌지만, 꽃나무 하나가 부러졌다. 아이고, 미안해라.

책 구경을 마치고 홍익대 쪽으로 가는 길. 해는 진작 져서 날이 더 춥다. 그래도 달린다. 달려야지. 이 저녁나절, 시내를 가로지르는 자전거는 보이지 않는다. 나는 몸이 덜덜덜 떨리면서 달린다. 오늘은 어쩐지 다른 차들이 추위에도 아랑곳않고 자전거를 타는 나를 좀 봐주는 듯한 느낌이 든다. 고맙다.

미대사관 뒷길을 지나 교보문고 앞길을 지날 무렵. 이곳 주차장에 차를 대려는 큰 SUV 한 대가 오랫동안 길을 막는다. 그냥 곱게 차를 대도 좋으련만, 꼭 그렇게 사람이고 자전거고 아무도 못 지나가게 하면서 차를 대야 할까? 자기들은 따뜻한 차에 타고 있으니 괜찮아도, 길을 가는 사람들은 어쩌라고?

서대문 나들목 고가도로 넘을 때. 오토바이 한 대가 내 앞으로 끼어들려고 한다. 나는 이 오토바이한테 앞을 내주지도, 그렇다고 막아서지도 않는다. 그냥 내가 달려오던 빠르기대로 달린다. 오토바이들이여, 부디 자전거 앞으로 끼어들지 말아 주시게. 고가도로 같은 곳에서 보니, 오토바이가 자전거보다 그닥 빨리 올라가지도 않던데, 자전거는 오토바이 뒤에 서면 그 연소도 제대로 안 된 끔찍한 차방귀를 고스란히 들이마셔야 한다네. 더구나 오토바이는 찻길 가장자리가 넓게 안 벌어지면 못 지나가잖소. 자전거는 찻길 가장자리가 좁아도 잘 비집고 지나갈 수 있고. 우리, 서로 좋게좋게 삽세다.

굴레방다리에 이른다. 길에 차들이 너무 많이 막힌다. 나야 아무 상관 없다. 하지만, 이 시끌벅적한 찻길이 지끈지끈해서 아현동 가구골목으로 접어든다. 그나마 이곳을 달리면 차소리에서는 풀려나니까.

가구골목으로 접어들어 내리막을 죽 달리는데, 까만 고급 승용차 한 대 씨잉 하면서 내 옆으로 지나간다. 소름이 돋는다. 고개를 올라오는 저 차는 자전거를 보고도 차앞등을 내리지 않아 내 눈은 부시고, 또한 차는 빠르기도 줄이지 않아 아슬아슬 지나갔다. 치면 자전거만 손해니, 나보고 알아서 가게 앞에 바짝 붙어서 차가 지나갈 때까지 기다리라는 소리?

큰길로 나갈까 하다가 그냥 골목길을 지나가기로. 이화여대 빠지는 쪽까지 골목길로 달린 뒤 큰길로 나선다.

손은 벌써 얼어붙은 지 오래. 그러나 이 살 떨리는 찻길에서 조금도 머뭇거릴 수 없다. 오는 길에 한 번 쉬면서 손을 녹이고 장갑은 가랑이 사이에 끼며 덥히기는 했지만 오래 가지 못한다. 어서 목적한 곳에 가야지.

이대 앞에서신촌 현대백화점 사이는 덩치 큰 버스 사이에 끼이며 사느냐 죽느냐 하는 갈림길. 그러나 어찌하겠는가? 이 사이는 사람길이 훨씬 아슬아슬하다. 길턱도 높지만, 가게마다 길에 내놓은 물건이 많고, 오가는 사람은 훨씬 많아서 자전거를 끌며 걸어가기에도 숨이 차다. 버스전용차선에는 늘 무단주정차를 하는 자가용이나 짐차가 있고, 자전거는 이런 차와 버스 틈바구니를 요리조리 빠져나가는 곡예를 부려야 한다. 가끔, 차가 지나가건 말건 쳐다보지도 않고 큼직한 동그라미를 그리며 U자돌기를 하는 자동차에 깜짝깜짝 놀라기도 해야 한다. 현대백화점 앞에서는 철없는 아줌마들 자가용 머리디밀기에 또 한 번 놀라며 살펴 달려야 한다.

그래도, 오늘 하루도 안 죽고 홍익대 들머리까지 왔다. 한숨 놓인다. 홍익대 들머리 건널목에서 자전거꾼 한 사람 드디어 만나다. 그런데 이 젊은이는 자전거에 앞등도 뒷등도 안 달았네. 찻길로만 다니는 젊은이 같은데, 부디 다치지 말고 잘 살펴 달리시기를.

12월 12일 – 홍제동에서 동대문 거쳐 시골집으로

날이 퍽 따뜻하다. 짐 가득 채운 가방, 옷도 한 벌 끈과 등받이 사이에 끼워 넣고, 자전거 짐받이에 책 한 꾸러미 묶은 채로 달린다. 몸뚱이도 무겁고 자전거도 무거워 달리기 쉽지 않다.

경향신문사 앞 정동 세거리에서 오른쪽으로 튼다. 종로거리를 지나자니 벌써부터 머리가 지끈지끈. 버스에 시달릴 일을 생각하니 그냥 돌아가는 편이 낫겠구나 싶다. 앞에 차 한 대가 갈 것도 아니면서 한쪽 길을 막아서고 있다.

돌담길을 지나 시청 앞 너른터 옆을 지난다. 푸른불이 들어온 건널목을 건넌다. 건널목 반쯤 잡아먹은 자동차 한 대 보인다. 교통순경이 건널목 한가운데에 서 있다. 차에 탄 사람은 손전화를 받고 있다. 뒤에 자리가 넉넉히 있으나 뒤로 뺄 생각을 않는다. 교통순경도 뒤로 물리지 않는다. 반쪽만 남은 건널목을 사람들이 힘겹게 부대끼며 건넌다.

동대문으로 가야 하는데, 여기서 종로로 들어설까 하다가, 청계천 길을 따라서 달리기로. 예전에 몇 번 청계천 길을 달려 보았는데, 종로보다 차가 적어서 좋았다.

청계천 길로 접어드는 자리에 우둘투둘한 돌을 촘촘히 깔아 놓았다. 이 우둘투둘 길이 제법 길다. 왜 이렇게 해 놓았을까? 시간이 얼마쯤 지나면 차가 밟고 지나가며 닳아서 반반해질 텐데. 덕분에 자전거로 이 길을 지나갈 때는 엉덩이가 몹시 아프다. 엉덩이뿐 아니라 자전거도 끙끙 앓는다. 여기를 몇 번 지나가면 자전거는 거의 망가져 버리리라.

청계천 길을 달리고 보니, 생각처럼 종로 길보다 자전거로 달리기에는 좋다고 할 수 있겠다. 다니는 차가 적으니까. 그런데, 길 한쪽에 세워 놓고 짐 부리고 싣는 짐차가 많다. 짐차뿐 아니라 택시며 자가용이며 버스며…… 게다가 배달 오토바이는 어찌나 많은지. 차가 적어 차와 부대낄 일은 적지만, 위험하기로는 외려 이 길이 더 위험하겠구나 싶다. 2차선으로 된 이곳에서 한쪽은 거의 못 다니는 길이고, 한쪽으로만 다녀야 하는데, 뒤따르는 차를 요리조리 비끼면서 가까스로 지나가야 하는 곳이 많으니까.

서울시는 청계천 길 한쪽을 주차장으로 바꾸며 주차삯을 받는다. 주차삯 받아서 얼마나 벌이에 도움이 될까? 덕분에 청계천 길은 사람도 차도 다니기 안 좋은 곳이 되었다. 어지럽다.

짐 부리고 싣는 짐차와 오토바이 들을 부대끼면서 겨우겨우 평화시장 한쪽 끄트머리에 닿았다. 가방을 모두 풀어 바닥에 내려놓는다. 등짝은 온통 땀범벅. 긴소매옷 하나만 입었는데도. 여기까지 잘 버텨준 자전거가 고맙다.

서서 땀을 식히며 둘레를 살펴본다. '청계천투어 2층버스'가 보인다. 저 버스로 청계천을 도는 사람들은 무엇을 보고 무엇을 느낄까. 청계천투어버스라고 하지만 너무 빨리 달린다. 저렇게 빨리 달리는 버스에서 무엇을 구경할 수 있을까.

청계천은 사람들 북적거리는 길이라기보다는, 사람과 오토바이와 온갖 차가 뒤엉키고 뒤섞이며 어지러운 길이 아니겠느냐 싶다.

평화시장 한쪽 끄트머리에서 사람을 기다리며 서 있는다. 손이 시려우니 책을 읽을 수도 없는 터. 쭈뼛쭈뼛 서서 한참 기다리니 다리도 아프고 심심하다. 지나가는 사람을 구경하고 하늘도 올려다보고 하다가, 바로 앞 건널목에서 사람들 건너는 모습도 지켜본다. 건널목 한쪽에 "정지선을 지킵시다"라는 글을 적은 띠를 두른 아저씨가 서 있다. 아저씨는 두 손을 주머니에 쑤셔넣고 있다. "정지선을 지킵시다"는 누구한테 하는 말인지 모르겠다. 빨간불이 되어도 사람들이 건넌다. 건널목 푸른불이 들어와도 자동차는 지나간다.

사람들이 건널목을 한참 건너는데, 건널목 바로 앞에 있는 자동차가 아닌 고 뒤엣차에서 빵빵거린다. 한 번도 아니고 잇달아. 그러면 건널목에서 사람 건너는 모습 뻔히 보고 있는 차가 그 사람들을 다 밟고 지나가서 뒤에 있는 차한테 길을 내주란 소리인가?

건널목 빨간불에 그냥 건너는 사람이 많다. 푸른불이 될 때까지 기다리는 사람도 제법 많지만, 한두 사람이 그냥 건너니 모두 우루루 따라서 건넌다. 교통순경은 여기 와서 단속하면 떼돈 벌겠네.

내가 서 있는 '평화시장'과 건너편 '신평화시장' 사이에는 건널목이 없다. 그런데 이곳을 건너는 사람도 많다. 차 신호가 들어오면 사람들이 차와 함께 꽤 넓은 찻길을 가로지른다. 이들이 찻길이 아닌 건널목으로 건널 곳이란 없다. 동대문역부터 저 멀리 2킬로미터 더 떨어진 곳까지 큰길을 가로지르는 건널목은 없다. 오로지 지하도만 있는데, 지하도는 수많은 옷장사가 길을 메우고 있어서 어디로 건너야 건너편으로 갈 수 있는지 길찾기가 힘들다(그동안 겪어 보기로는). 나도 이곳에서는 지하도가 아닌 찻길로 건너고픈 생각이 굴뚝

같은데, 다음에는 이 사람들처럼 찻길로 가로질러야겠다.

서서 기다린 지 한 시간 반쯤 지나서, 비로소 만나기로 한 사람이 온다. 아이고 허리야. 건네주어야 할 물건을 건네준 뒤 지하철을 타고 강변역으로 간다. 기다리느라 힘들기도 했지만, 배도 고파서 자전거 타고 갈 기운이 없다.

12월 20일 - 북촌미술관을 거쳐 용인으로

홍제동에서 북촌미술관 가는 길. 오늘은 충주로 돌아갈 생각이라서 (용인까지 가서 하루 묵고) 아침부터 부랴부랴 짐을 꾸린다. 지난 나흘 서울에 묵으며 산 책은 가방에 꾸역꾸역 다 넣었고, 지난주에 서울 나들이를 와서 사 놓고 못 들고 간 책도 얼마쯤 짐받이에 묶는다. 그래도 못 들고 가는 책이 제법 있다.

무악재를 넘을 때까지는 기나긴 오르막. 훅훅 숨을 몰아쉬면서 힘겨이 올라간다. 오늘은 짐수레가 없으니 다른 날보다 수월한 편. 하지만 말이 수월이지, 힘들기는 마찬가지.

고개 다 넘고 내리막을 신나게 달린다. 내가 달리는 길은 버스전용 찻길 한쪽 끝. 이 길을 달릴 때 뒷거울로 살피면, 언제나 버스 아닌 차가 꼭 끼어든다. 때때로 나를 보고 빵빵거리며 비키라 한다.

인사동에는 차가 못 들어가게 해야 인사동다움을 간직할 수 있을 텐데. 《한국의 일상 이야기》(눈빛,2003)라는 책을 쓴 프랑스사람 '에릭 비데'란 분도 나와 똑같은 생각을 했다. 하지만 현실은 다르다. 지난달부터 인사동 들머리에 무슨 공사를 하더니, 아예 차가 잘 들

어올 수 있도록 찻길을 넓혔고(덕분에 사람 다니는 길은 줄어들었다), 신호등까지 새로 세웠다. 그리고 이제 이 앞에서 왼쪽꺾기를 할 때면 뒤에서 밀려드는 차를 기웃기웃 살피며 어렵게 달려야 한다.

인사동 둘레 건널목. 이 둘레에는 건널목이 참 없다. 인사동은 주말이라도 '차 없는 거리'가 되지만, '차 없는 거리' 인사동까지 가자면 '차를 타고 가야' 좋다.

건널목을 건너야지 싶다. 건널목 앞에서 자전거를 세우려는데 택시가 한 대 갑자기 앞으로 끼어들어와서 서더니 뒷문이 벌컥 열린다. 내 앞으로 끼어들 때 짐작을 하고 빠르기를 늦췄기에 벌컥 열린 문에 얻어맞지 않았다. 내린 사람은 나이 제법 든 아주머니. 뒤도 안 본다. 택시기사도 택시에 탄 사람도 자전거는 안 보이는 듯. 택시 손님이 내린 뒤 오른편으로 살살 지나가려는데, 서 있는 택시에 타려는 사람 하나가 다가온다. 나는 오도가도 못하고 뻘쭘하게 설밖에. 택시를 타려고 길가에 서 있는 사람한테도 자전거는 안 보이는가? 자전거를 타는 나는 귀신인가?

가회동으로 들어선다. 예전(올여름)에 왔을 때 없던 신호등이 생겼다. 차가 많이 늘었다는 뜻이겠지. 길을 헤맨다. 북촌미술관이 어딘고? 가회동사무소 옆에 있다고 하는 북촌미술관. 동사무소는 찾았는데 바로 옆에서 무슨 촬영을 하는 듯. 얼추 이쯤일 듯한데, 방송찍기를 하는 이들이 '가지 말고 멈추라' 해서 구경하는 것도 아니고 쭈뼛쭈뼛 어설피 멈춘다. 찍기를 마친 뒤 '어서 지나가'라 해서 지나간다. 북촌미술관은 보이지 않는다.

방송국 사람한테 전화를 한다. 차를 타고 지나가다가 나를 봤단다. 오던 길로 돌아오란다. 아까 길에서 크게 판을 벌여 놓고 뭔가를 찍는 사람들 옆에 북촌미술관이 있단다.

인터뷰는 한 번에 술술 잘 찍었다. 서로서로 좋은 일. 밖에서 뭔가 엄청나게 찍는 사람들은 뭐를 하는 사람이냐고 물어 본다. 연속극 찍는 팀이란다. 히야. 연속극 찍는 팀……이라. 얼추 보아도 거의 100명쯤 모여 있던데. 연속극 하나 찍으려고 저렇게 많은 사람이? 연속극 찍는 데에 돈 참 많이 깨지겠구나.

가회동을 나와 종로3가 사진관으로 간다. 맡겼던 필름을 찾고 새 필름을 맡긴다. 오늘은 자전거가 무거워 바퀴만 떼어서 올라갔다가 볼일 마치고 내려온다.

이제 용인으로 부지런히 가야 한다. 배가 조금 고프다. 그러나 뭐, 종로 길바닥에서 먹을 만한 데가 있어야지. 김밥이라도 사먹을까? 글쎄, 다른 데면 뭘라도 어수선한 종로거리에서는 싫다. 그냥 달리자.

청계천 광교 쪽으로 나온다. 시청 앞을 지난다. 교통순경 넷이 신호기 앞에 모여 있다. 이 녀석들(의경 같아 보인다)은 신호기를 멋대로 만지며 차가 어떻게 막히고 뚫리는지는 안 보고 수다를 떤다. 한참 수다를 떠는 동안 안 바뀌는 네거리 신호. 한 녀석이 뒤를 돌아보다가 깜짝 놀라며 부랴부랴 길 한복판으로 뛰어가서 차들이 더 들어서지 못하게 막는다. 그렇게 2분쯤 있은 뒤 네거리 쪽이 조금 뚫렸을 때 새 신호를 넣는다. 어린 순경들아, 너네들 젊음을 이런 길에서 흘려보내는 일은 틀림없이 아깝기는 하지만, 그래도 막히는 길에서 힘들어하는 다른 사람들 생각도 해야지.

시청 앞 너른터. 얼음 지치는 자리를 만들어 놓았네. 겨울마다 만들어 놓던데, 시청 앞 너른터를 이런 거 만들라고 공원으로 삼게 했나? 하지만 이런 거 만들어 놓으면 좋아하는 사람도 많으니까 뭐. 사람들이 오가기도 하고 북적북적 모이기도 하는 너른터였던 곳이, 이제는 "들어오지 마시오. 잔디 밟지 마시오" 푯말이 선 '서울시장님 앞마당'이 되었다.

서울역으로 접어드는 길. 차 한 대가 나한테 길을 내주며 뒷차를 막아 준다. 자전거로 직진길 접어들기 까다로운 곳이었는데, 고맙다. 고개를 꾸벅 숙여 인사를 한다.

한강 반포매점 앞. 가방 무거워 잠깐 쉰다. 그래도 낮에 달리니 좋네. 햇볕도 좋고 바람도 좋고 땀도 좋고.

낮 네 시가 지나고 다섯 시 가까워 올 무렵. 잠실에서 탄천 쪽으로 접어들어 달리는데, 내 뒤에 찰싹 붙어서 피빨기 하는 자전거가 보인다. 아까 내가 앞질렀던 사람이군. 싸구려 자전거에 허름한 차림새로 큰 가방에 책짐 가득 싣고 달리는 자전거가 비싼 자전거에 멋들어지게 옷 빼입은 아저씨를 앞질러 가니 기분이 다치셨나? 자전거 어설피 타는 아주머니 둘이 길을 다 차지하기에 한쪽 옆으로 서서 기다리는데, 뒤에 붙은 이 사람이 자전거경적을 시끄럽게 울린다. 내가 깜짝 놀란다. 그 뒤, 빠르기를 늦추거나 높여도 거의 같은 거리를 지키며 피빨기를 하는 이 사람. 확 한 번 꺾어서 사이쉼터로 들어선

다. 나를 한 번 기웃 돌아보더니 슬슬 간다. 나이깨나 잡수신 듯한데. 나이값이나 자전거값이나 못하시는 듯하구려.

배고프다. 어제 술자리에서 먹다가 남은 달걀말이를 우걱우걱 씹어먹는다. 싸 놓길 잘했지. 오는 길에 김밥 한두 줄이라도 살걸. 아침에 나올 때 밥이라도 한두 숟갈 담아 놓던지.

뉘엿뉘엿 기우는 해. 예전 겨울 같지 않다고 해도 춥기는 마찬가지라서, 길에 자전거 타는 사람이 적다. 빠르기를 조금 늦추고 앞에서 오는 사람이 있나 살살 살피며 지는 해를 바라본다. 좋다.

탄천 정자. 잠깐 낯이라도 씻을까 했는데 물이 얼어서 안 나온다. 겨울 맞구나.

성남을 가로지르며 용인으로 가는 탄천길. 이 길을 달리다 보면 탄천을 건너는 다리를 수없이 만난다. 모든 다리에 다 붙지는 않았지만(이름은 다 있겠지만 이름 적어서 붙여놓은 간판이), 자전거길에서 올려다보기에 거의 모든 다리에 이름을 붙여 놓았다. 이수대교, 정자교, 서현교, 야탑교, 하탑교, 미금교, 오리교, ……. 문득, 왜 '— 다리' 라 안 하고 '— 교(橋)' 라고만 할까 싶은 생각이 든다. 그리고 '이수대교' 라 하지만, 그다지 '크거나 긴' 다리는 아니다. 이곳보다 더 크고 긴 다리에도 '— 대교' 라는 이름이 붙어 있지 않다. 길이가 긴 다리면 '긴다리' 라 하면 넉넉할 텐데.

개줄을 있는 대로 늘여뜨리며 다니는 사람 있다. 흠칫 놀라서 멈춘다. 미안해하는 느낌이 없다. 똥 밟은 셈 치자. 무슨 공사를 하는지 짐차가 자전거길을 꽉 채운 채 마주 달려온다. 이 길은 사람과 자전거만 다니라고 놓았을 텐데, 끊임없이 짐차가 오간다.

드디어 부모님 집. 그래도 잘 들어왔다. 자전거도 잘 달려 주었다. 웃옷이고 바지고 온통 땀범벅이 되었지만 기분은 좋다. 씻고 어머니와 함께 저녁을 먹는다. 그리곤 드러누워서 쿨쿨.

12월 21일 - 길에서 죽은 소쩍새

(11:04) 용인 부모님 집 나서기

부모님 집을 나서려는데 어머니한테 전화가 온다. "베란다에 사과 있는데 좀 가져가지?" 벌써 사과 두 알 가방에 넣기는 했지만 더 들어갈 자리가 없다. "가방 무거워서 더 못 가져가요." 밖에 나가 볼일을 보시면서도 아들내미가 걱정스러우셨나 보다. 어제 부모님 집으로 들어올 때에도 '이 추운 날 뭐하러 그 고생을 하면서 자전거를 타' 하며 안쓰러운 얼굴을 하셨다.

이맛살을 찌푸리면 안 되는데 자꾸 찌푸리게 된다. 내가 짜증을 내려고 자전거를 타는가? 아니다. 즐기려고 타지 않나? 즐겁게 타려고, 충주에서 서울까지 제법 먼 거리라 해도 홀가분하게, 오로지 내 두 다리와 두 바퀴로 세상을 만나고 싶어서 자전거를 타지 않나? 하지만 이 세상은 나를 놓아주지 않는다. 국도와 시내에서는 자동차들이, 한강 자전거길에서는 나와 같이 자전거를 타는 수많은 사람들이 자꾸자꾸 이맛살을 찌푸리게 한다. 자전거를 달리면서 몇 번이고 이마를 쓰다듬는다. 찌푸려진 이맛살을 펴려고.

또 다시 드는 생각, "자동차에는 안전장치가 너무 많지 않나?" 에어백이니 안전띠니 뭐니 해서. 이런 안전장치는 있어야겠지. 하지만 요즘 SUV 같은 큰차라든지 지프니 뭐니 하는 차들은 '너무 안전한 나머지' 길에서 너무 제멋대로 휘젓지 않나 싶다. 다른 차를 박든, 다른 차가 자기를 박든, 이런 큰차는 '참으로 튼튼하고 안전하기 때문'에 웬만해서는 사고가 안 나지 싶다. 이와 달리 '웬만해서는 사고가 나고 몸도 다칠 수 있어야' 자동차를 살살 몰지 않을까? 자동차가 자전거를 칠 때, 자전거가 아니라 자동차가 박살이 나도록 만든다면 자동차들이 함부로 휘젓지 못할 테지. 하지만 이런 일은 만화에서나 일어날 수 있을 뿐.

(11:52~11:55) 용인시청 앞

고개를 넘고 죽 내리막길을 달린 뒤 잠깐 쉰다. 장갑을 안 끼고도 그럭저럭 달릴 만하기는 하지만 손이 조금씩 얼어붙는 듯. 이제는 장갑 껴야겠다. 아까 길을 나설 때 반소매옷 하나만 걸쳤는데, 반소매옷은 벌써 땀으로 다 젖었다. 바지에 묶은 끈이 풀려서 다시 묶는다.

ㅎ출판사 분한테 전화 한 통. 곧 새해를 맞이해서 선물을 하나 보내고 싶다며, 달력을 보내 준단다. 내 사는 곳을 묻는 전화. 참 고마운 말씀. 나는 새해맞이라 해서 아직 누구한테도 안부인사를 하지도 않았고 안부전화든 안부편지든 하지 않았는데. 난 뭘하며 사나.

그러고 보니, 누구나 자기대로 사는구나 싶다. 자전거를 타는 나도, 자동차를 모는 숱한 사람도 그 사람대로 사는구나 싶다. 그 사람 삶이 고스란히 바깥으로 드러나지 싶다. 나는 돌쇠와 같은 짐꾼처럼 자전거를 탄다. 그래서 내가 타는 자전거는 모두 짐자전거로 바뀐다. 길에서 부대끼고 복닥대는 저 자동차들을 보자. 저 자동차를 모는 이들은 자기 삶대로 자동차를 몰지 않을까? 옆 차를 잘 살피며 알맞은 빠르기로 즐겁게 다니는 사람은, 그이 삶도 이웃을 널리 살피고 헤아리면서 즐겁게 사는 사람이 아닐는지. 누구 하나 자기 차를 앞지르면 못 참고 끝까지 물고 늘어져서 자기가 더 앞에서 달려야 하는 듯이 내달리는 사람은, 그이 삶도 오로지 남을 이기고 남 위에 올라서려는 사람이 아닐는지. 길에서 힘없는 쪽인 자전거를 밀어붙이고 다치게 하고 윽박지르는 자동차꾼은, 그이 삶도 자기보다 힘없는 사람한테는 마구마구 다그치거나 괴롭히고 자기보다 힘있는 사람 앞에서는 굽신거리지 않을는지. 자전거를 타는 사람끼리도 그렇다. 한강 자전거길에서 다른 자전거꾼을 헤아리지 않고 아슬아슬 달린다든지, 비싼 물건에 값나가는 옷차림으로 남을 얕보는 사람은, 그이 삶도 그처럼 계급을 지우며 살지 않겠는가.

짧은치마 아가씨 흘낏 쳐다보다.

슬픔을 씻어 주는 눈물은, 길에서 튀어 눈에 들어간 돌티도 씻어 준다.

(12:30~12:40) 양지면을 벗어났다.

찻길을 넷, 여섯, 여덟, 열로 넓힐 때에는 차가 좀더 잘 달리도록, 길이 잘 뚫리도록 하려는 마음이었겠지. 그러나 찻길을 이렇게 넓혀 놓으면, 정작 차들이 숭숭 잘 다니기보다는 길가 한켠에 함부로 세워 놓은 자동차(무단 주정차)만 늘어난다. 이런 자동차 무리가 한 줄, 두 줄, 때로는 석 줄이 된다.

길을 넓히고자 한다면, 이처럼 함부로 대놓는 차가 없도록 하는 데에도 마음을 써야 한다고 느낀다. 아니, 찻길을 넓히면서 길 맨 끝은 '자전거길'로 삼는다면 무단 주정차 자동차가 생기기 어렵겠지. 자전거길에 차를 대놓는 이한테는 '면허취소에다가 다시는 면허를 딸 수 없음+벌금 1천만 원+징역 1년' 쯤 확 때리는 법을 미리 만들어 놓아야 할 테고.

자전거를 치는 자동차한테는 무거운 벌금을 물리고 큰 벌을 내려야 한다고 느낀다. 작은 찰과상이라 해도 한 번 사고를 내면, 사고를 입은 사람한테 '평생토록 다달이 보상금' 얼마씩 내도록 하는 따위로!

21단 기어인 내 자전거. 짐수레를 붙이면 으레 3×6으로 달리고, 짐수레를 안 붙이면 3×7로 달린다.

달리다 보니 안장이 자꾸 느슨해지는 듯해서 안장 조임나사를 돌려서 단단히 붙잡아 두려고 하는데, 조임나사를 돌리다가 '핑!' 하는 소리. 헉! 뭐지?

안장 조임나사가 부러졌다. 설마설마 했는데 이렇게 부러졌다. 지난달에도 안장 조임나사가 많이 풀려서 애먹은 적 있으나 그럭저럭 어려움을 넘겼는데, 새 안장 조임나사로 바꾸지 않아서 그런가 보다. 짐받이에 짐을 너무 무겁게 실어서 그만 부러지고 말았나?

17번 국도를 코앞에 두고 이런 일이…… 뒤로 갈 수도 앞으로 갈 수도 없는 형편. 어쩌란 말이냐?

짐받이에 실은 무거운 책 때문에 안장 조임나사가 부러졌지 싶은데, 짐받이에 실은 무거운 책 덕분에 안장이 덜 흔들리며 그럭저럭 자리를 잡기도 한다.

(13:30~13:42) 어느 고갯마루

잠깐 쉬자. 어깨도 쉬자. 가방 참 무겁다. 다리도 좀 쉬자. 거의 서서타기만 해서 달리니 힘드네.

충주로 돌아가는 17번 국도에서 으레 쉬는 고갯마루. 자전거를 한쪽에 세워 두려는데 소쩍새 주검이 보인다. 웬 소쩍새 주검? 가까이 다가가서 손가락으로 몸을 살짝 눌러 본다. 움직이지 않는다.

소쩍새 주검 앞에 쪼그려앉는다. 눈을 감고 속으로 몇 마디 된다.
'소쩍새 님, 부디 좋은 세상으로 가서 쉬셔요. 죄송합니다.'

왜 죽었을까? 죽은 소쩍새는 왜 여기에 있을까? 들짐승이나 멧짐승은 죽을 때 남들이 쉬 알아볼 수 있는 자리에 쓰러지지 않는다. 모두 어디론가 죽을 자리를 찾아가서 아무도 알지 못하는 자리에서 조용히 눈을 감는다. 그런데 이 소쩍새는 왜? 왜 여기에?

농약 묻은 무엇을 먹었나? 약 먹고 죽은 쥐를 잡아먹었나? 사냥꾼한테 총에 맞은 자국은 없다. 두 눈을 감지 못하고 죽었다. 눈이 벌겋다. 죽은 지 얼마 안 된 듯한데, 잘은 모르겠으나 약을 먹고 죽었지 싶다. 약을 먹고 괴로워하다가 그만 이 아스팔트 한켠에서 파닥거리다가 숨을 거두었지 싶다. 차에 치였다면 수많은 차들이 밟고 짓이기고 해서 떡이 되었겠지. 소쩍새 주검을 가만히 들어 길가 풀섶에 옮겨 놓는다. 가랑잎을 긁어모아 주검 위에 덮어 놓는다.

(14:30~14:38) 318번 시골길로 들어선 뒤

안장이 흔들리니 어디에서 쉴 때도 자전거를 기대어 놓아야 하는데, 자전거를 기대어 놓은 뒤 쉴 만한 자리 찾기 힘들다. 어느 공장 앞에 알맞은 자리 겨우 하나 찾았다.

내 자전거 달리기를 생각한다. 나는 한때 죽어라 빨리 달리기를 했으나, 이제는 죽어라 달리기는 안 한다. 할 수 없기도 하고. 이제는 꾸준하게 오래 달리기이다. 거의 비슷한 빠르기로 꾸준하게, 그리고 오래오래 달리기. 가야 할 길이 머니까. 언제나 먼길을 오가니까.

아슬아슬 안장으로 달리니, 조금도 흔들리지 않도록 마음을 많이 써서 곧게 달리게 된다. 덕분에 자전거 균형을 알뜰히 잡으며 달리는 훈련도 된다. 어쨌든 여기까지 잘 와 주었다. 이제 한 시간 반쯤, 아니 오늘은 여기에서 두 시간쯤 더 달리면 된다.

오랫동안 사귀며 만난 사람과 헤어지면 한편으로는 외롭지만, 한편으로는 자유롭다.

(15:03~15:16) 관성1리

아이고 허리야. 배도 고프고.

논가에 앉아 사과 한 알 베어 먹는다. 지는 해를 본다. 겨울해는 참 낮구나. 뜨겁지도 않고. 그래도 가만히 앉아서 해바라기를 하기에는 좋구나. 눈이 따갑지도 않네. 사과 꼭지만 남기고 다 먹다. 씨앗도 우걱우걱 깨물어서 통째로 다 먹다. 기지개를 켠다.

(15:44~15:49) 생1리

거의 다 왔다. 자전거가 아주 흙탕투성이가 되었다. 눈녹은 물이 흠뻑 튀어서. 옷도 가방도 얼굴도 팔뚝도 모두모두 흙탕투성이. 그래도 여기까지 자전거가 잘 버텨 주었다. 더할 나위 없이 고맙다. 곧 집. 부디 물이 녹아 주었으면 좋겠는데. 그래야 몸도 닦고 쌀도 씻어 안쳐서 밥도 해먹지.

12월 23일 - 쌀 사러 다녀오기

먹을 쌀이 거의 바닥이 났다. 부탄가스도 다 떨어져 간다. 장보러 가야 하는데 어제는 아침부터 눈이 내려서 길을 나서지 못했다. 그래도 어제 낮부터 날이 개어 눈길이 조금씩 녹았기에 오늘쯤은 나아지겠지 생각했는데, 생각처럼 아침부터 해가 나면서 길이 거의 녹았겠구나 싶다. 잘됐다. 마당에는 눈물이 고여 있지만 큰길로 나서면 괜찮겠지. 낮 두 시 조금 넘어서 길을 나선다. 집 앞 시골길은 겨울에는 해가 거의 안 드는 길. 지난주에 내린 눈도 아직 그대로. 이 길을 지날 때는 질척거리며 자전거가 나아가기 힘들다만, 그 뒤로는 아주 깨끗.

그제 충주로 오는 길에 안장나사가 부러졌다. 국도 한복판에서 그런 일이 생겨서 오도가도 못했으나, 살며시 자전거를 몰면 아슬아슬

H P 011-799-5230

한 느낌은 들지만 탈 만하다. 오늘은 짐받이에 짐도 없으니 마음 가벼이 서서타기를 해도 된다. 앉아서 탈 때는 짐받이 조임쇠가 풀릴까 걱정스럽기는 한데, 가까운 면내에 다녀오는 길이니 괜찮겠지. 집에서 면내까지 오가는 데에는 18킬로미터쯤.

자동차가 지나갈 때마다 모랫바람이 날린다. 흙바람이라고 해야 할까. 눈이 오면 길에 흙을 뿌리고, 이 흙은 눈이 녹은 뒤에도 길에 그대로 있기 마련이라, 눈이 다 녹은 뒤 마른길에서는 먼지가 뿌옇게 일어난다. 자동차를 타고 가는 사람은 못 느끼겠지. 걷거나 자전거를 타는 사람은 아주 괴롭다. 콜록콜록 재채기가 나고 눈이 따갑다.

처음 길을 나설 때는 바람이 차다고 느꼈다. 아니, 바람이 차다. 낮 두어 시 무렵인데도 바람이 차다. 겨울바람이니까. 달리다 보면 땀이 나며 괜찮겠지. 그런데 바람이 제법 세게 분다. 내리막에서 페달질을 멈추고 가만히 서서 내려가 본다. 자전거가 앞으로 거의 안 나아간다. 바람이 많이 불긴 많이 부는구나. 집으로 돌아갈 때에는 뒷바람으로 불어 줄라나. 그래 주면 좋겠는데.

생극면에 닿다. 생극면에 오면 늘 가는 할인매장에 들어간다. 먼저 쌀을 살핀다. 거의 다 흰쌀뿐. 누런쌀은 2킬로그램짜리가 가장 크다. 누런쌀 10킬로그램들이까지는 아니더라도 5킬로그램들이라도 있으면 좋으련만. 사람들이 누런쌀은 잘 안 먹으니까 가게에 들여놓지도 않겠지. 시골이라고 쌀집이 꼭 있지는 않다. 손수 농사짓는 분들은 쌀 사먹을 일이 없고, 사먹는 사람도 굳이 쌀집으로 가지 않을 테니까. 하는 수 없이 10킬로그램들이 흰쌀을 산다. 21,000원. 누런쌀은 2

킬로그램들이가 5천 원. 부탄가스 넷 2,400원. 초콜릿 자유시간 셋 천 원 . 배추 한 포기 5백 원. 라면사리 넷 1,200원.

자전거 타고 가는 할아버지 한 분 보다. 실장갑을 끼셨다. 천천히 잘 달리신다.

생극면에 닿을 무렵 등에서 조금 땀이 났는데, 돌아가는 길에는 퍽 덥다고 느껴진다. 소매를 걷어붙인다. 웃옷 하나를 벗고 싶지만, 벗어서 묶을 데가 없어서 그냥 달린다. 이제 덥다. 뭐, 용인에서 충주로 오던 날은 반소매옷 하나만 달랑 입고 왔어도 무척 덥다고 느꼈는걸. 달리다가 길가 벚나무를 하나하나 살핀다. 겨울에 잎이 지고 봄에 새잎이 돋을 때는 제대로 못 알아보는 벚나무. 저기 심긴 나무가 벚나무인 줄 아니 겨울 벚나무구나 하고 알 뿐. 꽃이 필 때만 알아보는 나무라면 나무를 알아본다고 할 수 없겠지.

못고개 언덕길을 넘을 무렵, 이마부터 흘러내린 땀이 방울지며 똑똑 떨어진다. 참 덥구나.

그러고 보니 오늘 물이 녹았지. 11시쯤부터 물이 녹았지. 지난해에는 한 번 언 물이 봄까지 안 녹았는데, 올해는 벌써 두 차례 물이 다시 녹았다. 이런 겨울이 앞으로 또 있을까? 아니, 앞으로는 겨울이 되어도 물이 안 얼는지 모른다. 조금 쌀쌀한 가을 날씨가 겨울 날씨로 될는지 모른다.

눈이 안 녹는 응달진 시골길에 이르러 자전거에서 내리다. 자전거를 끌며 걷는다. 걸어서 지나가는 편이 낫다. 몸에서 훅훅 김이 솟는다. 자전거를 헛간에 놓고 가방을 부린 뒤 옷을 훌훌 벗어 알몸뚱이가 된다. 알몸뚱이가 된 채 쌀통에 쌀을 담고, 부탄가스며 여러 가지를 알맞는 자리에 놓는다. 물을 끓여 국수를 삶고, 땀에 전 옷은 군데군데 널어 놓는다. 새옷으로 갈아입는다.

12월 25일 – 읍내 마실

시골은 겨울이 되면 사냥철이 된다. 도시내기들이 사냥개를 앞세우고 사냥총을 어깨에 메고 산이고 들이고 마을이고 휘젓고 다닌다. 어제 아침까지 두 사람 보았다. 마을 분들이 곳곳에 "사냥하지 마셔요" 같은 글을 적어 걸개천을 걸어 놓지만 본 체 만 체.

오늘은 잠깐이나마 마실을 다녀와야겠다. 너무 방에만 갇혀 지내자니 몸도 간지럽지만, 이 추운 날 바깥바람을 쐬면 머리도 맑게 깨지 않겠나. 자전거를 몰고 음성읍으로 나간다.

볼일(크고작은 것) 보러 밖에 나올 때는 아무렇지 않지만, 자전거를 달리자니 손이고 발이고 금세 언다. 겨울이니.

2007년

1월 10일 – 전철길 끼고 자전거 타기

4호선 수리산역 앞에 있는 ㄱ아파트에서 이틀 머물다. 이곳에 사는 분이 겨울철에 따뜻한 아시아로 기나긴 여행을 떠나면서 집을 비웠는데, 집을 비우는 동안 나보고 이 집에 머물러도 좋다고 했기에. 그래서 '집없는 천사' 까지는 아니지만, 집없는 떠돌이로 서울을 찾아오는 나로서는 세 번째 잠자리를 얻은 셈. 먼저 부천에 하나, 다음으로 서울 홍제동에 하나, 그리고 이곳 수리산역에 하나. 비빌 곳 없고 기댈 곳 없는 형편에 잠자리 기꺼이 내주는 분들은 그야말로 하느님이다. 지금 지내는 충주 살림집도 고맙게 얻어서 지내고 있는데, 나는 시골에 있든 도시에 있든 누구네 집에 얹혀지내는 셈. 먹을거리도 얻어서 먹고, 잠자리도 얻어서 자고, 옷도 남들이 갖다 주는 옷을 얻어서 입으니…… 내가 세상에서 받는 것은 늘 한가득인데, 세상에 나누어 줄 만한 것이 뭐 있나? 부끄럽다.

오늘은 시골집으로 돌아갈 생각. 잠깐 부모님 댁이라도 들르고 싶지만, 용인에 계실지 음성에 계실지 알 수 없어서 그냥 시골집에 가련다. 음력설에 찾아뵈어야지.

그런데 여기, 수리산역 둘레 길을 잘 모른다. 그래도 그냥 전철 타고 강변역까지 가기에는 아쉬워 가까운 전철역 몇 군데는 자전거를 타고 가기로. 어쨌든 금정역까지는 가 보자.

자전거 짐받이에 책을 묶고, 수리산 집에서 먹다 남은 몇 가지를 가방에 꾹꾹 눌러담는다. 더 들어갈 틈이 없어 보이는 가방인데 용케 잘 들어간다. 가방이 많이 힘들어하겠다. 나는 다음 세상에 다시 태어난다면 틀림없이 '자전거'나 '가방'으로 태어나지 싶다. 덕분에 가방은 더 무거워졌다. 내가 타는 자전거(스트라이다)는 115킬로그램까지 버틸 수 있다고 하는데, 내 몸무게 72킬로그램에 가방 무게 30킬로그램 남짓 하면 100킬로그램이 넘는다. 잘 버텨 줄라나? 뭐, 여태까지 아직 다른 탈 없이 잘 굴러가고는 있는데, 이렇게 가방과 짐수레 가득 책짐을 싣고 달릴 때면 참으로 미안하다. 나는 죽은 뒤 가방지옥이나 자전거지옥에 떨어질라나.

승강기로 내려와 수리산역을 뒤로 하고 달리는데 등이 꽉 조여 온다. 아주 묵직하구나. 오래 못 달리겠다 싶기는 한데, 달리고 보니, 또 그럭저럭 달릴 만하네. 금정역 다음 전철역까지 가 볼까?

산본역에서 오른쪽으로 꺾는다. 그런데 길을 잘못 들었다. 뭔 고갯길이 하나 나와서 낑낑거리고 올라간 다음, 가파르게 이어지는 내리막을 내려가는데, 저 앞에 보이는 전철역은 '금정'이 아니라 '군포'역이다. 아, 수리산역 있는 이곳이 군포시였나?

아무튼, 수리산역에서 산본역 찍고 금정역으로 갔어야 하는데 군포역으로 돌아오고 말았다. 바보같이. 그래도 뭐, 오늘 좋은 경험 했다고 쳐야지. 언제 또 이 길을 지나가 보겠는가. 그리고 이렇게 엉뚱한 길로 빠지면서 낯선 동네 구경도 하는 셈이고.

금정역 지날 무렵 고가도로 보인다. 고가도로를 탈까? 말까? 고가도로를 타려고 거의 앞까지 왔다가 자전거를 홱 돌려서 빠진다. 뒤에 따라오는 차가 없는 걸 보고 자전거를 돌린다. '오늘은 처음 달리는 길이잖아. 고가도로 잘못 올라갔다가 더 엉뚱한 곳으로 빠지면 어쩌려고 그래?' 하는 생각. 고가도로는 '과천 · 서울' 가는 길이라고 길바닥에 페인트로 그려져 있다. '난 과천 가는 길이 아니잖아? 금정역 다음이 어디인지 몰라도 그리고 가야 한다구!' 하고 생각(나중에 알았는데, 나는 이 고가도로를 타야 했다. 조금 앞서 길을 잘못 든 바람에 이번에도 길 잘못 드는 줄 알고 빠졌다가 더 헤매고 말았다고 할까).

고가도로는 그냥 지나친다. 그리고 고가도로가 어디까지 뻗어 있는가 고개를 살짝살짝 돌리면서 바라본다. '나중에 저 고가도로를 타야지. 오늘은 요 길로 가자!'

오늘은 전철길 따라서 달리기로. 좋잖아? 전철길 따라 자전거 나들이. 더구나 오늘은 1월 1일이라고. 찻길에 차도 거의 없는 한갓진 날. 이런 날 아니면 언제 또 느긋하게 찻길을 거의 독차지하다시피 달려 보겠니.

한참 전철길 옆을 달리면서 도심지를 두리번두리번 구경한다. 다행히도 날은 그다지 안 추워서 손은 덜 시리다. 손이 덜 시리니 왼쪽도 보고 오른쪽도 보면서 동네 간판도 보고 가게 생김새도 살핀다. '여기, 군포도 다른 도시와 마찬가지구나. 아파트 세울 때 들어선 가게가 거의 여태까지 그대로 있나 보네. 그리고 아파트 들어서기 앞서 있었음직한 가게는 하나도 안 보이고. 아마 그때는 모두 논밭이었을까?'

만안역인가? 안양역인가? 잘 모르겠다. 조용하고 한갓진 동네길이 이어지다가 갑자기 4차선 한쪽에 택시가 가득 줄지어 서 있는 전철역 앞마당. 뒷거울로 뒤를 보니 차들이 씽씽 달린다. 택시 왼쪽으로 빠져나갈 수 없겠다 싶어 사람길로 올라선다. 울퉁불퉁한 사람길. 마주오는 젊은이 대여섯은 길을 다 차지하며 걷는다. 길에 침도 뱉네. 무서워라. 생김새 보아하니 고삐리 같은데. 조금도 안 비켜 주는군. 지들만 걷는 길인가?

전철이 지나가는 길 옆으로 살림집이 제법 많다. 여기도 인천하고 비슷하구나. 인천에도 기찻길 옆 집이 참 많은데. 내 어릴 적 동무들은 죄 기찻길 옆에 살았지. 고등학교 마치고 처음 서울로 나와 지내며 서울사람을 만났을 때는 '기찻길 옆에 사는 사람들은 밤에 잠을 못 자 아이들만 쑥쑥 낳는다' 는 농담을 들으며 무척 기분이 나빴다. 기찻길 옆에 하루라도 살아 본다면, 그런 농담이 나올까?

어릴 적부터 익숙한 모습이기에

전철길을 오른쪽에 두고 달리는 동네길이 좋다. 이곳 전철길 옆에서 살림을 꾸리는 사람들은 무엇을 하며 무엇을 생각하고 살아갈까. 이곳에서 살아가는 아이들은 무엇을 꿈꾸고 있을까. 이들도 먼 뒷날 무럭무럭 자라서 어른이 되었을 때, 나처럼 자전거를 타고 전철길 옆을 달리며 옛 생각을 잠깐이나마 해 볼라나. 신흥동에 사는, 만석동에 사는, 송월동에 사는 불알동무들이 보고 싶다.

문득, 왜 이 나라 기찻길 옆 마을은 사람이 살기 팍팍하고 꾀죄죄하고 더럽고 시끄러운 곳으로 무너뜨릴까 하는 생각이 든다. 딱 한 번, 일본이라는 나라에 가 본 적이 있다. 2000년 어느 여름날, 한국돈으로 치면 대단히 비싼(5천 엔이었으니까, 한국돈으로 치면 5천 원 아닌가.) 전철을 타고 볼일을 보는데, 전철이 지나가는 철길 옆 살림집이 퍽 깨끗했다. 또 전철길 옆 마을도 꾀죄죄하거나 지저분하지 않았다. 왜일까? 왜 일본 이곳 전철길 옆 마을은 우리네 전철길 옆 마을하고 크게 다를까?

관악역 옆을 지난다. '관악역'? 내가 지금 어디로 달리고 있나? 어쨌든 서울 쪽으로 달리고 있으니, 가다 보면 내 길이 나오겠지. 전철길과 건너편 아파트 사이에 어마어마하게 높은 시멘트 울타리가 서 있다. 시멘트 울타리를 바로 옆에 끼고 달리는데 살짝 소름이 돋는다. 뒤에서 버스가 지나갈 때에는 버스 바람이 옆으로 빠져나가지 못하고 높은 벽에 부딪쳐 다시 나한테 돌아오니 더욱 덜덜덜.

석수역 옆을 지난다. 마을버스 한 대가 내게 한 번 양보해 준 다음, 안전하게 내 옆을 앞질러 간다. 빵빵거리지 않고 조용히 지나가 주는 고마운 버스. 새해맞이인 만큼 서로서로 기분 좋게 달리면 좋지.

손이 좀 덜 시리다고 하지만, 쌀쌀한 겨울날인데 맨손으로 자전거를 타는 젊은이 보다. 한 손은 주머니에 넣고 한 손으로 탄다. 몹시 춥겠다. 내 장갑 한 짝을 벗어 주고 싶을 만큼. 그러나 장갑을 못 벗어 주다. 속에 낀 장갑은 벗어 줘도 되었는데.

슬슬 달린다. 이제 가방이 대단히 묵직하게 느껴지며 어깨며 등짝이며 짓눌리고 있다. 얼마 못 버틸 듯. 쉬었다 더 달릴까, 그냥 전철을 탈까?

개천을 내려다본다. 겨울오리들이 많이 보인다. 이곳 개천에도 물고기가 살까? 오른쪽 철길 옆 마을을 본다. 저 마을은 철길이 놓이기 앞서도 있었을까? 어느 쪽이 먼저일까?

한참 달리노라니 전철역 하나 보인다. 어디일까? 이제 전철을 타고 갈까?

시흥역. 전철을 타고 지나가 본 적은 있지만, 여기서 타 보기는 처음. 시흥역에서 타는 전철은 어디로 갈까? 전철에 오른 뒤 길그림판을 올려다본다. 아, 아, 아…… 나는 사당역 쪽으로 가려고 했는데 아주 한참 잘못 들어섰다. 그래, 아까 그 고가도로를 탔어야 했구나. 나는 과천 쪽으로 가서 사당으로 갔어야 했는데. 신도림에서 내린다. 등과 가방은 땀으로 흠뻑 젖었다. 2호선으로 갈아타야지. 가방에서 책을 꺼내어 읽는다.

2호선 오기를 기다린다. 어떤 아저씨 두 사람이 내 자전거를 만지작거리며 중얼거린다. "조립식 자전거 아녀?", "벨트로 되어 있네.",

"이거 풀어 놓으면 완전히 자전거 되는 거 아냐?" 내 자전거에 눈길을 두어 주시는 일은 고맙지만, 이리저리 만지작거리라고는 안 했는데요? 에휴. 마음 끄자.

강변역에서 내리다. 건널목. 한복판에 택시를 세워 놓고 내리는 젊은 아주머니, 아이들, 아저씨. 저 아줌마와 아저씨야 그렇다치고, 저 아이들은 무엇을 느끼고 배울는지. 그 옆으로 시커먼 자가용 한 대, 건널목 한복판에서 비킬 생각을 않는다. 사람들은 한데 뒤섞이면서 몸을 부딪치며 엉기적엉기적 건넌다. 신호는 빨간불로 바뀌고, 신호 바뀌기를 기다리는 고속버스며 다른 차들은 제때 지나가지 못한다.

표를 끊다. 생각 밖으로 널널하다. 1월 1일은 명절이 아니니까.

버스 타는곳 바깥에 자전거를 놓고 책을 읽다. 냄새가 코를 찌른다. 군인이고 젊은 것이고 나이든 것이고 가래침을 칵칵 뱉는다. 버스 손님이고 버스기사고 속에서 올라오는 가래침을 탁탁 뱉는다. 틀림없이 이곳, 버스 타는곳은 안이든 밖이든 '담배 못 피우는 곳' 이지만, 어느 누구도 막지 않는다. 가래침 냄새, 담배 냄새가 야릇하게 뒤섞인 속뒤집히는 냄새. 빨리 여기를 벗어나고 싶다.

버스에서 도시락 까먹다. 그리고는 잠이 들다.

생극에 도착해 쥐끈끈이 사다. 땀 뻘뻘 흘리며 시골집으로 돌아가다. 가는 길에 있는 어느 밥집 앞, 밥먹고 나온 무리 가운데 한 사람

이 한 손가락으로 한쪽 코를 막더니 킁 하고 코를 길바닥에다가 푼다!

1월 4일 - 서울 나들이

(14:01) 시골집 나섬

서울 나들이할 때 출판사사람 만나면 건네주려고 헌책방 사진을 시디로 굽는데, 자꾸 실패 창이 뜬다. 왜 그럴까? 빈 시디도 안 쓴 채 오래 두면 맛이 가서 그러나? 이러다가는 너무 늦어지겠다. 그냥 가자.

지난주에 돌아올 때 따로 찾아 둔 돈이 없다. 시골에 있을 때 쓰려고 간수해 둔 돈 가운데 1만 원 꺼내 웃옷 주머니에 넣다. 뒷주머니에 넣을까 했으나 지난주에 자전거 타고 가면서 뒷주머니에 넣어 둔 돈이 새어나갔기에 이번에는 웃옷 주머니에.

저녁때 만나야 할 사람이 있고, 시간에 닿자면 빠듯하기에 생극에서 버스 타고 가기로. 일죽까지 자전거를 탈까 말까 잠깐 망설임.

(14:22) 생극 닿음

그야말로 죽도록 달렸다. 21분 만에 닿다. 찬 겨울바람 뚫고 21분 만이라니. 자전거에서 내린 뒤 바로 버스역으로 들어가 웃옷 주머니에 손을 넣는다. 아무것도 안 집힌다. 엥?

또 오다가 돈을 흘렸나? 오던 길을 되짚어 천천히 달려 본다. 앞에 가방을 둘 메고 있었기에 웃옷 주머니에서 돈이 안 흐를 줄 알았는데, 참말로 죽도록 빨리 달리는 사이 바람에 휙 날려갔나 보다. 어쩌지? 시골 면에는 은행이 없어 돈 찾을 곳도 없는데? 다시 집으로 돌아가서 돈을 가져와야 하나? 자전거에서 내려 이마에 흐르는 땀을 훔치며 생각. 하는 수 없다. 일죽으로 빨리 가는 수밖에. 일죽 버스역에는 돈 뽑는 기계가 있으니, 수수료 비싸더라도 거기까지 가야지.

(14:58~15:21) 일죽면 청풍쉼터

곧 《우리 말+헌책방》 잡지를 낸다. 이번 나들이는 잡지를 내어주는 출판사 사람을 만나 원고 마무리며 이것저것 나눌 이야기가 있기 때문에 부랴부랴 가는 길. 지난해 가을께 내려던 잡지가 벌써 여러 달 늦춰졌다. 늦춰지는 만큼 아쉬움도 크지만, 거꾸로 잡지에 어떤 이야기를 넣고 빼면 좋은가 하는 생각을 얻었고, 그동안 다른 잡지 엮음새도 많이 살필 수 있었다.

또 한 가지. 부러진 안장나사 바꾸러 가는 길. 안장나사가 부러져 안장이 흔들린다. 그래서 거의 서서타기만 해야 한다. 시골길은 언덕이 많아 웬만한 데에서는 다 서서타기를 하니 그다지 상관없다고 하겠지만, 막상 거의 서서타기로만 달리고 보니 다리가 꽤 힘들다.

큰 짐차들이 지나가면서 자전거 옆으로 많이 비켜서 달려 준다. 고맙다. 그러나 겨울이라 그런지 큰차가 일으키는 바람이 따갑다. 눈이 올 때 길에 뿌린 모래는 눈이 녹을 때 같이 씻겨내리지 않으므로, 큰 차 지나갈 때면 고스란히 먼지+모래바람이 되기도 한다. 차가움과 따가움이 한꺼번에.

이번에도 죽도록 달린다. 그러다가 잠깐 늦춘다. 아무리 시간 약속에 맞춰 빠듯이 가는 길이라지만, 이렇게 죽어라 달리기만 한다면, 걷는 사람과 자전거를 위협하는 자동차꾼과 무엇이 다를까 싶은 생각이 문득. 잠깐잠깐 페달을 멈추고 자전거가 굴러가는 대로 그냥 서 있는 채로 논밭을 보고 먼산을 보고 하늘을 본다.

가만히 둘레를 살펴보노라니, 논둑에 버려진 갖가지 쓰레기가 보인다. 겨울이라 더 잘 보인다. 여름에는 수풀에 가려 잘 안 보였으니. 담배꽁초, 담배곽, 귤껍질, 깡통, 빈 물병, 종이컵, 과자봉지, …… 이 쓰레기는 누가 버렸을까. 시골사람이 논밭에서 일하다가 자기 논둑에 버렸을까? 자동차꾼들이 창문 열고 휙 버렸을까?

언덕마루 주유소를 지나고 일죽면에 접어들다. 이제 거의 다 왔군. 잘하면 15시 버스도 잡을 수 있을까? 뭐, 이 버스는 어렵다 해도 15시 30분 차는 잡을 수 있을지도. 그런데 뒷바퀴에서 피식피식 하는 소리가 나고 드글드글 소리가 난다. 앗. 구멍이?

진짜 구멍이다. 아. 가는 날이 장날이냐? 청풍쉼터 바로 앞에서 뒷바퀴에 구멍. 길가에 버려진 뭔가를 밟은 듯. 자전거를 눕히고 가방을 벗고 쭈그려앉는다. 으이구.

지난 한가위 때였나, 그즈음에도 구멍이 한 번 났는데. 어느새 두 번째 구멍. 바퀴가 많이 닳았나? 이번 서울 나들이 때 바퀴도 갈아야 할까? 바퀴 구멍 때우고 가자면 어차피 이번 버스는 놓치겠구나 싶어서 느긋하게 바퀴를 떼고, 구멍난 자리 찾아서 때운 뒤, 뒷간에서 볼일도 본다. 훅훅, 몸풀기 운동도 잠깐 한 다음 다시 길을 나선다.

(15:32) 일죽 버스역

코앞에서 서울 가는 버스 놓치다. 318번 시골길이 끝나는 네거리에서 서울 가는 고속버스를 보았다. 이때부터 신나게 달려 누가 먼저 버스역에 닿는가 겨루기를 해 보았으나 내가 졌다. 자전거가 버스역에 닿을 무렵, 이 버스는 1분도 안 쉬고 바로 차를 빼며 자기 길을 간다. 다른 때는 5분쯤 쉬고 가더니만, 왜 오늘은? 오늘은 시간이 늦었나?

삼십 분을 기다려야 하는구나. 오늘은 뭔가 아귀가 안 맞네. 시디굽기가 안 되지 않나, 길에서 돈을 흘리지 않나, 뒷바퀴에 구멍이 나지 않나, 또 이렇게 코앞에서 버스를 놓치지 않나. 돈 뽑는 기계에서 돈 15만 원을 찾다. 수수료 1,100원. 으아. 눈물난다. 서울 가는 버스표 4,700원. 그 사이 200원이나 올랐네. 어흑.

바깥에서 땀을 들인 뒤 책을 읽는다. 조금 있자니 숨이 막힌다. 이곳도 다른 버스역과 마찬가지로 담배 피우는 사람이 많고 길바닥에 가래침 뱉는 사람이 많아서.

(16:01) 버스 타다

고속버스를 타면, 또 전철을 타면, 땀흘릴 일이 없고 몸이 고단할 일도 없다. 더욱이 자전거꾼 괴롭히는 차도 없고 차방귀와 먼지바람에 시달리지도 않는다. 그러나 어딘가 허전하다. 무언가 답답하다. 그냥 가만히 앉아 있어도 모든 것이 다 되고 이루어지니까 느낌이 얄궂다. 마치, 낯을 익히기는 했지만 아직 낯선 아무개 집에 찾아갔을 때, 손님 대접을 받는다며 마루에 멀뚱멀뚱 앉아서 재미도 없는 텔레비전을 바라보는 가운데 밥 대접만 기다리는 느낌이랄까. 적어도 밥상에 수저 놓는 일이라든지, 냄비와 그릇 옮기는 일이라든지,

행주로 밥상 닦는 일이라든지, 설거지라든지, 뭐 하나라도 거들 수 있으면 좋으련만, 그저 앉아서 쭈뼛쭈뼛 받아먹기만 해야 하는 느낌이랄까.

강변역에서 내린 다음, 역 뒤쪽에 있는 편의점에 간다. 이 편의점을 들를 때는 늘 돈을 뽑기만 했는데, 늘 그게 마음에 걸렸다. 오늘은 세모김밥 둘을 산다. 하나는 그 자리에서 먹고 하나는 주머니에.

출판사사람한테 전화 한 통. 아버지가 병원 응급실에 실려가셨단다. 병원에 들러야 하기에 나보고 느긋하게 볼일 보고 있으라 한다.

고개를 넘어 자양동에 있는 헌책방 〈대성서점〉에 가다. 느긋하게 볼일을 보라 하니, 헌책방에서 책을 봐야지. 책을 보며 남은 세모김밥 하나 더 먹다. 책 다섯 권 고르다.

자양동, 구의동, 성수동 쪽에는 자전거 타는 사람이 많이 보인다. 이 동네에는 자전거집도 참 많다. 강변역에서 한양대학교 앞까지 지나는 길에 열 군데쯤 볼 수 있다. 그런데 역주행 하는 사람도 많고, 밤에 불 안 켜고 다니는 사람도 많다. 겨울에 장갑 안 낀 맨손 자전거꾼도 많다. 동무를 뒷자리에 태우고 아슬아슬 다니는 중고등학생도 많다. 학교옷 치마차림으로 자전거 타는 아이들도 많다. 아이를 앞이나 뒤에 태우고 다니는 아주머니도 많다. 자전거 타는 사람 많은 이곳이지만, 자동차 움직임을 보면 자전거꾼한테 마음을 참 안 쓰는 동네 가운데 하나라는 느낌을 지울 길 없다.

혜화동으로 가야 하니 동대문운동장에서 길을 꺾는다. 동대문 둘레는 언제나 차가 많다. 사람도 많다. 그런데 여기는 자동차가 중심

인 곳. 건널목 구경이 힘들다. 건널목이 없는 찻길은 자전거가 몹시 위험하다. 이런 길에서 자동차는 사람이고 자전거고 아랑곳하지 않으니까. 생각했던 대로, 갑자기 자전거 앞으로 끼어들며 뚝 멈추는 택시며 자가용이며 짐차며…… 미리 생각해 놓고 천천히 달리고 있었기에 부딪히지 않고 아슬아슬 멈추거나 에돌아 간다.

대학로라고 하는 혜화동 큰길로 나오다. 히유. 이제 다 왔네. 여기 혜화동을 보면 곳곳에 건널목이 있다. 건널목도 참 넓다. 종로만 해도 건널목이 거의 없다. 종로에 있는 건널목은 거의 요 몇 해 사이에 놓인 곳. 광화문도 그렇잖은가. 그렇게 사람 많이 다니는 곳에 건널목 하나 안 놓고 있었다.

아무래도 출판사사람은 아버님 때문에 못 오실 듯. 지난주 서울 나들이 때, 만나기로 한 사람들이 다 약속을 구멍내어 헛나들이만 하고 돌아갔는데, 이번에도 마찬가지?

그래도 모르는 일이니 혜화역 1번 나들목 둘레에 있는 또다른 인문사회과학 책방 〈이음아트〉에 들른다. 지난달에 〈이음아트〉 왔을 때 자전거 접어서 들고 내려가다가 그만 꽃그릇 하나를 건드려 꽃 하나를 죽였다(줄기가 부러져서). 그 꽃그릇은 보이지 않는다. 미안하다. 그렇지만 미안하다고 될 일인가. 목숨 하나가 사라졌는데. 오늘은 자전거를 바깥에 세워 놓고 바퀴만 뺀다.

책방 사장님하고 찾아간 곳에서 아는 분 만나다. 세상은 참 좁다. 아는 분 말고 다른 두 분이 술이 많이 들어가서 해롱해롱. 두 분 주정을 받아 주며 배고픈 속에 밥도 채우지 못하고 소주만 집어넣다.

그러다가 출판사사람한테 전화. 응급실에 들어가면 식구들은 안에 들어가지도 못하고 밖에서 하염없이 기다려야 하는데, 기다릴 자리도 없어서 집으로 가서 자야 한단다. 그래서 늦었지만 지금 이쪽으로 오신다고.

술자리는 늦게까지 이어졌고, 오늘은 택시를 타고 얹혀 지내는 홍제동 집으로 간다. 벌이가 없는 나를 불쌍히 여겨 누군가 내 택시값을 먼저 택시기사한테 건네주었다. 자전거를 접어 뒷자리에 구겨 넣고 앞자리에 앉는다. 참, 얼마만인가. 택시라는 차에 타 본 지가. 택시를 타니 이렇게 빨리, 아늑하게 갈 수 있구나.

1월 14일 - 자전거마을 상주까지 가다

(04:00) 길 나설 준비

사진기가방 끈이 많이 너덜너덜해졌다. 자칫 끊어질지 몰라 반짇고리를 꺼내 꿰맨다. 어차피 꿰매는 김에 여러 번 꼼꼼하게 꿰맨다. 길에서 먹을 달걀을 열세 알 삶다. 새벽에 배가 고파 두 알은 새로 지은 밥과 함께 먹다. 주말까지 써야 하는 글이 있어 밑글을 써 두다. 가져갈 짐을 생각하며 하나하나 가방에 넣다. 일곱 시가 다 되어 잠깐 눈을 붙이다.

(08:17) 아침에 길을 못 나서다

아침 여덟 시에 길을 나서려고 했는데 배가 살살 아파서 꼼짝을 못하고 있다. 자전거 타고 달리다가 똥이 마려우면 힘들기 때문에 배가 가라앉기를 기다린다. 밤새 여러 가지 준비하다가 새벽나절에 먹은 밥이 얹혔나. 아침도 못 먹고 뒷간만 왔다갔다.

뒷간에 앉아 있는데 아침바람이 퍽 차다. 덜덜 떨린다. 이런 날씨에 나서야 하나. 그렇게 한동안 앉아 있노라니 찬바람이 익숙해진다. 문득 예전에 신문배달 하던 때가 떠오른다. 그때는 새벽 두 시 무렵 일어나 네 시 반까지 일했다. 겨울이고 여름이고. 눈이 소복히 내린 길을 내 짐자전거로 첫 발자국을 내며 달리던 일. 반코팅 장갑 하나만 끼고도 그렇게 일했는데. 그때와 견주면 지금 날씨는 따뜻한 편 아닌가. 더구나 아침 여덟 시고. 게을러졌나? 힘이 빠졌나? 발가락이 시리다. 양말을 한 켤레 더 신을까.

(09:02) 길 나섬

면티를 두 벌 입고 긴소매옷 하나 입다. 귀까지 덮는 위가 뚫린 털모자 쓰다. 오늘 입은 옷, 또 가방에 챙긴 옷은 서울에서 충주로 자전거 타고 올 때 입던 옷들. 모두 땀에 절은 옷. 지금 시골집은 물이 얼어서 못 빨고 있는 옷인데, 오늘부터 길을 나서면 옷이 또 땀에 절테니, 여관에 묵을 때 빨 생각으로 땀냄새 짙게 풍기는 옷만 챙긴다.

음성군 접어들다. 벌써 발이 시리다. 양말 두 켤레 신었는데도 발가락이 얼어붙는다. 손가락도 얼어붙는다. 소한 추위 꽤나 오래 가네. 음성 읍내. 아아. 음성 읍내까지 오는 데 이렇게 힘드나? 그나마 속이 안 좋아 한 시간 늦게 나섰으니 나은 편인가. 아홉 시는 여덟 시보다 따뜻하니까. 읍내에 있는 할인매장 한 곳에 들어가다. 장갑을 벗고 주머니에 손을 넣고 녹인다. 잘 안 녹는다. 매장을 빙글빙글 돌며 발가락도 녹여 보는데 오래 걸린다. 어느 만큼 녹았을 때 초코바 세 봉지 고른다. 삼천 원. 밖에 나와서도 손을 더 녹인다. 처음부터 쉽지 않은 나들이군.

(09:48) 읍내 벗어나서

한손으로 타면서 한손을 녹인다. 얼른 해가 하늘 높이 올라가야 할 텐데. 저수지 옆을 지난다. 얼음낚시 하는 사람 많다. 관광버스 빌려서 온 도시내기들. 수십 사람이 저수지를 가득 채우고 있다.

도안리. 음성군 빠져나와 괴산군 접어들기 앞서 있는 마을. 이곳은 참 조용하고 아늑하다. 괴산으로 들어설 때 37번 국도를 타면 더 빠르지만 난 이 길이 더 좋다. 이 마을길에는 지나가는 차가 거의 없다. 아니, 한 대도 만나기 힘들다. 오늘도 차 한 대 못 보다. 마실가는 아주머니 두 분이 찻길을 다 차지하며 걷는 모습만 보다. 아마 이쪽 마을에 볼일 있는 사람 아니면 안 지나가겠지. 오로지 내 자전거 소리와 새소리만 듣는다.

(10:38) 괴산 읍내 들어서는 갈림길

괴산 읍내는 지난해에 하동 가는 길에 지나가 본 적 있다. 오늘은 다른 길로 가 봐야지. 갈림길에서 길그림책 꺼내어 찬찬히 살핀다. 오르막 뒤 내리막. 다시 오르막. 또 내리막. 오르내리막이 이어지니 언손 녹이기 바쁘다. 빨간 자동차 한 대를 경품으로 내건 주유소. 기름집 장사가 어렵나?

(11:16) 칠성읍 꺾어지는 길

길그림책 꺼낸다. 나는 517번 시골길로 갈 생각. 조금 더 가야 하는군. 34번 국도를 타고 문경까지 죽 갈까 싶기도 했지만, 문경새재에서 굴을 하나 지나야 한다. 굴 지나기 싫어 시골길로 갈 생각.

(11:31) 쌍곡세거리

517번 들어서는 길 나오다. 그런데 느낌이 안 좋다. 517번 길은 산을 타는 길인가? 문득 굴을 지나더라도 34번 길로 가는 편이 나을까 하는 생각. 망설이면서, 들머리에 선 큼직한 길그림판을 올려다본다. 하지만 봐도 잘 모르겠다. 다만 길그림판에는 '등산길' 만 그려져 있다.

이제 날이 조금씩 포근해지기에 면티 하나를 벗다. 긴소매옷은 소매를 걷다. 다시 자전거를 달린다. 산그늘에 가려 꽁꽁 얼어붙은 길이 곧바로 나온다. 춥다. 다시 소매를 내린다.

내가 접어든 길은 국립공원이었다. 길그림책을 보니, 나는 속리산 국립공원에 들어왔다. 이를 알았을 때는 벌써 한참 안으로 들어온 뒤. 돌아갈 길이 너무 멀다. 속리산이라. 언제 또 속리산을 자전거 타고 지나가 보겠는가. 차도 거의 안 다니고 호젓하니, 길을 즐기자. 새해맞이로 산 나들이 왔다고 생각하자.

오늘 달리는 길은 큰길 안쪽에 있는 작은길들. 이제는 작은길이라 하지만 예전에는 모든 차가 다 이 길로 달렸겠지. 큰길을 새로 놓아서 거의 모든 차가 그리로 다닌다면 이런 지방도로는 자전거길로 바꾸어 주면 어떨까. 모든 지방도로를 자전거길로 돌릴 수 없겠지만,

몇 군데라도, 적어도 이런 국립공원 길만이라도 자전거만 다니도록 해 주면 어떨까.

(12:21) 언제 끝날 지 알 수 없는 오르막길

언제 끝나는 오르막일까. 오르고 또 오르고 다시 오르다가 드디어 쉰다. 땀이 마르면 안 되기 때문에 오래 쉴 수 없지만, 잠깐이라도 다리쉼을 하자. 훅훅. 숨을 몰아쉰다. 땀이 줄줄 흐른다. 옷이 폭삭 젖었다.

여태껏 오르막을 만날 때마다 꼭대기까지 안 쉬고 올랐다. 꼭 안 쉬고 올라야만 하는 꼭대기가 아닐 테지만, 자존심 싸움이라도 되는 듯 죽을힘 살힘 다 보태어 낑낑거렸다. 그런데 이렇게 안 쉬고 올라야 하는가. 가다가 힘들면 쉬면 안 되나.

이 좋은 길을, 차 드물고 호젓한 이 길을, 파란하늘이 올려다보이고 바람에 흔들리는 나뭇가지와 나뭇잎 소리를 듣는 이 길을, 멧새가 우짖는 이 길을, 그저 꼭대기만 생각하고 올라야 하는가. 잠깐잠깐 자전거를 멈추고 새소리에 귀기울이고, 파란하늘과 나무들을 바라보면 안 되는가.

오르막이 끝날 때까지 쉬지 않고 자전거 달리는 일도 고정관념이 아닐까. 세상을 너무 좁게만 보려는 마음가짐이 아닐까. 스스로 얕은 울타리에 가둔 채 바깥세상을 치우쳐 보는 눈길이 아닐까. 가다 못 가면, 아니 가다 힘들면 기차를 탈 수 있고, 버스를 탈 수 있지 않은가? 지나가는 차를 얻어탈 수도 있고.

(12:36) 제수리재

제수리재 530미터. 잠깐 다리쉼을 한 지 얼마 안 되어 꼭대기가 나왔다. 조금만 참았으면 끝까지 왔겠지만, 아까 쉰 일은 아쉽지 않다. 그런데 530미터면 그다지 높은 재는 아니네. 그리고 아직 한참 멀었겠지. 속리산국립공원 빠져나가려면.

언덕 꼭대기에 자동차가 여럿 서 있다. 차 둘레에는 아무도 없다. 차가 서 있는 꼭대기에는 '입산금지'란 걸개천이 여기저기 걸려 있다. 그러나 그 걸개천 옆으로 사람들 발자국이 나 있다. 여기는 눈이 안 녹고 고스란히 쌓여 있기 때문에 알아볼 수 있다.

재를 넘으니 기나긴 내리막길. 한낮이 가까워 오기에 손은 안 시렵다. 그래도 차다. 한 시간 남짓 오르막을 달려 재를 넘은 일을 생각하면, 내리막을 다 내려가기까지 든 시간은 너무 짧다. 허전하다. 그래도 뭐, 꼭대기에 오래오래 머물려고 오른 재가 아니니까.

517번 길이 끝나고 922번 길이 이어진다. 이제 괴산군 끝. 경북 문경시 접어들다. 괴산군 꽤 넓군. 높은 산에 둘러싸인 마을에 들어선다. 이 마을에 사는 사람들은 어느 쪽으로 가나 높은 재를 넘어야겠네. 요새는 버스가 다니지만, 예전에는 면내에만 나가려 해도 참 힘들었겠다. 거의 나갈 수 없었겠지. 이곳 아이들은 자기 마을을 어떻게 생각할까.

작은 마을 빠져나가기 앞서 내가 넘어온 재를 돌아본다.

마을 빠져나가는 오르막길은 눈이 하나도 안 녹다. 모래를 잔뜩 뿌려 놓았다. 안 녹은 눈과 모래가 섞여 자전거 바퀴는 헛돈다. 미끄러지기만 해서 자전거에 내려 끌고 올라간다. 빵빵거리는 자동차 하나.

대전에서 온 차. 가운데손가락 한 방 차 뒤꽁무니에 먹인다.

길 곳곳에 '입산금지' 걸개천 걸려 있다. 국립공원이라서 산에 오르지 말라는 뜻일까. 산에 오르는 사람이 너무 많아 걸어 놓았을까. 문득 '입산금지' 라는 딱딱한 말 말고 '산에 오르지 마셔요' 나 '산에 들어가지 마셔요' 같은 말을 걸어 놓으면 어떨까 하는 생각. 국도를 달리면 '통로암거' 라는 말을 곳곳에서 본다. 국도 밑으로 마을사람들이 오갈 수 있는 굴을 가리키는 말인데, 누구나 알아듣기 쉽게 '길밑 굴' 쯤으로 풀어서 쓰면 안 될는지. 공무원들이 쓰는 말은 우리 삶과 너무 동떨어져 있고 참말 어렵기만 하다.

(13:20) 어느 주차장

아까부터 아랫배 살살 아프다. 어디 숲속에 들어가 볼일 볼까 했으나 참는다. 마침 무슨 주차장 매표소 안쪽에 뒷간 보여 서둘러 그리 들어간다. 뒷간은 너저분. 이곳을 쓴 이들이 휴지를 아무 데나 버려서. 안 쓴 휴지(주유소에서 주는)가 여럿 있다. 고맙다고 생각하며 하나 챙긴다.

그러고 보니 아침부터 여태까지 네 시간째 거의 안 쉬고 달리기만 했다. 오르막에서 잠깐 다리쉼한 것 빼고는 길그림 보며 길 살핀다며 멈춘 일뿐. 어쩐지, 아랫배도 아팠지만 다리가 좀 아프다 했다. 배가 고프지만 속이 아파 아무것도 못 먹는다. 칠성면 접어들 무렵 길그림책 보면서 달걀 한 알과 밥을 조금 먹었는데 바로 아랫배가 아파 와서 더 못 먹었다. 그러다가 초코바도 하나 뜯어먹다가 또 배가 아파 2/3만 먹고 말았다. 물도 못 마시겠다. 배고프다. 힘들다.

다른 국립공원 길은 어떨까. 다른 때 속리산국립공원은 어떨까. 조용하고 차 드문 이 길, 마음에 든다. 다음에 부산으로 자전거 타고 갈 일이 또 있으면, 그때도 이 길로 지나가고 싶다.

'이강년 생가지'라는 곳. '생가지'가 뭐냐. '살던 집'이라 하면 될 텐데. 한 번 들어가 볼까 싶었으나, 보기 안 좋도록 벌겋게 새로 바른 회칠이 마뜩찮아서 사진만 한 장. 의병대장 이강년 선생 살던 집 옆에 거의 버려진 무덤 하나.

가은읍. 길 따라 강이 보인다. 갈대숲인가? 눈앞이 확 트이고 마음도 확 트인다. 잠깐 서서 강바람을 느끼다.

음성에서 본 'FTA 반대' 깃발이 다른 마을에서는 안 보인다.

(14:15) 성유리 시골버스 타는 곳

맞바람이 세다. 힘이 자꾸 빠진다. 힘들다. 쉬어야겠다. 어느새 다섯 시간째 달리는 길. 나도 참. 내가 기가 막히네. 무릎이며 목뒤며 허벅지며 허리며 온몸이 쑤시는데 이렇게 달리니까. 어디 고속버스역이라도 있으면 버스에 자전거 싣고 쉬고 싶다. 배 많이 고프다. 오늘 구미까지 갈 수 있을까? 아니, 상주까지도 못 갈는지 모르겠다.

(14:37) 농암면.

다리가 많이 저리다. 낮은 언덕길에도 페달이 안 밟힌다.

(14:47) 송암 이마트 앞

아까 똥 한 번 누었으니 속이 좀 나아졌을까? 다시 아랫배가 아파오더라도 뭘 먹어야겠다. 가게에 들러 빵 둘, 식혜 하나, 치즈 하나

사다. 가게 아저씨한테 상주 가는 길 여쭙다. "길이 두 가지 있는데, 큰 언덕 하나와 작은 언덕 하나 넘는 길이 있고, 큰 언덕 하나 넘는 길이 있는데, 제가 보기에는 큰 언덕 하나와 작은 언덕 하나 넘는 길이 나아요."

가게 아저씨는 텔레비전으로 스타크래프트 게임을 본다.

맞바람이 그치지 않는다. 괴롭다.

(15:47) 우산 3거리

다리 너무 고달파 어딘가에서 잠깐 쉬고 싶었는데, 마침 갈림길이 나와 준다. 이렇게 고마울 수가. 갈림길에서 주저앉아 길그림책 꺼낸다. 길그림책에는 '우산3거리' 가 안 나온다. 어느 쪽으로 가야 할까. 오른쪽? 그냥 곧장? 오른쪽은 '화서' 쪽으로 가는 길. 곧장 가는 길은 '916번 길'. 화서 쪽은 상주를 벗어나는 길이 아닐까? 916번 길로 가야 할 듯(그러나 나중에 알고 보니 화서 쪽으로 가야 했다. 곧장 가는 길은 외서 면내로 접어들고 3번 국도와 만나는 길이고, 오른쪽으로 가는 길은 901번이 죽 이어지며 내서 면내로 접어들고 25번 국도를 만나서 상주 자전거박물관 앞을 지나는 길이었다).

우산재 230미터 넘다. 가게 아저씨가 말한 '높은 언덕' 이 이곳이었나. 높이는 낮은데 어마어마하게 힘들다. 가파르기가 장난이 아니다. 여태껏 오른 오르막 가운데 가장 가팔랐던 길. 높이(해발고도)가 낮다고 해서 모두 쉬운 고개가 아니다. 작은 고추가 맵다.

고개 넘기까지는 죽을 맛. 넘고 난 뒤는 새힘 얻어 즐거움. 새로 얻은 힘으로 고개 넘은 거리 몇 갑절 되는 길을 힘내어 다시 달리게 된다.

(16:19) 외서 면내

상주 외서면에서 'FTA 반대' 깃발을 만나다. 이곳은 깃발이 바람에 잘 나부끼고 있다.

(16:37) 3번 국도 만남

왜 3번 국도가 나오지? 이상하다. 아까 우산세거리에서 길을 잘못 들었는가? 상주 시내로 접어들 때까지 시골길만 달리고 싶었는데. 넓은 국도로 나서니 씽씽 달리는 차들이 무섭고, 차들이 내는 소리로 귀가 아프다. 재미도 없다. 그냥 앞만 보고 달려야 한다. 길은 곧고 판판하며 오르내림이 적지만.

(17:20~18:00) 상주 시내 둘러보기

배가 아주 많이 고프다. 그러나 꾹 참고 오늘 잠잘 곳을 알아본다. 여관에 든 뒤 밖에 나오고 싶지 않기에, 인터넷을 쓸 수 있는 여관을 찾아본다. 그런데 여관도 잘 안 보인다. 3번 국도나 25번 국도로 상주 시내에 들어오니, 이곳 둘레에는 여관이 안 보이는데, 새로 지은 버스역 둘레에 여관이 많다. 이곳에는 술집도 많다. 상권이 이쪽으로 옮겨 오나?

인터넷을 쓸 수 있는 여관은 딱 한 곳. 황금모텔. 인터넷 되는 방은 35,000원, 안 되는 방은 25,000원. 5,000원을 깎아 준다. 그래도 비싸다. 하지만 뭐, 지친 몸으로 피시방까지 가기는 힘들다. 가도 얼마 못 있을 테니까.

방을 알아보았으니 밥집을 찾는다. 여관과 가까운 꼬치집에 간다. 도시락을 못 먹었기에 데워 달라고 부탁. 가락국수 한 그릇, 꼬치 한 접시, 500들이 맥주 두 잔. 12,000원.

여관으로. 3만 원 치르고 자전거는 주차장 뒤쪽에 세우고 305호실로. 방이 무척 넓다. 3만 원쯤 할 만하군. 침대는 세 사람이 누워도 넉넉하고 바닥도 넓다. 옷을 모두 벗고 욕조에 넣는다. 욕조구멍을 막고 몸을 씻는다. 바지, 면티, 긴소매옷, 양말 두 켤레를 차례차례 빤다. 한 주 만에 머리도 감는다. 빨래는 방바닥에 쭉 깔아 놓는다. 빨리빨리 말라 주길 바라며 틈틈이 뒤집는다.

술집에서 남긴 안주와 아직도 많이 남아 있는 밥과 삶은 달걀을 먹으며 생각. 상주가 자전거 도시라는 말은 익히 들었어도 몸소 와 보지 못했기에 어떠한가 잘 몰랐다. 이렇게 상주를 둘러보니, 추운 날씨인데도 자전거 타는 사람이 많다. 맨손으로 타는 사람도 많다. 아저씨도 아줌마도 아가씨도 어린아이도 할머니도. 거의 모든 가게 앞에는 자전거가 서 있다. 자가용 말고. 어떤 가게에는 퍽 많은 자전거가 줄줄이 서 있다. 이곳 상주에서는 자전거는 자연스러운 삶이구나 싶다. 삶으로 녹아났구나 싶다. 그런데 상주시가 딱히 어떤 정책이나 행정으로 한 일은 많지 않아 보인다. 시내나 시 바깥쪽에 자전거길을 닦아 놓기는 했지만 그다지 잘 닦은 길이 아니다. 턱도 어느 만큼 있고 울퉁불퉁하다. 그래도 서울보다는 '자전거길에 함부로 대 놓은 차' 가 적다(있긴 있는데, 서울과 견주면 적다). 그러나 크게 다른 대목이 있다. 이곳은 신호등 짜임새가 '차 중심'이 아니다. '사람 중심'이다. 건널목 신호가 금세 바뀐다. 네거리 신호등 가운데에는 건널목 네 군데 신호가 한꺼번에 바뀌어 건너기 좋게 되어 있는 곳도 있다. 자전거길도 걷는 사람과 자전거가 되도록 적게 부대끼도록 마련해 놓았다. 딱히 '넓게' '많이' '돈을 들여' 깔아 놓은 자전거길이 아니다. 쓰임새에 알맞도록, 사람들이 걸어다니기에도 좋도록, 자전거를 타기에도 좋도록 했을 뿐이다. 어찌 보면, 이 자전거길과 신호 짜임새는 '차에 나쁘도록' 했다고 볼 수 있다.

그렇지만 가만히 살피면, 차는 차대로 다니되, 조금 더 사람과 자전거한테 마음을 쓸 수 있도록 했을 뿐이다. 어차피 자동차 모는 이들도 '걷는' 한편 '자전거 타는' 사람이니까. 그렇지만 서울을 비롯한 전국 곳곳 길 형편은 어떠한가. 자동차 타는 사람 자신도 '걷는' 사람인 한편, '자전거 타는' 사람임을 헤아리지 않는다. 자동차 타는 사람도 이런 대목을 헤아리지 않는다. 오로지 '자동차 타는' 사람한테만 맞춰 놓은 교통정책이요 신호 짜임새요 길 형편이다.

상주사람들이 타는 자전거를 보아도 쉽게 알 수 있다. 이곳 사람들 자전거는 '생활 자전거' 중심. 어쩌다 타는 자전거가 아니다. 운동 삼아 타는 자전거가 아니다. 살면서 자연스럽게 타는 자전거다(살면서 자연스럽게 타는 자전거는 운동도 저절로 되기 마련). 마을 곳곳에 자전거집이 많은데, 자전거집도 생활자전거를 중심으로 다루지, 산타는자전거나 길타는자전거는 거의 안 다룬다.

'자전거 도시'란, 사람들 삶터에서 사람을 가장 가운데에 놓고 있는 곳이구나 싶다. '자전거 도시' 행정과 정책은 '사람'한테 눈길을

두며 펼치는구나 싶다. 스스로 가꾸는 사람 삶터. 그래서일까. 이곳 상주도 유흥거리가 있지만, 다른 도시처럼 지저분해 보이지는 않는다. 자기들이 살아가는 삶터를 사랑한다면 유흥거리든 유흥거리가 아니든 지저분하게 흐트러 놓지 않겠지. 유흥업소 전단지를 아무 데나 마구 뿌리지 않겠지. 광고지로 온 동네를 덕지덕지 더럽히지 않겠지. 사람이 살 만한 곳이기에 자전거도 다닐 만하고, 자전거도 다닐 만하게 하니까, 자동차를 타는 사람들도 꼭 쓸 때에만 알맞게 쓰는 마음을 키울 수 있겠지.

1월15일 - 상주에서 대구까지

(09:41) 상주, 여관. 길 나섬

좀더 일찍 길을 나설까 했지만, 어제 빤 옷이 덜 마른 듯해서 조금 더 눌러 있다가 길 나선다. 빤 옷은 비닐봉지에 담아 짐받이에 묶는다. 곧바로 대구 쪽으로 길머리를 잡을까 했는데, 문득 드는 생각이 있어 상주 시내로 돌아오다.

(10:09) 상주우체국

자전거 나들이를 하는데, 지나치는 곳에서 엽서 한 통 보내면 좋겠다는 생각. 시내를 얼마 헤매지 않고 우체국을 손쉽게 찾다. 자전거는 앞에 세워 놓다. 우체국에 볼일 보러 온 분들 자전거가 여러 대 서 있다.

엽서 한 통. 220원. 가방은 내려놓고 엽서를 앞뒤로 가득 채우다.

얼마 앞서 내가 쓴 글도 한 꼭지 담은 《자전거가 있는 풍경》을 펴낸 '아침이슬' 출판사 편집부 사람들 앞으로 보낸다. 이번에 낸 책에 '자전거를 지금도 즐겁게 타는 사람들' 이야기는 거의 없고, '자전거와 얽힌 옛날 추억' 이야기가 너무 많은 대목이 아쉽다고, 그래도 자전거 하나를 주제로 잡아서 엮은 책으로는 나라 안에서 처음 나온 책이지 않겠느냐고, 사람들이 이 책을 즐겁게 찾아 읽고 자전거를 생각하는 마음을 살뜰히 키울 수 있겠다면 좋겠다는 이야기를 씀. 우체통에 넣다. 아차, 기념사진이나 하나 찍고 넣을걸. 에고. 아쉽다. 다음에 쓰는 엽서는 꼭 기념사진을 찍고 넣어야지.

찬바람이 사타구니 쪽으로 몰려든다. 한 손씩 번갈아 움켜쥐며 달린다.

상주를 벗어나는 길도 자전거가 안전하게 달릴 수 있도록 되어 있다. 하지만 시내를 빠져나가니 자전거길도 끝. 25번 국도 접어드는 길을 찾느라 조금 헤맴. 이제부터는 국도 달리기. 어제와 달리 자동차와 힘겹게 부대끼겠지. 마음 단단히 먹자.

(10:55) 낙동강

아, 낙동강. 낙동강이구나. 낙동강을 맨눈으로는 거의 처음 보지 싶다. 넓구나. 시원하다. 씽 하고 큰차가 지나갈 때마다 휙 하고 바람이 날리며 내 몸도 따라 날아갈 듯하지만, 낙동대교 한복판에 서서 강바람 쐬며 구경.

상주 시내부터 25번 국도를 잡아타고 달리는 길. 어제 달린 시골길과 견주면 너무 재미없고 차가 참 많아 짜증스럽지만, 낙동강을 보니 마음이 확 풀린다. 구멍이 뻥 뚫린다. 땀이 식으면 안 좋으니 사진 한 장 찍고 조금 더 구경한 뒤 길 나선다.

대구까지 80킬로미터. 국도를 달리면 철을 느낄 수 없다. 바람만 느낀달까. 찬바람 더운 바람 시원한 바람만 느낀달까. 봄도 여름도 가을도 겨울도 느낄 수 없다. 길바닥을 보아도 길 둘레를 보아도 자동차를 보아도 길가 가게를 보아도 철을 느낄 수 없다. 구름을 볼 수 있나 뭐를 볼 수 있나.

고속도로나 국도는 앞만 보고 달리는 길. 어쩌다가 길알림판이나 슬쩍 올려다볼 뿐인 길. 옆도 뒤도 안 보는 길. 앞만 보고 달리며 앞차 따라잡기나 앞지르기나 하는 길. 그래서 길을 따라 달리는 자전거를 밀어붙이거나 아슬아슬하게 할까?

국도에서는 도시든 시골이든 풍경일 뿐이다. 삶이 아니다. 지나가며 잠깐 스치는 풍경, 창문 너머로 구경만 하는 풍경. 자기하고는 아무 인연이 없다고 느끼는 풍경. 그러기에 길가는 차타고 지나가는 사람이 휙휙 던진 쓰레기가 쌓일 테지.

국도나 고속도로는 판판하다. 잘 뚫려 있다. 그런데 시골길은 얼마나 구불구불한가. 오르락내리락 가파른가. 국도나 고속도로는 오로지 달리기만 하는 목적, 빨리 가기만 하는 목적만 있는 길이지 싶다.

괜히 빵빵거리며 지나가는 짐차 두 대. 쌩 하며 큰바람 일으키는 짐차도 두 대. 이들한테는 저 낙동강이 안 보이겠지.

국도로는 빨리 달릴 수 있다만, 그저 달리기만 한다면 무슨 재미일까. 자전거로 달리는 일은 즐겁지만, 차소리만 가득한 국도를 달리자니 귀 아프고 다리 아프고 마음 뒤숭숭하다. 25번 국도는 가파른 오르막이 없고 고달픈 길도 없다. 하지만 밋밋하기만 하니 기운이 나지 않는다. 그냥 앞만 보아야 할 뿐이니까, 옆을 보아도 볼 만한 것이 없으니까, 조용히 쉴 만한 곳도 없으니까, 쉬고 싶어도 쉴 수 없다.

게다가 여기 25번 국도에는 어째 밥집 하나 안 보일까. 배가 슬슬 고파 오는데 밥 먹을 데란 보이지 않네. 시골버스 정류장도 없다.

왜 이렇게 메말랐을까. 언제부터 길이 이렇게 메말랐을까. 목이 타지만 가방에 매단 물병에 담긴 물을 마시고 싶지는 않다.

(11:56~12:09) 대구까지 50킬로미터

'이제는 안 쓰는' 듯한 버스역 터에 서다(나중에 알고 보니 이곳은 버스역 터가 아니다. 자동차들이 달리다가 잠깐 서서 쉬는 곳이었다). 대구까지 50킬로미터. 달리면서 배고 고프고 다리힘도 풀려 잠깐 쉬고 싶었다. 참말 쉴 자리가 안 보였다. 달리고 또 달리다가 이런 자리 하나 겨우 찾았다. 그냥 차가 내달리는 좁은 길섶에서 쉬고 싶지는 않았으니까. 도시락으로 싸 와서 먹다가 남은 밥과 달걀과 치즈를 먹다.

나는 틀림없이 낙동강을 끼고 달렸을 텐데, 낙동강을 옆으로 하고 달렸다는 생각이 안 든다. 강이 안 보이기도 했고 차소리로 귀가 따갑기만 했으니. 뒤에서 스쳐 지나가는 차를 뒷거울로 보느라 목아지만 아프더라. 국도에서는 느긋할 수가 없군.

고속도로 들머리에는 "오토바이, 자전거, 걷는이 통행금지"라는 푯말이 서 있다. 오토바이와 자전거와 걷는이는 왜 고속도로로 들어서면 안 될까. 오토바이와 자전거와 걷는이가 위험해서? 그렇다면 왜 위험할까?

고속도로는 오로지 달리기만 하라고, 그것도 아주 빨리 달리기만 하라고, 달리기 말고는 아무것도 받아들이지 말라고, 달리기 할 생각이 아니면 들어서지 말라는 길이지 싶다. 자동차도 느긋하게 달리지 말고 빨리빨리만 달리라고만 하는 길.

요새는 시골길도 경운기나 걷는이가 마음놓고 다니지 못한다. 시골길에는 감시카메라가 거의 없으니 고속도로나 국도보다 더 내달리는 차가 있다고 느낀다.

고속도로나 국도는 베스트셀러라는 책과 마찬가지 아닐까 싶다. 오로지 자기 하나만 보라는 책처럼. 다른 책으로는 눈 돌리지 말라는 책처럼. 고속도로나 국도에서는 옆으로 눈길을 돌릴 수 없으니까. 이와 견주면 헌책방 헌책은 옆을 돌아보고 뒤도 살피는 책이 될까.

'국립공원을지키는시민모임' 에서 일하는 분 전화. 곧 지리산에서 모두모임을 하는데 올 수 있느냐고. 지금은 자전거로 나들이하고 있어서 가기 어렵다고 대답. 간사로 일하는 분은 "바람소리 많이 나네요." 하고 이야기한다. 안장이 좀 주저앉은 듯해서 올리다.

이 길에도 짐승 주검이 참 많다.

(13:25) 대구 25킬로미터

신호등을 처음 보다. 그러고 보니 상주부터 여기까지 오는 동안 하나도 못 보았다. 이제 와서 생각해 보니 무척 두려운 일이다. 고속도로도 아닌 국도에 신호등이 하나도 없었다니.

길가에 있는 꼬마푯말에 '대구 28킬로미터'가 두 번 잇달아 나오다. 길 위에 크게 붙인 푯말에는 '대구 25킬로미터'라고 나왔는데. 잠깐 쉴까 하고 망설이다가 그냥 달린다. 어차피 쉴 바에는 마땅한 밥집이 보이면 그 집에서 낮밥을 먹으며 쉬기로. 그런데 마땅한 밥집이 보이지 않는다. 된장찌개를 끓인다는 말을 내거는 밥집은 도무지 안 보인다. 고기집에 칼국수집에…… 난 된장찌개에 김 모락모락 나는 따뜻한 보리밥 한 그릇 먹고 싶은데. 그냥 달린다. 배고프다. 언덕길에서 잠깐 서다. 물 한 모금 마시며 숨을 돌린다. 더워서 장갑을 벗다.

(13:50) 대구 15킬로미터

배고프니 힘이 빠져 페달질이 어렵다. 이제 대구는 바로 코앞인가. 길가에 자전거가 달리든 사람이 걷든 빠르기를 늦추지 않는 자동차들. 무섭다. 자동차는 운전대를 잡던 손을 옮겨 빵빵거리는 일이 더 수월한 듯하다. 악셀을 밟던 발을 옮겨 브레이크를 살짝 밟으며 손잡이도 조금만 옆으로 돌리면 서로한테 좋을 텐데. 길섶 끝에 바짝 붙어서 달리는 자전거가 어디로 비껴 갈 수 있을까? 길섶 풀밭을 밟고 걷는 사람이 어디로 비껴 갈 수 있을까? 빵빵거리는 소리는 자전거꾼이나 사람을 깜짝깜짝 놀래키며 더 아슬아슬하게 할 뿐이다. 물

한 모금 더. 이제는 밥집은 안 보이고 살림집도 안 보이는 길. 장갑 다시 끼다. 손이 시리네.

(14:18~15:18) 대구시 태전동

대구에 들어오고 말았다. 대구로 들어오기 앞서 밥을 먹으려고 했는데. 끝내 마땅한 밥집을 못 찾았다. 보통 밥집 찾기란 이렇게 힘든가? 전라도에서 흔히 볼 수 있는 '전주식당' 같은 보통 밥집은 왜 이리 안 보일까.

칠곡네거리. 직진 신호를 기다리는데 안 떨어진다. 왜 그런가 하고 두리번거리는데, 직진 신호가 없는 네거리였다. 직진하는 차는 지하도로 지나가야 했다. 허허, 거참. 차는 땅밑에 뚫은 길로 지나가면 된다지만, 사람은 어쩌라고? 사람들은 길을 어떻게 건너라고?

대구에 가까워지니 코로만 숨을 마시고 내쉬게 된다. 어제 속리산 지날 무렵만 해도 때때로 입으로 숨을 마시고 내쉬곤 했는데. 저절로 입을 다물게 된다. 대구 시내에 들어선 뒤에는 입술을 앙다물기까지 한다.

문을 연 지 아직 보름이 안 된 돈까스집으로 들어가다. 왕돈까스 하나가 1,900원밖에 안 한다고 해서. '개업기념 한 달 동안' 만이라지만.

왕돈까스 하나(1,900원)와 쭈꾸미볶음면+밥(3,500원)을 시키다. 혼자 먹기 많지 않냐고 물으신다. 아침부터 굶어서 다 먹고도 남는다고 대답. 그런데 쭈꾸미볶음면+밥이 너무 맵다. 빈속에 매운 것을 먹자니 아주 힘들다. 속이 더부룩하다(덕분에 저녁에 배탈이 나서 몹시 애먹음). 다 못 먹을 듯해서 도시락통에 차곡차곡 담다.

밥집에 클래식이 흐른다. 밥집 꼬마아이는 아직 초등학교에 안 들어갔지 싶은데 어머니가 시키는 대로 그림책을 읽고 알파벳 외우기를 한다. 클래식 가락에 맞추어 자기 마음대로 노랫말을 붙이기도 하며 흥얼거린다. 어머니는 아이한테 영어를 가르친다. 처음에는 부드러운 말씨였으나, 아이가 제대로 외우기를 못하자 차츰차츰 들볶는 말씨가 된다. 그림책 읽을 때만 해도 우렁찬 목소리에 가벼운 목소리였던 꼬마는, 알파벳 외우기가 힘들어지고 어머니한테 꾸중을 들으면서 기어가는 목소리, 풀죽은 목소리가 된다. 울상이 된다.

(15:19~)

밥값을 치르고 길을 나선다. 다음에 대구에 다시 찾아올 때 이 밥집을 찾을 수 있을까 모르겠지만, 다시 와 보고 싶다. 아이한테 공부 닦달하는 모습은 슬펐으나, 밥맛이라든지 대접은 좋았기에.

자전거로 대구 시내 달리기. 어느 초등학교 옆을 지날 무렵, 학교 문 위에 가로질러 묶은 걸개천을 보다. "겨울방학 한자 무료강습"이란 글. 문득, 알맞고 올바르게 쓰는 우리말을 가르치는 강습은 없나 하는 생각. '우리말 바르게 쓰기', '우리말 제대로 쓰기'를 가르치는 일도 하면 좋을 텐데. 시내를 달리면서 차츰차츰 더 달리고 싶은 마음이 사라진다. 조금씩 사라진다. 왜지? 오늘은 청도나 밀양까지 가야 내일 부산까지 달릴 텐데.

메마르고 팍팍한 국도에서 너무 시달린 탓일까. 대구 시내로 접어드니 숨이 턱턱 막혀서 그럴까. 뭐, 대구에서만 그런가. 서울에서는 더 안 좋은데. 충주에서 국도를 타고 서울 갈 때도 오늘만큼 고달팠잖은가. 자전거꾼을 아슬아슬하게 밀어붙이고 괴롭히는 자동차들이 어디 한두 대인가.

그러나, 이렇게 자동차와 부대끼면서까지 굳이 자전거를 타고 부산까지 가야 하는가 싶다. 첫날, 상주까지 가는 동안 시골길을 타고 너무 멀리 느긋하게 돌아오느라 시간을 많이 잡아먹어서 오늘은 빠르게 가로지르는 국도를 타고 달렸는데, 이렇게 빨리 가는 일이 목적이라면, 그냥 기차나 버스를 타고 부산으로 가면 되지 않겠는가. 시간 약속에 맞추어서 가자면 어쩔 수 없이 빨리 달려야 하고, 빨리 달려야 한다면, 애써 자전거 나들이를 한다고 해도 땀만 실컷 쏟고 시끄러운 자동차 소리에 몸살을 앓기만 해야 하지 않나.

그렇다면 자전거 달리기가 무슨 뜻인가. 빨리 달리고 싶어서 자전거를 타는가? 아니지? 그렇다면 이렇게 고속국도를 타고 시내를 가로지르는 일이란 무엇인가? 뭐하러 느긋함과 즐거움이 없는 국도를 타는가? 왜 앞만 보고 달려야 하는 국도를, 잠깐 다리쉼을 할 만한 곳조차 없고, 밥때에 배불리 밥 한 그릇 사먹을 곳 또한 없는 국도를 달려야 하는가? 길그림책을 보았을 때는 낙동강을 옆에 끼고 강바람을 쐴 줄 알았지만, 정작 달리면서 보니 낙동강은 다리 건널 때 빼놓고는 보이지 않았다. 그렇다면 나는 오늘 하루 동안 무엇을 보고 무엇을 느꼈는가. 그래도 그냥 달리는 편이 나을까?

한참 머리를 썩이며 자전거를 달리는데, 대구역이 나온다. 자전거를 세운다. 대구역 둘레에 있는 헌책방 모습을 사진으로 담는다. 대구역 굴다리 헌책방 들은 그야말로 옛모습을 다 잃어버렸지 싶다. 사람들 발걸음도 너무 뜸하고 분위기도 아주 뒤숭숭하다. 대구역 앞 번듯한 시내 모습하고 너무 견주게 된다.

사진을 찍다가 아랫배에서 욱 하는 느낌. 아이고, 속이야. 아까 먹은 밥이 고대로 얹혔나? 자전거를 타는 목적이고 뜻이고 할 것 없이 배가 아파서 못 가겠네. 어떡하지? 좀 참아 볼까?

동대구역 가는 길목에 있는 헌책방 〈대륙서점〉을 찾아가다. 지난 2005년 1월에 대구에 왔을 때에는 이곳은 못 들렀다. 그때는 〈제일서점〉과 〈합동서점〉만 들렀다. 〈대륙서점〉은 2대에 걸쳐서 꾸려 가는 곳. 대구에 사는 분이 나한테 대구에서 가 볼 만한 헌책방을 추천할 때, 이곳을 첫 손가락으로 꼽았다. 뒷간에서 볼일을 보고 가벼워진 배를 쓰다듬으며 책을 구경하노라니, 그렇게 꼽는 까닭을 몸으로 느낄 수 있었다. 좋구나.

〈규장각서점〉이라는 헌책방 한 곳이 새로 문을 연 듯. 2005년에 왔을 때는 못 본 곳이다. 대구역 둘레에 문닫는 헌책방 한 곳 보인다. 굳게 닫힌 쇠문에 '임대' 라는 글과 함께 '책방에는 임대 안 함' 이란 글이 보인다.

헌책방 나들이를 마친 뒤, 여관을 알아보러 시내를 다시 둘러보다. 이제는 해가 떨어져서 더 갈 수 없다. 이번 자전거 나들이에서는 해 떨어지면 더 안 달리기로 했다. 해가 걸려 있을 때 마을이나 동네 모습을 두루 구경하고 싶으니까.

인터넷을 쓸 수 있는 여관 한 곳 잡다. 컴퓨터는 퍽 오래된 것. 아주 느리다. 랜선을 뽑아서 내 노트북에 이어 보려 하지만, 나무판으로 컴퓨터 본체를 꽁꽁 싸 놓아서 뽑을 수 없다. 빨래할 옷을 벗어서 담가 놓고 먹을거리 사려고 밖으로 나오다. 가까운 구멍가게에서 맥주페트병 하나, 빵 하나, 과자부스러기 둘 사다. 빨래를 하고 몸을 씻고 바닥에 빨래를 죽 널어 놓다. 처음 들어올 때에는 바닥에 불이 들어오나 했더니 이내 사그라든다. 이래 가지고 빨래가 마를까.

〈도쿄 타워〉라는 비디오를 보다. 에쿠니 가오리라는 사람 소설을 영화로 찍은 것. 이이 소설은 아직 하나도 읽어 본 적 없다. 비디오를 보니 어떤 성향인지 느낌이 얼추 잡힌다. 그다지 달가이 느껴지지 않지만, 대사 가운데 몇 마디가 톡톡 마음에 와닿는다. 잘은 모르겠으나, 저렇게 사람들 마음에 톡톡 와닿는 한 마디 두 마디가 이이 소설에 힘을 싣겠지. 감수성을 톡톡 건드리는 말들.

밤새 골마루가 시끄럽다. 이 여관은 여러모로 수상쩍다. 나 같은 여행자가 깃들 만한 곳은 아닌 듯. 하긴, 나는 이 여관이 '인터넷이 된다'는 걸개천이 있어서 들어오기는 했지만, 바깥에서 볼 때에는 참 야시시했다.

자리에 드러누워 아까 했던 생각을 이어 본다. 나는 오늘 그냥 달리는 편이 더 낫지 않았을까. 이번은 이번대로 국도에서 지겨운 부대낌을 견디며 달려도 나쁘지는 않았을 듯한데. 그렇지만 이번은 대구에서 달리기를 멈추고 내가 자전거로 달리는 뜻을 차근차근 곱씹는 일도 괜찮겠지. 꼭 빨리 달려야만, 멀리 달려야만, 많이 달려야만

각종서적도산매
거창서점
사전.전집전문
단체복
학생서점

하지는 않잖아. 달리다가 힘들면 쉬고, 달리다가 더 못 가겠으면 버스나 기차에 자전거를 실어도 되잖아.

대구까지 와서 돌아보건대, 충주에서 부산을 갈 때 이틀 자고 사흘째 닿으려 한 일부터 잘못이지 싶다. 나 같은 사람이 자전거 나들이를 하자면 이레쯤은 잡아야지. 첫날은 문경까지만 가서 문경 구경을 하고, 둘째 날은 예천에 가 보고, 셋째 날은 상주로 접어들고, 넷째 날은 왜관에 가고, 다섯째 날은 대구에 들고, 여섯째 날은 밀양으로 가고, 이레째에 부산으로. 이쯤 잡아야 하지 않았겠나? 아니면 좀더 길게 잡고 속리산 구석구석을 자전거로 다 돌아볼 수 있겠지.

느긋하게 자전거를 타면서 둘레 모습을 보자는 나들이가 아닌가. 사람들 살림살이를 느끼고, 이 나라 구석구석이 어떻게 돌아가는지, 어떤 사람들이 어떤 집에서 어떠한 모습으로 살아가는지 느끼고픈 나들이가 아닌가. 이 나라 자연 삶터는 어떻게 되어 있는지, 나한테는 낯선 땅에서 올려다보는 하늘이 얼마나 파란지, 얼마나 먼지띠가 있는지, 구름다운 구름을 볼 수 있는 땅은 어디며, 흐르는 물을 손으로 떠서 마실 수 있는 마을은 어디인지 느껴 보려는 나들이가 아닌가.

돈 아낄 생각으로만 타는 자전거였나? 돈 아끼는 일도 어느 만큼 뜻이 있겠지. 하지만 돈 아끼는 일이 그토록 중요한가? 있으면 있는 대로, 없으면 없는 대로 살면 되지 않는가. 그런데 이렇게 자전거로 달린다고 참말 돈을 많이 아낄 수 있는가? 시늉만으로 아끼는 척을 하지는 않나? 남 앞에 내보이려는 자랑은 아닌지? 그저 나 홀로 좋다는 자기만족은 아닐지.

즐거운 자전거 나들이라면, 오늘은 대구에서 푹 쉬며 대구 느낌을 온몸으로 껴안는 편이 낫지 않겠나. 자전거 달리기도 좋지만, 달리기만 하는 일이란 안 반갑다고 느껴 온 내가 아닌가.

1월 19일 – 자전거 잡지 기자 만나기

서울 용산으로 가는 길. 어제 서울로 온 뒤 제대로 쉬지도 못한 몸으로 용산으로 간다. 오늘은 〈더 바이크〉라는 자전거 잡지를 만드는 분하고 만나기로 한 날.

훅훅 숨을 가쁘게 몰아쉬며 달린다. 서울역부터 용산까지 버스길이 새로 놓여서 찻길가는 퍽 평화롭다. 아주 좋다. 다만, 이렇게 넓어진 찻길가 얼마쯤을 자전거만 다닐 수 있도록 금을 그어 주면 더 좋을 텐데. 새삼, 찻길 맨 오른쪽이 얼마나 널찍하게 되어 있는지 느낀다. 퍽 덩치가 큰 SUV라는 차가 버티고 서 있어도 자전거가 지나가기에 넉넉하다. 하지만 교통신호를 어기는 차들 때문에, 갑자기 끼어들고 골목에 접어들고 하는 차 때문에 번번이 놀람. 찻길가도 안 내주려고 자전거를 바짝 밀어붙이는 운전기사는 무슨 생각을 할까.

자전거로 일터와 집을 오가는 공무원 · 관료 · 정치꾼 · 법관 · 판사 · 의사가 거의 없으니, 제대로 된 교통정책이 나올 수 없겠지. 오로지 자가용으로만 다니는 이들한테는 자가용 정책이나 있을 뿐, 사람이 사람다움을 간직하며 길을 오가는 일에는 마음을 안 쓸 테지. 사람들이 두 다리로 걸어서 저잣거리를 찾아가 물건을 산 뒤, 걸어서 집으로 돌아간다는 생각을 해 보기나 할까. 문득, 공무원이나 정치꾼 같은 사람들은 하루에 얼마쯤 걸을까 궁금해진다. 아니, 이들은 걷기나 할까?

잡지 기자를 만나서 〈뿌리서점〉 나들이를 함께 한 뒤 가까운 술집에 가서 이야기 나눔. 두 시간 남짓 이야기를 나눈 뒤 헤어짐. 홍제동으로 돌아가는 길. 홍제동 큰길 한복판에 세워진 울타리를 바라봄. "무단횡단 하지 맙시다"란 글이 적혀 있다. 풋. 여기에 건널목이 제대로 없고, 그나마 드문드문 있는 건널목도 한참 기다려야 신호가 겨우 바뀌니 이 넓은 찻길을 그냥 건너려는 사람이 많겠지. 건널목 하나 새로 놓아 주고, 건널목 신호를 제발 2분 안에 한 번이나마 바뀌도록 해 준다면 어느 누가 그냥 찻길을 가로지를까. 네거리 신호도 아니고 그냥 찻길만 가로지르는 건널목 신호가 지나치게 길다고 느끼는 공무원은 없는가.

1월 25일 - 느긋하게 살자

아침 일찍 길을 나서다. 오늘은 충주까지 내처 달릴까, 지하철을 타고 오리역에서 내린 뒤 달릴까, 그냥 강변역에서 고속버스 타고 갈까 하고 망설임. 날이 추워지는 겨울이고 해가 짧다 보니, 가을까지 그토록 신나게 달렸던 길을 망설이게 된다.

홍제동 언덕길을 내려와 홍제천을 따라 달리다가 신촌 쪽으로 간다. 지하철 타고 가기하고는 멀어진다. 연남동을 지나고 동교동을 지나도록 어찌할지 마음을 굳히지 못하다. 어느덧 홍대 전철역 있는 데까지. 자전거에서 내려 지하도로 길을 건넌다. 지하도에는 늘 사람으로 북적북적. 홍대 전철역과 동교동 사이에는 왜 건널목이 없을까. 이 길을 지나는 사람 가운데 늙은이, 어린이, 다리 아픈 사람 들은 어떻게 하라고.

〈한양문고〉에 들러 만화책 몇 권 사다. 충주까지 자전거로 내처 달리기도 물 건너 감.

강변역으로 가기로. 만화책은 짐받이에 묶고 달린다. 아침 때이지만 길에는 차가 많다. 버스도 많다. 해가 갈수록 사람들과 자동차는 더 늘어나겠지. 줄어들 일은 없겠지.

이대 전철역 넘어가는 언덕길. 버스는 언제나처럼 자전거가 앞으로 나아가기 번거롭도록 오른쪽 왼쪽 모두 막아선다. 판판한 길에서 이렇게 하는 일도 짜증스럽지만, 훅훅 숨을 몰아쉬며 언덕길을 오를 때 이렇게 막아서면 더욱 짜증스럽다. 정류장 앞이라 사람들이 타고 내려야 한다면 길가에 바짝 붙여서 세우면 되지 않나. 이렇게 해야 타고 내리는 사람한테도 좋잖아. 그러면 버스 왼편과 옆 찻길 사이에 틈이 제법 생겨서, 자전거는 이리로 지나가면 된다. 서로 좋게.

아현 고가차도를 타다. 멀찌감치 앞에 자전거로 이곳을 오르는 사람 보이다. 유사산악자전거 탄 젊은이. 어떤 자전거를 타든 이렇게 다닐 수 있으면 좋지. 힘내시랍!

강변역까지만 가기로 마음먹으니 한결 느긋해지다. 오십 분쯤만 달리면 되니까.

나는 이렇게 느긋하지만, 내 옆을 스치고 지나가는 차들은 조금도 안 느긋해 보인다. 저렇게 바삐바삐 간다고 해도 서울 시내에서는 신호에 번번이 막혀서 제대로 달리지 못할 텐데. 급발진에 급제동을 해서 차한테 좋을 일이란 없을 텐데. 얼마나 더 먼 곳으로, 얼마나 더 빨리 가고 싶어서 저렇게 할까.

오토바이들이 내 앞을 달릴 때마다 괴롭다. 오토바이는 자전거보다 자리를 넓게 자리를 차지하기 때문에 웬만한 길섶에서는 못 지나가고 서 있기 일쑤. 이럴 때마다 오토바이 방귀를 고스란히 마시거나, 사람길로 올라가 그 옆을 앞지른 뒤 찻길로 다시 내려오거나 해야 함.

신당역 못 미처 광희문 앞. 어차피 느긋하게 갈 바에는 헌책방 한 군데 들렀다 가자는 생각. 금호동 청구초등학교 옆에 있는 〈헌책백화점〉으로 자전거머리를 돌리다.

광희문을 옆으로 끼고 들어가는 길가에 차들이 두 줄로 서 있어서 (왼쪽 오른쪽에 한 줄씩) 두찻길이지만, 차들이 한쪽으로밖에 못 지나감. 교통순경은 이런 데에서 단속 안 하고 뭐하나. 앞뒤로 차들이 다 지나갈 때까지 기다린 뒤 달림. 헌책방에서 한 시간 남짓 책을 구경.

헌책방에서 나온 뒤 신당역에 접어들고 왕십리를 지나고 한양대 앞을 지날 무렵, 오늘은 새로운 길로 달려 볼까 하는 생각. 뚝섬 전철역 둘레부터 2호선 지하철이 지나가는 구름다리 밑으로 달림.

으아. 2호선 지하철 밑길은 너무 끔찍. 햇볕이 들지 않아 겨울에는 으스스 춥기도 하지만, 길가에 함부로 세워 둔 차가 꽤 많고, 갑자기 서는 차도 많다. 오토바이도 많아 숨쉬기 버겁다. 찻길은 넓은 편이지만, 찻길이 넓다고 자동차들이 좀더 느긋하게 달리지는 않는다. 그동안 잘 달리던 마을길로 안 지나간 게 잘못이다. 다시는 이 길로 달리지 않으리. 길섶도 많이 패여 있어서 자전거한테는 끔찍한 쥐약 길.

강변역 닿음. 버스 떠나기 2분 남음. 부랴부랴 표 끊고 헐레벌떡 짐칸에 자전거 뜯어서 실음. 짐칸에 웬 끈이 쳐 있어서 자전거 넣을 때 애먹음. 버스에 타니 기사 아저씨 말하길, "내릴 때 자전거 빨리 꺼내야 해요. 종착지가 아니니까." 아무 대꾸 안 함. 자전거 꺼내는데 천 년 만 년 걸리는 것도 아닌데.

생극에서 내림. 내릴 때 버스기사가 "빨리 내려야 해요." 하고 보챈다. "네, 알아서 할게요." 하고 짜증 섞어 대꾸. 바퀴와 안장과 자전거를 내림. 내리는 데 걸린 시간은 10~15초쯤. 짐칸 문을 일부러 '쾅!' 소리 나게 닫다. 서두르든 서두르지 않든, 짐칸에 자전거를 싣거나 내리는 데 드는 시간은 얼마 안 된다. 바퀴큰자전거는 뜯어서 실으니 조금 더 걸리지만, 바퀴작은자전거는 문 열고 넣고 문 닫으면 그만이니 5초면 넉넉. 이 5초나 10초도 못 기다린다는 말인가.

바퀴와 안장을 붙이고 달림. 겨울이지만 낮에는 그럭저럭 따뜻한 날씨. 저녁에는 영 도 아래로 내려가지만, 낮은 제법 따뜻해서 겨울이라는 느낌이 안 든다. 올해는 지난해보다 더 따뜻한데 2008년 겨울은 얼마나 더 따뜻해질까. 앞으로 우리 나라에 겨울이 사라져 버리지 않을까.

강변역까지 달린 뒤 고속버스 타고 한 시간 남짓 오는 동안 등판에 맺힌 땀이 다 마르지 않았다. 다시 자전거를 달리니 덜 마른 축축한 옷 때문에 좀 썰렁. 한참 바람을 맞으며 달리니 슬슬 땀이 다시 나며 후끈후끈. 음성군 생극면에서 충주시 신니면으로 접어드는 못고개를 넘을 때는 땀방울이 뚝뚝. 이곳을 지날 때면 봄이고 여름이고 겨울이고 땀이 방울지는구나.

논둑길을 달려 집에 닿다. 책짐을 마루에 부리고 웃도리 훌훌 벗고 자전거는 헛간에 넣고 기지개를 켠다. 5분쯤 있으니 땀이 다 식고 으슬으슬. 방으로 들어와 손 씻고 쌀 씻고 밥을 안친다.

1월 31일 - 서울은 너무 어수선하다

(13:52～14:15) 집에서 생극으로

빨랫감 챙기기. 시골집에서 물을 쓸 수 없다. 씻지도 빨래도 못한다. 서울 나들이를 하면, 얹혀지내는 집에서 빨려고 긴바지와 면티와 수건을 따로 챙긴다. 오늘 입는 긴바지도 곧 빨아야 할 옷. 서울에 머물 집 아저씨가 좋아하는 만화책 하나 챙긴다. 미야자키 하야오의 《바람계곡의 나우키사》 일곱 권. 짐받이가 제법 묵직해진다. 서울 나들이 할 때 출판사 사람한테 건넬 헌책방 사진 시디 구운 것도 챙긴다. 오늘은 자전거 자물쇠를 잊지 않고 챙긴다. 나오고 나서 한참 달

헌책·LP·CD

리다가 부엌 수도꼭지를 열어놓은 채 나왔음을 깨닫다. 어차피 물이 안 녹겠지만 걱정스럽다. 돌아갈까? 흠, 그래도 다시 안 녹겠지. 날이 확 풀리기 앞서 돌아오면 되겠지.

자전거를 달리면서 망설이다. 일죽까지 내처 달릴지, 생극까지만 달린 뒤 버스를 탈지. 낮인데도 손이 시리다. 이렇게 손이 시린데 그냥 달려? 하지만 겨울이니 춥고 여름이니 덥잖은가. 추운 겨울에는 추위를 느끼며 달려야지. 그래, 가자. 일죽까지 가자.

한 주 만에 자전거를 타서 그런지 몸이 굼뜬다는 느낌. 손은 많이 시리지만, 달리면서 몸에 열이 나니 그럭저럭 달릴 만하다.

(15:05) 일죽 닿음

육령리 고갯길. 처음 이 고갯길을 넘을 때는 참 길다고 느꼈다. 그렇지만 이제는 아무것도 아닌 여느 언덕으로 느껴진다. 길게 빠앙빠앙거리며 지나가는 차. 뭐 저런 놈이 다 있지? 그 뒤로 이런 차는 못 만남. 오늘은 딱 한 대만 부대낌. 그냥 느긋하게 가자.

깨진 길 많음을 새삼스레 느낌. 이런 시골길(지방도로)에는 깨진 데, 파인 데, 튀어나온 데가 많다. 덩치 크고 짐 많이 실은 차들이 끊임없이 다니니까. 그렇다고 이런 차들이 못 다니게 할 수도 없겠지.

올겨울에 끼던 장갑은 부산에 놓고 왔다. 오늘은 새 장갑을 낀다. 네 해쯤 앞서인가 선물받은 장갑인데, 거의 안 끼고 책상서랍에만 넣고 있다가, 오늘 모처럼 제구실을 하는군. 겨울이라 높바람인가. 무척 세구나. 내리막에서도 페달질이 힘들다.

얼마 앞서 어느 잡지에 자전거 이야기를 하나 써 보냈다. 그 글 끝에 '아직은 게으름을 이기고 있기에 자전거를 탄다' 고 적었는데, 참말로 게으름을 이기면서 자전거를 타고 있을까? 무늬만 그러하지 않은지.

어느새 일죽에 다 오다. 이제는 생극에서 일죽 가는 길이 한눈에 들어온다. 아무렴. 그렇게 탔는데. 이제 곧 봄이 오겠지.

(15:30~16:30)

고속도로로 접어든 버스. 빨리 달린다. 참 빨리 달린다. 이 길, 고속도로는 참으로 빨리 달릴 수 있는 길이구나. 갓길도 넓네. 예전에는 이 길, 고속도로에서도 자전거가 달릴 수 있으면 좋겠다고 생각했으나, 오늘 보니 아니다. 갓길이 제법 넓어 자전거가 다닐 수도 있겠지만, 이런 길은 자전거가 갈 만하지 않다. 길이 너무 맨숭맨숭하다. 재미가 없다. 그저 앞만 보고 달려야 하는 고속도로 아닌가. 고속도로 옆으로 무엇이 있나. 무엇이 보이나. 무엇을 볼 수 있나. 그저 빨리 달려야만 하는 이 길은 시끄러운 길일 뿐이다. 자동차를 탄 사람조차 자기가 사람임이 잊혀지는 길이다. 이런 길에서 자전거를 타는 일은, 스스로 사람됨을 버리는 일이 되고 만다. 땀이 잘 안 마르네. 책을 읽다가 잠들다.

(16:30~)

짐칸에서 자전거 내려 앞바퀴와 안장 붙이다. 입가리개 쓰다. 서울은 꽤 따뜻하다는 느낌. 배기가스 때문일까, 사람이 많아서 그럴까, 이산화탄소가 많아서 그럴까.

신당역 지날 즈음 아슬아슬 자전거 타는 젊은이 보다. 우리가 길에서 자전거를 탄다고 했을 때에는 남들한테 묘기를 보여주려는 것도 아니요, 내가 남보다 잘 탄다고 자랑하려고 타는 것도 아닌데. 나 같은 놈이 지 앞에서 달리니 앞지르고 싶어서 저러는가? 그렇지만 내 페달질을 늦추고 싶지 않다. 그렇다고 더 빨리 달리고 싶지도 않다. 나는 나대로 달릴 뿐이다. 동대문운동장에서 꺾어질 때 그 젊은이한테 "제발 조심해서 타셔요." 하고 한 마디 해 주려다가 그만둠. 한 번 다쳐 보아야 정신을 차릴 테니까. 서울은 너무 어수선하다.

혜화동을 지나 삼선교로. 헌책방 〈삼선서림〉을 찾아가다. 문이 닫혀 있다. 아저씨한테 무슨 일이 생겼는가? 이 시간에 왜 문이 닫혀 있을까. 발길을 돌려 〈이음아트〉로 가다. 앞바퀴와 안장을 뺀다. 자전거는 책방 바깥에 세워 놓고 묶는다. 바퀴와 안장을 들고 계단을 타고 책방으로 들어가다.

2월 1일 - 사람한테 메마른 찻길

자전거 잡지 《더 바이크》에 내 인터뷰 기사가 나왔다는 이야기를 스트라이다 모임 게시판에서 보고 알았다. 지난 19일에 인터뷰를 했지만, 기사가 나온다는 생각은 안 하고 있었다. 나와도 3월쯤 나올까 싶었는데 금세 나왔나 보다. 서울 나들이 오면 얹혀지낼 방을 내어주는 오마이뉴스 기자 김대홍 아저씨한테 이 이야기를 했더니, 마실 나갔다가 들어오는 길에 자기가 한 부 사 오겠단다. 삼십 분쯤 뒤, 군밤 한 봉지 사들고 온 김대홍 아저씨. 잡지는 못 샀단다. 홍제동에 딱

한 곳 있는 새책방에 갔는데, 자동차 잡지는 다섯 가지나 있으나 자전거 잡지는 하나도 없더란다. 그리고 슬픈 소식 하나를 함께 들려준다. 섬진강을 끼고 나 있는 하동 벚꽃길을 2차선에서 4차선 길로 넓힌다는 소식. 지난해에 이 길을 자전거로 지나간 적 있다. 그때 이 길을 지나다니는 차는 거의 없다고 느꼈다. 다만, 벚꽃철에는 사람들로 붐빈다고 하는데, 그 한철 관광 장사하려고 길을 넓힌다니. 하동 사람들은 찻길 넓히기를 반길까? 보상금도 나오고 사람들 많이 찾아와 북적거리면 돈이 많이 들어오니 기쁜 소식일까?

2차선 길을 4차선 길로 넓히려면 산을 많이 깎아야 하고, 차가 많이 다닐 수 있게 하면 그만큼 섬진강 둘레는 배기가스로 더럽혀지고 쓰레기가 넘쳐나지 않을까? 자전거로 달릴 수 있는 길도 넓혀 줄는지 모르겠다만, 자전거 다닐 길 넓혀 주지 않아도 되니까 지금 그대로만 두어 주면 좋겠는데.

문득 떠오르는 시골길 생각. 어느 시골길을 달려도 사람다니는 길이 참 좁다. 없는 곳도 많다. 자동차로 오갈 수는 있어도 걸어서는 오갈 수 없다. 시골사람 모두가 자동차를 굴리지 않으며, 자동차 못 굴리는 사람도 많다. 하지만 이들이 '씽씽 내달리는 자동차에 치일 걱정'이 없이 걸을 수 있는 길이란 없다. 길을 넓힌다면 이런 길을 넓혀야 하지 않나? 찻길 닦는 데 돈을 쓴다면, 사람이 걸어다닐 수 있는 안전한 길을 마련하는 데에도 써야 하지 않나?

사람 사는 세상에서 사람이 다닐 수 있는 길이 없는데, 이 문제를 꺼내는 공무원이나 정치꾼이 없고, 마을사람들도 이런 길을 놓아 달라는 목소리를 내지 않는다. 말해 보았자 안 들어 주니 지쳐서 더는

말을 안 할까? 번거롭게 목소리 내기보다는 자동차 장만해서 다니면 그만이라고 생각할까?

2월 2일 - 즐거운 불편

저녁 여섯 시가 넘어서야 길을 나섰다. 자전거 앞바퀴를 붙이는데 시간이 오래 걸렸다. 요즘 들어, 앞바퀴 붙일 때 드럼 브레이크 판과 자석이 자꾸 달라붙어서 애를 먹는다. 왜 그럴까. 어딘가 균형이 안 맞아서 그런가. 어떻게 손보면 좋을는지. 아마 예전에는 이렇게 달라붙어 있는 줄도 모르고 자전거를 탔겠지. 앞바퀴 떼는 일은 좋지만, 너무 자주 떼었다가 붙였다가 해서 그럴까? 설마.

어제보다는 따뜻한 날씨라고 느낀다. 그러나 춥기는 마찬가지. 속에는 면티 두 벌을 겹쳐 입고, 겉에는 긴소매 남방 한 벌만 입다. 좀 더 따뜻하게 입을 수 있기는 하지만, 따뜻하게 입으면 몸이 굼뜬다는 느낌. 그리고 얼마쯤 자전거를 달려 몸이 따뜻해지면 머잖아 땀이 훅훅 나기 마련. 다만, 손 시려운 일은 어쩔 수 없구나. 시내를 달릴 때는 두툼한 벙어리장갑은 못 끼겠다. 골목길에서 다짜고짜 튀어나오는 차, 깜빡이 안 켜고 확 끼어드는 차, 잘 가다가 갑자기 멈춰서는 차가 많기 때문에, 손가락을 자유로이 빨리 움직일 수 있어야 한다. 손이 시리기는 해도 참자. 신호에 걸려 건널목에서 쉴 때 틈틈이 손을 녹이고.

새해 인사를 하려고 ㅎ출판사와 ㅅ출판사 찾아감. ㅎ출판사에서는 막걸리 한 잔 얻어마셨다. ㅅ출판사 들르니 사장님 왼쪽 눈가에 무슨 생채기가 있다. 얼마 앞서 술 마시고 집으로 돌아가는 길에 크게 넘어지셨다고. 그래서 요새는 자전거를 조금 쉬신다고. 내 영향을 받아 자전거 출퇴근을 하시게 되었는데(일산부터 홍대까지), 술 한잔 걸친 날은 큰소리로 노래를 부르면서 자전거를 타신단다. 이제는 한동안 이런 즐거움을 못 누리시겠군. 후후.

《즐거운 불편》을 쓴 후쿠오카 켄세이라는 사람 이야기를 들려드렸다. 자전거로 출퇴근하는 일은 틀림없이 좋지만, 너무 여기에 매이면 몸은 자꾸자꾸 힘들어지고, 끝내 몸살이 날 수 있으며, 이렇게 되면 식구들은 고달파지니까, 사장님도 날마다 꼬박꼬박 자전거로만 다니려 하시지 말고, 술 드시고 그러면 좀 쉬기도 하시라고. 마지막으로 한 마디 덧붙임. "드디어 훈장을 다셨군요. 훈장이 늘어날수록 자전거를 더 잘 타게 돼요. 그렇게 사고가 나면서 더 조심해서 다니게 되거든요."

2월 3일 – 몇 번 죽다가 살아나기

오늘은 대방동에 있는 헌책방에서 모임을 하는 날. 어제까지 자전거 잡지 《더 바이크》를 못 샀기 때문에 오늘은 하는 수 없이 교보문고에 가서 사기로. 낮 네 시 모임이기에 세 시가 조금 안 되어 길을 나섰다. 무악재를 훅훅 넘고 신나게 독립문까지 내리막을 달린 뒤 서대문 나들목에서 왼쪽으로 꺾기. 여기부터는 사람길로 달린다. 어느 사람길이든 비슷한데, 여기 사람길도 참 울퉁불퉁하다.

광화문에서 무슨 집회가 있나? 닭장차가 광화문 앞부터 죽 늘어서 있다. 길가에 죽 늘어선 닭장차는 버스정류장이고 골목길이고 가리지 않는다. 사람 하나 지나갈 틈 없이 꽉 막아선 채 한 줄로 늘어서 있다. 이리하여 사람들은 버스에 탈 수 없고, 버스도 정류장에 설 수 없다. 광화문 네거리에서 닭장차 모습 몇 장 찍었다.

자전거를 들고 계단을 내려감. 교보문고 문앞에 자전거를 세우고 앞바퀴를 뗀다. 앞바퀴만 들고 책방으로.

책방에 사람이 엄청나게 많다. 서울사람들이 다 여기 모였나? 아니, 동네책방이나 헌책방이나 도서관에는 찾아보기 어려운 사람들이 죄 이리 왔나? 사람숲을 헤치며 잡지 칸으로. 잡지 칸 앞에는 뒷사람이 책 고르기 어렵도록 바싹 붙어서 매대 위에 잡지 펼쳐 놓고 보는 사람들이 많다. 서서보기를 뭐라 하고 싶지 않지만, 자기만 보는 자리가 아니니 좀 들고 보지 않으련? 젊은이나 늙은이나 마찬가지네. 그러나저러나 《더 바이크》는 어디 있는지 안 보인다. 바닥 칸에 꽂혀 있나 싶어 허리를 숙여 살펴보려 하지만, 서 있는 사람들은 좀체 비켜 주지 않는다. 그렇게 서서 읽는 사람 가랑이 사이로 잡지 이름을 훑다가 드디어 찾음. 그런데 이 잡지가 꽂힌 바닥 칸 앞에 선 아가씨가 비켜 주지 않는다. 좀 비켜 주시지. 아가씨 가랑이 옆으로 책을 꺼내는 내가 뭐가 되겠어?

책값을 치르고 밖으로 나온다. 땀이 다 난다. 자전거 탈 때보다 더 덥다. 앞바퀴를 붙이고 잡지를 가방에 넣은 뒤 시계를 본다. 어, 그런데 시계(손전화)가 없다. 이런. 놓고 나왔나? 어떡하지? 다시 홍제동까지 돌아가야 하나? 그러자면 많이 늦을 텐데.

어쩔 수 있으랴. 오늘은 모임날이고, 내가 모임지기. 손전화 없으면 안 된다. 부랴부랴 홍제동으로 돌아간다. 서대문 나들목에서 오른쪽으로 돌아 죽어라 페달을 밟는다. 무악재를 다시 넘고 홍제동 언덕길을 오른다. 헉헉 숨을 몰아쉬며 가방을 길가에 내려놓고 웃옷을 벗다. 땀으로 흠뻑 젖었다. 젖은 옷을 들고 부리나케 집으로 뛰어들어가 전화기를 찾는다. 전원이 꺼져 있군. 약까지 다 닳았네. 땀에 전 옷은 선풍기에 걸쳐놓고 나온다. 새 약을 갈아끼우고 다시 가방을 메고 달린다. 반소매 차림. 다시 넘는 무악재. 이거 운동 한 번 잘되는군.

서울역 지나 남영동 지나 삼각지 지나 용산을 지남. 용산을 지날 무렵, 자전거 못 지나가게 찻길가로 바싹 밀어붙이는 차가 있다. 넘어질 뻔했다. 노량진 지남. 동작구청 지날 무렵, 건너편 헌책방 〈책방 진호〉 사진 두 장 찍음. 다시 자전거를 타고 장승백이로 꺾어지는 오르막 달리다. 그런데 골목길에서 갑자기 나와서 내 앞으로 달려오는 자전거. 으악. 또 지지직. 역주행으로 찻길로 접어들려는 아저씨는 길을 가던 아주머니하고 부딪히다. 다행이라면 찻길까지는 접어들지 못해서 나하고는 안 부딪히다. 그나저나 아저씨는 왜 역주행으로 찻길에 접어들려고 했을까? 벌렁벌렁 뛰는 가슴을 쓸어내리며, "아저씨, 찻길에서 역주행하면 안 되잖아요? 다칠 뻔했잖아요?" "아, 미안해, 미안해. 못 봤어." 그런데 아저씨는 이 말을 하고 난 뒤 찻길로 접어들어 노량진 쪽으로 이어지는 내리막을 달린다.

보라매역 쪽으로 달린다. 또 한 번 역주행 아저씨가 난데없이 찻길로 접어든다. 깜짝 놀라 옆으로 돌며 뒷거울을 보았는데, 다행스레 뒤에 따라오는 차가 없다. 뒤에 따라오는 차가 있었다면 나는 골로 갔겠지. 아니면 역주행 아저씨 자전거하고 박치기를 했거나.

보라매역에 닿다. 시간이 한참 늦다. 헌책방으로 전화해서 새로 옮겨 간 곳을 여쭙다. 롯데백화점 건너편에 있는 편의점 있는 골목으로 150미터쯤 들어오면 된단다. 그런데 롯데백화점이 어디 있지? 난들 아나? 신림역 쪽으로 오면 있다는데.

신림역을 찾아 한참을 돌지만 엉뚱한 데로 빠지는 듯한 느낌. 신풍역 찍고 신대방역 찍고 나서 가까스로 롯데백화점 건물을 찾다. 롯데백화점이 깃든 건물을 둘러싸고 어마어마한 높이로 주상복합 아파트가 올라서 있다. 한두 회사 아파트도 아니고 네다섯 회사 아파트가 성채를 이루었다.

'끔찍하군' 이란 말이 절로 튀어나오다. 하지만 저 성채에 사는 사람들은 아무도 '끔찍하다' 고 느끼지 않겠지. '깜찍하다' 고 느끼지 않을까.

롯데백화점 건너편 편의점을 찾아서 골목길 접어들어 달린다. 얼마 달리지 않아 헌책방 간판을 찾다. 노란빛으로 붙인 간판. 앙증맞구나. 비로소 한숨 돌린다. 앞바퀴를 떼고 자전거는 책방 앞에 접어 놓는다. 책방에 들어가서 가방을 내려놓으니 힘이 쪼옥 빠진다.

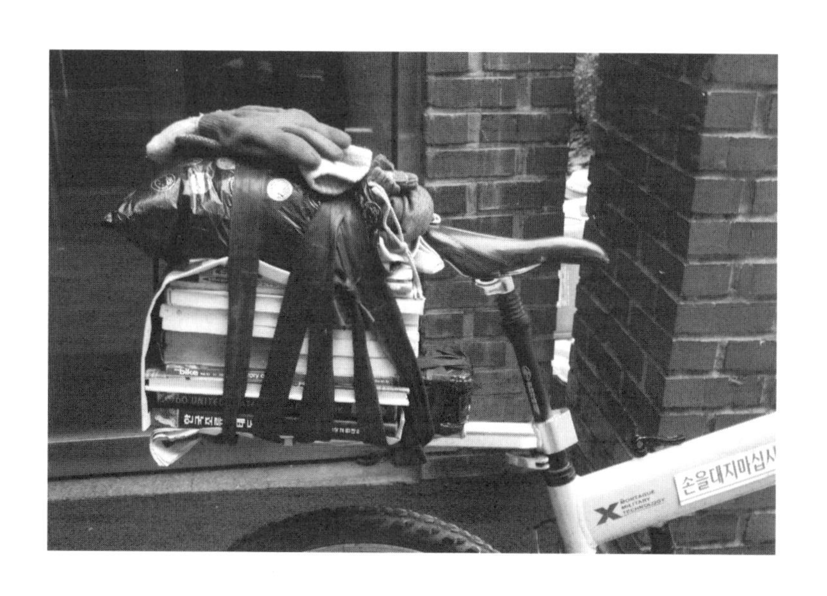
손을대지마십시

2월 6일 – 당신이 진보를 꿈꾸신다면

아침 일찍 일어나서 짐을 꾸리다. 오늘은 충주로 돌아가기로. 지난 한 주 동안 사들인 책을 가방에 차곡차곡 챙겨 넣고, 자전거 짐받이에 한 아름 묶는다. 서울로 가지고 와서 빤 옷도 짐받이에 함께 묶는다. 무게를 잘 버텨 줄 수 있을까. 부디.

묵직하게 느껴지는 가방. 무겁게 느껴지는 자전거. 내리막을 내려오며 살살살. 큰길로 접어들어 무악재를 넘으며 낑낑낑. 자동차를 모는 사람들은 자전거를 타는 사람이 얼마만한 짐을 싣고 가는지 헤아리지 못한다. 그래서 오늘처럼 내가 짐을 이렇게 짊어지고 다니든, 짐자전거로 볼일 보는 장삿집 아저씨들이 힘겨이 자전거를 타고 다니든 어김없이 빵빵이 세례를 베풀어 준다. 조용히 옆으로 비켜 가주는 일이란 없다.

교통경찰이 군데군데 보인다. 그렇지만 버스길을 함부로 내달리는 차를 보고도 막지 않는다. 교통경찰 옆에 함부로 대놓은 차가 있어도 무어라 따지지 않는다. 찻길에서 배기가스 그대로 들이마시며 오랫동안 서 있으니 힘드시겠지.

신호에 걸려서 서 있으면 조금 뒤 오토바이 몇 대가 내 앞으로 빠져나오며 부릉부릉거린다. 그러면 이 부릉부릉 차방귀를 고스란히 마셔야 한다. 난 이런 차방귀를 마시기 싫어 오토바이 앞으로 나온다. 그러면 오토바이는 또 자전거 앞으로 서려고 한다. 오토바이꾼들은 자전거가 왜 오토바이 앞에 서서 신호를 기다리려 하는지 모르는 듯. 추운 겨울이라 헬멧을 눌러쓴 이들한테는 말을 걸 수도 없으니, 원.

신호에 걸려 차가 꼼짝을 못할 때, 이들 자동차가 어떻게 서 있느냐를 보며 운전자 마음씨를 살필 수 있다. 찻길가에는 으레 오토바이나 자전거가 지나가기 마련. 이때 마음씨 고운 운전자는 앞바퀴를 틀어 찻길가가 조금이나마 넓어질 수 있도록 차를 세운다. 마음씨 지저분한 운전자는 차 앞대가리를 찻길가로 바짝 꺾어서 아무도 못 지나가게 막는다. 이런 차를 보면 뒷거울을 발로 차서 깨뜨리고 싶다.

광진구 자양동 들어설 무렵, 뭉텅뭉텅 가지 잘리운 방울나무 보다. 어느덧 봄이 다가오는가. 거리에 억지로 심긴 방울나무는 해마다 봄을 앞두고 이렇게 가지치기, 아니 줄기잘리기를 겪어야 한다. 공무원들이 하는 이 짓거리는 '치기'가 아니라 '베어내기'라 할 수 있다. 이런 '줄기베어내기'를 하는 핑계는 여럿이다. 전깃줄에 걸린다느니 차에 걸린다느니. 그러나 그동안 키가 우썩우썩 자라서 전봇대 위로 껑충 올라선 나무인데도, 큰차나 버스 지붕에 안 닿을 만큼 높이 뻗은 줄기인데도 그냥 다 잘라낸다. 방울나무는 올해도 또 아파 죽겠는 몸을 뒤틀며 살아남으려고 아득바득 온힘을 다하겠지. 도시에 사는 나무는, 도시에 사는 가난뱅이 못지않게 죽을맛이다.

강변역에 닿음. 표를 끊고 기다린다.

자전거로 일터 오가는 일은 얼마나 힘과 시간이 드는 일일까. 서울이나 부산이나 대구나 인천이나 광주 같은 큰도시에서. 내 짧은 생각일지 모르나, 집과 일터를 오가는 데 50킬로미터 안짝이라면 자전거가 조금 더 빠르리라 본다. 그리고 차막힘에 시달리지 않고 북적거리는 지옥철이나 지옥버스에 몸달지 않아도 되니 한결 홀가분하다. 찻삯은 굳고 몸은 나날이 튼튼해진다. 자전거로 시내를 달리면 배기가스를 고스란히 마셔야 한다고들 하는데, 자전거를 안 타고 시내를 다니는 동안에도 한결같이 배기가스를 마셔야 한다. 더욱이 버스나 지하철이라고 해서 공기가 좋은가? 이곳 공기도 그지없이 나쁘다. 그러니까 어디에 있든 도시에서는 나쁜 공기를 들이마시는 셈. 외려 자전거를 타고 땀을 내면, 도시에 깃든 먼지를 몸밖으로 빼내고 씻어낼 수 있으니 좋다고 할 수 있으리라. 자전거로 25킬로미터를 달리기 힘들다면, 달리다가 가운데쯤에서 잠깐 쉬었다 가도 좋다. 너무 힘들면 전철에 자전거를 싣고 가면 되지. 아니면 전철역 들머리에 자전거 묶어 놓고 그곳부터 버스나 전철로 일터로 간 다음, 일터에서 집으로 돌아오는 길에 그곳에서 다시 자전거를 타도 좋고.

자전거로 오가며 무엇보다 좋은 일이라면, 내 땅을 내가 밟고 다니며 함께 살아가는 이웃 삶터를 몸으로 부대낄 수 있다는 데에 있지 싶다. 자가용, 버스, 전철로 일터와 집을 오갈 때는 '그저 빨리 스쳐 지나가야 할 거리' 가 되지만, 자전거로 오갈 때는 '내가 부대끼는 마을 삶터' 로 달라진다.

버스에 타다. 버스기사가 궁시렁. 내가 내릴 곳은 '종착지' 가 아니니까, 이따가 '빨리 자전거 내리' 란다. 대꾸 안 함.

땀을 식힌다.

진보를 꿈꾼다면, 또는 우리 사회가 좀더 나은 쪽으로 거듭나기를 바란다면, 자전거 타기를 몸에 붙이거나 두 다리로 즐거이 걸어다녀야 하지 않겠느냐고 생각. 자기가 '왼쪽' 사람이든 '오른쪽' 사람이든.

값나가는 자전거를 탄다고 더욱 잘 달릴 수 있지 않은데도, 내가 퍽 먼거리를 다닌다는 이야기를 듣는 분들은 내 자전거가 대단히 비싼 자전거라고 생각한다. 그래서 때때로 농담 삼아 '얼마쯤 될 것 같아요?' 하고 묻는데, '오백만 원', '천만 원'을 부르는 분들이 있다. 그러면 씩 웃으며 '저는 2차 중고로 90만 원을 주고 샀는데, 요새는 값이 많이 떨어져서 새것을 공동구매로 60만 원쯤에 사기도 하더라고요.' 하고 말해 준다. 그러면 사람들이 깜짝깜짝 놀란다. 충주와 서울을 오가는 자전거라면 으레 수백만 원쯤은 될 거라고들 생각하는 듯.

뭐, 값나가는 자전거가 좋기는 좋다. 무게도 가볍고 기아비도 좋고 씽씽 잘 나간다. 그런데 잘 나가는 자전거를 타서 어디에 쓸까. 내가 빠르기에 미친 사람도 아니요, 이 나라에서 자전거 빠르기를 마음껏 즐길 만한 길도 없는데. 도심지를 40~50킬로미터로 달릴 길이 있는가? 국도에서도 이렇게 달리면 아슬아슬하다. 워낙 길가에 버려진 쓰레기와 걸림돌이 많고 차들이 밀어붙이니까.

자전거는 누구나 자기 몸에 가장 알맞는 녀석을 골라야지 싶다. 돈이 좀 넉넉하다면 자기 몸에 맞는 녀석 가운데 한결 나은 기종을 고를 수 있겠지. 그러나 자전거는 돈으로 타지 않고, 몸으로 탄다. 허벅지힘으로, 다리힘으로, 발목힘으로, 발가락힘으로, 팔힘으로, 허리힘으로, 어깨힘으로. 조금씩 자기 몸을 가꾸면서 자전거를 자기 몸에 맞춰 주어야 한다. 차츰 자전거와 자기 몸이 하나가 되도록 해서 신나게 탈 수 있어야 비로소 자전거 출퇴근이든 자전거 여행이든 홀가분하게 즐길 수 있겠지.

자전거로 출퇴근도 하고 여행도 하니까 '운동'이 되지, 처음부터 자전거로 '운동'할 생각이면 퍽 고단하고 몸이 다칠 수 있기 때문에, 하다가 그만두는 사람이 많다. 자전거를 바꾸는 사람도 많고. 어떤 자전거든 자기한테 가장 어울릴 만한 기종을 골라서 자전거를 아끼고 사랑할 수 있어야지 싶다. 그래서 자잘한 고장은 손수 고칠 수 있어야겠고, 바람넣기나 구멍때우기쯤은 거뜬히 해낼 수 있어야 하는 한편, 자전거 청소도 꾸준히 해 주고.

묵은 기름때 벗기고 새 기름칠 해 주면 자전거가 얼마나 잘 나가는데. 틈틈이 바퀴 바람 살펴서 알뜰히 채워 주면 자전거가 얼마나 잘 구르는데. 문제는 자전거 값이나 성능은 아니라고 느낀다. 자전거를 타는 우리들 몸이 첫째 문제요, 자전거를 타는 우리들 마음이 둘째 문제라고 느낀다. 그래서 나는 우리 나라에서 진보를 외치거나 사회운동을 한다는 분들은 반드시 자전거 타기를 몸에 붙여야 한다고 생각한다. 우리 사회를 좋은 쪽으로 발돋움할 수 있도록 키우는 일은 '돈'으로 하는 게 아니니까. 우리가 어깨동무하며 살기 좋은 세상이란 '돈이 넉넉한' 세상은 아니니까.

두 손을 쓰는 즐거움, 두 발로 움직일 수 있는 즐거움, 온몸으로 짜릿하게 맛보는 즐거움이 비로소 우리 세상을 알차고 밝게 가꾸는 밑거름이 된다고 느낀다. 입으로만 자연보호니 지구자원고갈이니 이상날씨니 석유문제니 이라크전쟁이니 반전평화니 남녀평등이니 교통문제니 뭐니를 떠들기 앞서, 자전거를 타면 좋겠다. 자전거 타기로 모든 일이 풀어지지는 않으나, 자전거를 타는 우리들 몸가짐과 마음가짐이라면, 얼마든지 차근차근 자기 자신부터 고쳐 나갈 수 있고, 내 이웃, 우리 식구, 내 동무들, 우리 마을과 일터를 조금씩 밝고 아름다운 길로 손잡고 나아갈 수 있지 않겠는가.

무극면에 닿다. 자전거를 내린다. 버스기사가 암말 안 한다. 바퀴와 안장을 끼운다. 묵직한 가방을 멘다. 끙차. 자전거에 탄다. 집으로 돌아가는 세 고개 넘기. 끙끙끙 페달을 밟는 동안 땀이 방울져 똑똑 떨어진다. 이 고갯길을 처음 넘던 때를 떠올려 본다. 그때는 고갯길 반도 못 올라가고 자전거에서 내려 걸었는데. 이제는 이 고갯길이 아무것도 아닌 듯 느껴진다.

집에 닿다. 가방을 내려놓고 웃도리를 다 벗고 짐받이에 묶은 책을 다 풀다. 반바지로 갈아입고 웃마을로 올라간다. 물을 길어 와서 밥을 한다.

2월 9일 - 면내 마실

어제는 하루 내내 비가 내렸다. 비오는 날은 시골집에 꽁 틀어박히는 날. 비 맞으며 자전거를 타도 나쁘지 않겠지. 그러나 겨울비 한 번 잘못 맞으면 큰일.

아침부터 해가 조금 난다. 비에 젖었던 길이 거의 마른다. 낮 두 시쯤, 웃마을에 자전거 타고 올라간다. 밥할 물이 다 떨어져서 물 길으러. 가방에는 물통 하나 맥주페트병 둘 우유병 하나.

ACE MAN
FOLDING

물을 채운 뒤 집으로 내려와 물통만 내려놓고 곧바로 길 나섬. 면내로.

어제까지만 해도 날이 참 많이 풀렸는데 다시 추워지는 듯. 얼마 안 달렸으나 벌써 손이 시리다. 집게손가락이 가장 시리다. 마을 언덕길을 달리는데 앞바퀴가 조금 흔들린다. 물끄러미 내려다보니 풀려 있다. 이런. 바로 멈춘다. 왜 풀렸지? 풀릴 까닭이 없을 텐데. 그냥 달렸으면 찻길에서 아주 아슬아슬했을 뻔. 바짝 조인 뒤 탄다.

생극면으로 가기로. 무극면으로 갈까 싶기도 했지만 생극면은 그럭저럭 판판한 길. 달리며 생각해 보는데, 거리로는 무극이 가깝지 싶다. 다만 무극으로 가자면 고개를 셋 넘어 힘들어 보이지만, 어떻게 생각하면 고개만 넘으면 바로 내리막이니 한결 수월할 수 있다. 판판한 생극길이지만 집에서 갈 때는 비스듬한 내리막. 생극에서 집으로 돌아갈 때는 비스듬한 오르막. 맞바람이 세다. 겨울바람이라 더 세게 느껴지나. 돌아가는 길은 뒷바람 불어 줄까?

는개가 내린다. 아니 먼지잼이라 할까. 눈이라도 올까 걱정스러워 페달을 더 빨리 밟는다.

생극 거의 다 닿을 무렵 학교옷 입고 시골길 걷는 아이 하나 보다. 벌써 학교 마칠 때인가. 집에서 학교까지 가깝지 않은 거리일 텐데 잘 걸어다니는구나.

면내로 올 때 스치고 지나간 아이가 아직 걷고 있다. 집이 꽤 먼 듯. 이 길을 버스를 안 타고 걷다니. 훌륭하구나. 내가 옆으로 스치고 지나갈 때 고개를 돌려 나를 쳐다본다. 돌이켜보면 나 어릴 적 학교 다닐 때에도 저렇게 걸어다녔다. 다른 동무들은 모두 버스를 타고 다녔지만 난 그냥 걸었다. 동무들은 버스 타면 금방이고 몸도 안 힘들다고 했지만, 난 말없이 걸었다. 버스로 5분이면 갈 길을 40~50분 걸어서 갔다. 아무도 안 걷는 조용한 골목길을 혼자 걸었다. 조용한 골목길을 혼자 걸으니 차분히 내 자신을 돌아볼 수 있었고, 앞으로 어떻게 살아가면 좋을지, 오늘 하루는 어떠했고 내일은 어떻게 보내면 좋을지 들을 가만히 짚을 수 있었다. 나는 걷기가 좋다.

는개가 조금 짙어진다. 눈은 아니더라도 비라도 올라나? 다시 힘주어 페달을 밟는다. 이제는 비스듬한 오르막. 후끈후끈 몸에서 김이 난다. 예전 대원휴게소 앞 세거리 못 미쳐 고속버스 한 대가 빠웅 하며 사람을 놀래킨 뒤 바로 옆을 바람을 휘날리며 스치고 지나간다. 얼떨떨. 땀방울 뚝뚝 떨어지는 오르막에서 페달 밟기를 잊고 멍하니 그 버스를 바라본다. 저놈이 사람 죽이려고 환장했나? 마주 달리는 차도 없는 이 한갓진 시골길에서 옆으로 조금 돌아가면 될 텐데, 뒤에서 깜짝 놀래키도록 빵빵거린 데다가 자전거 옆을 그렇게 버스표 몇 장 거리만큼으로 스치고 지나가서 어쩌겠다는 셈인가?

나를 죽음과 삶 사이에서 아찔하게 한 고속버스가 대원휴게소에서 기름을 넣는다. 그리로 가서 '너 이 자식, 이런 시골길에서 사람 죽이려고 환장했나?' 하고 소리쳐 줄까 하다가 참는다. 화내지 말자. 화내는 사람이 진다.

마을길 접어들기. 마을길 접어드는 길목은 꽤 가파른 비탈. 예전에는 길이가 얼마 안 되는 이 비탈을 못 올라갔는데, 이제는 가뿐히 올라간다. 길눈이 트였달까. 이 비탈을 올라갈 때 기어를 많이 준다고 올라갈 수 있는 건 아니다. 비탈에 다다르기 앞서 미리 3×5만큼 기어를 먹인 뒤 그대로 힘을 받치고 휙 올라가 버려야 한다. 마을 이장님이 보여 고개 꿉벅.

2월 13일 - 빗길에서 맛간 앞뒤 브레이크

서울 나들이 떠나는 날. 출판사에 보내야 할 우리말 원고를 엊그제 마무리짓고 나니 홀가분하다. 원고 마무리가 안 되면 설날까지 죽 충주에 있으려 했지만, 한 주 내내 거의 밤샘을 하며 마무리를 짓고 보니 책이 고프다. 한짐 던 즐거움으로 사람들도 만나고 술도 한 잔 하고 싶구나.

일죽으로 갈까 생극으로 갈까 망설임. 아침부터 하늘이 찌뿌둥했기 때문. 일죽까지 가는 편이 시간이나 찻삯이나 한결 낫지만 생극까지만 가기로. 무언가 낌새가 안 좋다.

생극으로 가는 길. 뒷거울로 보이는 큰 짐차. 무서운 빠르기로 가까워진다. 앞에서는 마주오는 자그마한 짐차. 빠르기와 거리로 헤아리건대, 내가 옆에 있는 가운데 둘이 서로 마주칠 듯. 자칫하면 찡기겠다. 둘 가운데 하나가 빠르기를 줄여 주어야 한다. 그러나 내 뒤에 있는 큰 짐차는 빠르기를 줄일 생각이 없는 듯. 으아.

마주오던 작은 짐차가 길 한쪽에 바짝 붙으며 우뚝 멈춘다. 내 뒤에 오던 큰 짐차는 자전거 옆으로 몇 센티미터 떨어지지 않은 채 바람을 씨잉 날리며 스쳐 간다. 무서웠다. 살았다. 하지만 괘씸하다. 저 차는 왜 저렇게 달려야 하는가. 그러다가 사고 내면 자기는 운전기사로서 삶도 끝장나는 판 아닌가? 나는 골로 가고 저 운전기사는 철창에 가고(철창에 안 가더라도 보상금 무느라 등골이 휘겠지. 아니면 보험회사에서 다 물어 주거나). 아슬아슬하게 치달려서 서로한테 좋을 일이란 없다.

자전거를 타고 다니며 겪거나 느낀 일들을 적노라면 짜증스럽고 안쓰럽고 괴로운 일투성이다. 나는 짜증을 일부러 내려고 자전거를 타는 사람이 아니요, 안쓰러움을 부러 알아보려고 자전거를 타는 사람도 아니요, 괴로움을 가득 부여잡고 살고 싶어서 자전거를 타는 사람 또한 아니다. 즐거우니까 자전거를 탄다. 그렇지만 즐겁자고 타는 자전거 나들이가 늘 짜증과 안쓰러움과 괴로움으로 얼룩진다. 그래도 타야 하는가? 타야 한다. 아니, 타야 한다기보다 그냥 탄다. 자전거꾼을 들볶는 자동차야 이러건 저러건 나는 나대로 홀가분하게 달릴 수 있으면 좋으니까.

그렇지만 자전거로 달리는 이 길에서 좋은 모습, 반가운 모습, 고마운 모습, 웃음이 묻어나는 모습을 보기란 참으로 힘들구나. 이 나라 길이 어찌하다가 이렇게 되었을까. 이 나라 길은 어찌하다가 사람 냄새가 싹 가셔 버렸을까. 이 나라 길은 어찌하다가 사람이 다닐 수 없는 길로, 오로지 자동차만 씽씽 달려야 하는 길로 바뀌어 버렸을까. 좋은 모습을 느끼거나 보고 싶어도, 보거나 느끼기 어려운 현실. 그렇다고 억지로 얄궂은 모습이 없는 듯 안 쓸 수 없다. 아직까지는 얄궂은 모습이 많으니, 이 모습을 있는 그대로 말할밖에 없다. 조금씩 나아지리라 믿으면서. 길가 밭에서 비닐을 모아서 태운다. 비닐 타는 냄새로 코가 맵고 숨이 막힌다.

생극 닿음. 서울 가는 표 6,500원. 표파는 곳 아저씨는 텔레비전 보느라 정신이 없다. 고개는 텔레비전으로, 손만 요리조리.

앞바퀴와 안장을 떼고 버스를 기다린다. 오늘은 서울 가는 버스에 몇 사람 탈까. 널널하겠지? 그러고 보니, 오늘은 여기까지 오는 동안 땀이 안 났다. 날이 알맞게 선선하다. 이번 나들이에는 긴옷을 안 챙겼는데, 괜찮겠지. 버스엔 세 사람 타다. 버스에 타니 라디오 소리. 라디오에서는 교통방송이 틈틈이 흘러나온다. 교통방송은 서울 어디가 얼마나 막힌다는 이야기와, 서울로 접어드는 고속도로 어디어디가 막힌다는 이야기 들. 가만히 들어 보니, 어느 길을 이야기하든 다 막히고 가기 어렵다는 소리뿐.

문득, 이런 교통방송을 왜 하는가 싶은 생각. 이리로 가도 차가 많고 저리로 가도 차가 많은데, 여기에도 차가 많고 저기에도 차가 많다는 방송을 때맞춰 저렇게 자주 읊어야 할까. 그런 교통방송을 하기보다는 자동차 모는 사람들 마음을 부드러이 달랠 수 있는 따뜻한 노래를 들려주는 편이 좋지 싶은데. 우리들 마음을 살포시 감싸는 좋은 이야기 담은 책을 읽어 주거나. 또는 시를 읊어 줄 수 있을 테고.

서울 강변역. 비가 내린다. 아직 빗줄기는 거세지 않다. 어찌할까?

전철? 그냥 달려? 주머니에 돈이 없으므로 가까운 편의점에 가서 돈을 찾는다. 돈을 찾고 나오니 빗줄기가 굵어졌다. 편의점 유리벽에 바짝 붙어서 빗줄기가 가늘어지기를 기다려 본다. 전철역으로 갈까?

비옷을 꺼내 입다. 뭐, 조금 내리다가 그치겠지. 세모김밥 둘 사서 배를 채운 뒤 자전거를 타다. 빗줄기는 조금씩 굵어진다. 으음, 조금만 달렸다가 전철을 탈까? 그냥 달리자.

그동안 눈 죄 맞고 달리던 자전거는 흙탕으로 지저분했는데, 비 맞고 달리는 오늘은 저절로 흙탕 씻기가 되려나. 빗길이라 천천히 달린다. 삼십 분 남짓 비를 맞고 달리는데 앞브레이크가 헐렁해진 느낌. 좀더 살살 달려야겠군.

한 시간쯤 달려 종로3가 사진관에 닿음. 잠깐 쉬었다 가자. 비 맞은 자전거를 들고 2층으로 올라감. 2층으로 올라가니 예전 자리가 텅 빔. 무슨 일이 있나 두리번거리는데 사진관 아저씨가 보인다. "어, 오랜만이야. 최종규 씨가 자주 안 오니까 가게가 힘들어 작은 데로 옮기잖아." 하고 웃으며 한 마디. 필름사진 찍는 사람이 부쩍 줄어드니까 사진재료 파는 곳이 힘들겠구나. 1층에서 2층으로 올라온 지 한 해쯤 되었을까 싶은데, 이제는 더 작은 데로 옮겨 가다니. 이러다가 이곳이 문을 닫아 버리면 어쩌나. 필름사진 찍는 사람은 이제 갈 데가 없는지. 35미리 필름도, 120미리 필름도, 대형사진도 흘러흘러 사라지는 구닥다리 신세인지. 필름은 수명이 있기 때문에 몇 천 통씩 사 놓고 스무 해, 서른 해 동안 쓸 수 없다. 더구나 그렇게 쓴다 한들 필름회사가 필름을 더 안 만들면 어찌 될까.

사진관에서 나옴. 빗줄기는 가늘어지지 않는다. 이 빗속을 뚫고 헌 책방을 가자니 힘들 듯. 오늘은 이대로 홍제동으로 가야겠다.

종로3가 네거리에서 큰길로 접어드는데 앞바퀴가 먹히는 느낌. 내려서 앞바퀴를 돌리는데 몇 바퀴 안 돌고 픽 멈춘다. 브레이크가 저절로 물려 버린 듯. 드럼브레이크 자석이 제자리에 안 있고 밀려나서 쇠판에 착 달라붙었다. 어쩌나 하다가 낑낑대며 페달을 밟는다. 억지로 자전거를 달려 광화문에 이름. 버스정류장에서 자전거를 세운다. 더는 못 가겠다. 앞바퀴를 떼고 자전거를 뒤집는다. 브레이크 자석판을 눌러서 집어넣으려 하나 안 된다. 안 들어간다. 아찔하군. 조금만 더 가면, 독립문 지나 무악재만 넘으면 되는데. 도와 달라고 부탁할 사람도 없고, 광화문 둘레에는 자전거집도 없는데, 큰일일세.

빗줄기는 더 굵어진다. 어쩌지 못하고 멀뚱멀뚱 서 있자니 으슬으슬 춥다. 손이 무척 시리다. 마지막 방법. 브레이크 떼자. 여섯모 렌치를 꺼내 브레이크를 떼어낸다. 이제는 뒷브레이크로만 가야 할 판. 뒷브레이크 잡아 본다. 어라, 안 잡히네. 비를 맞는다고 이렇게 브레이크가 맛이 갈 수 있나? 비 맞고 여러 시간 달렸을 때에도 이렇게까지 흐물흐물 늘어지지는 않았는데. 어딘가 단단히 말썽이 생긴 듯. 하지만 어디에 말썽이 생겼는지는 모르겠다.

오르막길에서는 타고, 내리막길에서는 끌다. 빨리 달릴 수도 없지만, 빨리 달리려 해도 땀이 나지 않고 춥기만 하다. 손가락은 끄트머리까지 얼어붙은 듯. 아주 천천히 달리는 데에도 뒷브레이크를 잡으려는 손가락이 잘 움직여지지 않는다.

독립문 네거리 지날 때. 오토바이 한 대 골목길에서 불쑥 튀어나오다. 화들짝 놀라다. 가뜩이나 브레이크가 앞뒤로 말썽이 났는데, 저렇게 빗길을 내달리면 어쩌나. 뒤도 안 돌아보고 갑자기 골목길에서 빠져나오는 저 오토바이를, 넓은 찻길을 지나가는 자동차가 치지 않은 것이 다행일 뿐.

빗물, 콧물이 범벅이 된 채 오르는 무악재. 브레이크를 잡을 수 없다는 아슬아슬함 때문에 신경이 바짝 선다. 내리막길. 첫 신호등이 나올 때까지 브레이크를 안 잡고 달려도, 다른 걸림돌(거의 모두 찻길에 함부로 세워 둔 자동차)만 없으면 걱정없이 지나갈 수 있다.

다행스레 걸림돌이 없다. 뒤에서 따라붙는 버스도 없다. 한숨을 돌리며 페달질을 살살 밟으며 홍제3동 동사무소 안쪽길로 꺾는다. 마지막, 개미마을 올라가는 비알에서는 자전거를 내려 끌다. 홍제동 선배네 집 앞에서 앞바퀴를 떼고, 자전거를 접어 1층 문간 안쪽에 세워놓다. 떼어낸 앞바퀴를 들고 집으로 들어가다. 비옷을 벗고 가방을 내려놓고 걸레 하나 들고 1층으로 내려와 자전거에 잔뜩 묻은 물기를 조금 닦아내다. 씻다. 드러눕다. 오늘 하루, 어떻게 여기까지 달려왔는지 모르겠다. 드러눕자마자 곯아떨어지다.

2월 24일 – 새 자전거 사다

오랜 술동무 아들내미 돌잔치. 사는 집이 강서구 쪽이라 김포공항에서 한다고. 자전거를 타고 가 볼까 생각했지만, 지난 설날 다친 발

목이 아직 욱씬욱씬 쑤셔서 전철을 타고 가기로. 이번에 삼천리에서 새로 나온 자전거 가운데 20인치 작은 것이 퍽 탈 만해 보인다. 그래서 돌잔치 가는 길에 서교동에 있는 자전거집에 들러 구경하고, 괜찮으면 그 자리에서 산 다음 전철에 싣고 가 볼까 함.

시계를 보니 자칫 돌잔치에 늦을 듯. 부지런히 달려서 자전거집 닿음. 아저씨한테 인사하고 새로 나온 자전거 들어왔느냐고 여쭘. 접는 자전거는 아직 안 들어왔고 안 접히는 자전거만 들어왔다고. 나는 접는 자전거를 바라고 왔는데.

어찌할까 망설이면서 안 접히는 자전거라도 구경해 보기로. 자전거를 들어 본다. 퍽 가볍다. 11.4킬로그램. 모양새도 퍽 깔끔. 그러나 모양새는 루이가노르 MV 녀석들을 베낀 듯. 기어는 7단. 페달에는 조금 마음을 쓴 느낌. 안장을 높이고 올라타 본다. 손잡이가 그다지 안 흔들리고 균형이 잡힘. 이만하면 무게나 안정성에서 괜찮군.

어떡할까. 조금 더 기다려서 접는녀석 들어오면 둘을 견준 뒤 장만할까. 아니면 지금?

지하철을 타거나 기차에 실을 생각이라면 접히는 자전거가 낫다. 하지만 나는 지하철 탈 일이 드물고 기차 실을 일도 거의 없음. 또한 삼천리 R7 20인치는 앞바퀴를 떼기 쉽도록 장치를 했다. 앞바퀴를 떼면 지하철 실을 때에도 괜찮고, 기차 실을 때에도 그다지 말썽이 없겠지. 지하철이나 기차도 어쩌다가 한 번이니까. 다만 자동차 짐칸에는 못 싣는다. 길이가 있으니. 그렇지만 내 자전거가 자동차 짐칸에 실릴 일이 있을까?

나한테는 스트라이다가 있고 험머가 있다. 그래, 접히는 자전거로 움직여야 한다면 스트라이다나 험머로 넉넉하지. 이것으로 하자.

자전거집 아저씨한테 "이것으로 할게요." 하고 말씀드린 뒤, "바퀴를 두꺼운 것으로 바꿀 수 있나요?" 하고 물어본다. 먼길을 달리고 우둘투둘하며 길 형편 나쁜 국도를 달려야 하니까. 마침 20인치에 맞는 바퀴가 있어서 이 자리에서 바로 바꿈. 아직 달리지 않은 새 바퀴이기 때문에 거저로 바꿔 주신단다. 고맙다.

뒷등, 앞등, 뒷거울 붙임. 뒷거울은 손잡이 왼쪽에 붙이는 녀석으로 두 번 꺾을 수 있기에, 여태껏 붙였던 뒷거울과 달리, 부딪혀도 쉬 부러지지는 않겠지. 돌잔치를 하는 술동무한테 선물로 주려고 자전거 발목띠 하나 삼.

아저씨가 바퀴를 갈아 준 뒤, 시험 삼아 탄다. 작은바퀴 자전거인 만큼 페달질이 가볍다. 7단으로 놓고도 어려움이 없음. 그동안 다리 힘이 많이 붙은 덕분일 테지. 이 자전거를 타고 빠르기를 내고 싶은 이들한테는 그다지 흐뭇하지는 않으리라. 하지만 평균빠르기 30킬로미터로 넉넉하다고 생각하면서 즐겁게 자전거를 탈 사람이라면 R7 20인치가 값이나 성능에서 퍽 괜찮다고 느끼리.

자전거를 타고 전철역으로. 합정역에서 탄다. 앞바퀴 떼고 들다. 바퀴가 작으니 가볍다. 험머를 접어서 들고 다닐 때하고 참 다르다. 거뜬하네.

김포공항역에서 내림. 기나긴 골마루를 지나간다. 슬쩍 자전거를 타고 달림. 걸어가기에는 너무 긴 골마루. 바깥, 버스 타는 데로 나와서 기둥 한쪽에 자전거를 묶다. 앞바퀴만 떼고 들고 들어감. 돌잔치 구경. 늦은 저녁밥.

잔치 마치고 돌아가는 길. 앞바퀴 붙이기. 그렇지만 잘 안 끼어진 듯. 바퀴가 잘 안 돌아간다. 왜지? 쭈그리고 앉아서 한참 살피며 떼었다가 다시 끼워도 마찬가지. 그러다가 흙받이가 바퀴에 닿아 있음을 보다. 아차, 그렇구나. 이 자전거는 처음부터 흙받이가 붙어 있는데, 앞바퀴를 떼어 세우면 흙받이가 땅에 닿기 때문에 옆으로 돌아가서, 바퀴를 다시 붙이면 흙받이가 바퀴에 닿아 잘 안 돌아갔구나. 이런, 바보같이.

지하철을 타고 서대문역으로. 지하철을 타는 동안 책을 읽을 수 있어 좋다. 그렇지만, 지하철을 탄 다른 사람들 시끄러운 수다를 고스란히 들어야 하니 괴로움. 서대문에 닿음. 내려서 계단을 끙끙대며 올라옴. 자전거를 타고 슬슬 달린다. 왼쪽 발목이 욱씬거림. 오늘 하루 자전거는 거의 안 타고 걷기만 했지만, 지금 내 발목은 걸어다녀도 이렇게 아프군. 바늘이 아닌 못으로 쿡쿡 쑤시는 듯 아프다.

무악재 넘을 때 기어를 4단까지 넣고 서서 탄다. 여느 때라면 7단만으로도 넉넉하지만 발목이 아파 힘을 못 주겠다. 서서 타기도 힘듦. 그래도 무악재 잘 넘음. 내리막길. 발목만 안 아프면 페달질을 해 보며 내리막 페달질 성능이 어떤가 알아볼 텐데. 다음으로 미루자.

동네 골목길. 가게에 들러 술 두 병 사서 앞가방에 담음. 바야흐로 마지막 가파른 비탈길. 이 비탈길은 도무지 못 오르겠군. 자전거에서 내려 걷는다. 발목이 더 욱씬욱씬. 끄응. 걷다가 잠깐 서서 발목을 어루만짐. 걷기도 힘들군. 내일도 다른 술동무 돌잔치가 있는데, 내일은 집에서 꼼짝하지 말고 다리를 쉬어야겠다. 미안하다.

겨우겨우 비탈길 다 올라 홍제동 집에 닿음. 자전거에 자물쇠 채움. 이마에 흐르는 진땀. 씻고 방바닥에 드러누움. 하아. 이제 살았다. 살았구나.

3월 7일 - 쌀 사러 가기

쌀이 거의 바닥났다. 지난 토요일에 충주로 돌아온 뒤 밥을 할 때 보니 두 번 더 밥하면 끝. 일요일에는 비가, 월요일에는 눈이 오면서 쌀 사러 나가지 못했다. 펌프가 고장나 물을 못 쓰는 판에 눈비 맞고 달린 뒤 씻지 못하면 몸살이 날 테니까. 어제는 눈이 다 안 녹았고, 오늘은 거의 다 녹았다. 날이 퍽 쌀쌀해서, 하루 가운데 가장 따뜻한 한낮에 나가기로.

쌀사러가기 앞서 낮밥을 먹었는데, 졸음이 몰려와 잠깐 눕다. 누워 있다가 스르르 잠들었고, 화들짝 놀라 깬다. 몇 시지? 두 시하고 오십구 분. 어이쿠. 이러다가 늦겠다. 부랴부랴 일어나, 자전거 뒤에 짐수레를 붙인다. 몸이 덜덜 떨린다. 청잠바도 입어야겠다. 귀덮는 모자도 쓴다.

오늘은 음성 장날. 음성읍으로 장구경을 가도 좋지만, 구름 움직임이 아무래도 수상쩍어서 가까운 면내로만 다녀오는 편이 나을 듯. 생극면으로 가자.

큰길로 나오니 눈발이 흩날린다. 이런. 벌써 눈이 오려나? 조금 달

리니 눈발이 멎는다. 그러다가 다시 눈발이. 다시 멎고, 또 날리고. 아무래도 장보기를 일찍 마치고 얼른 돌아와야 할 듯. 맞바람이 거세다. 기어를 3×5로 넣어 보는데 걸음걸이 빠르기와 비슷할 때도 있다. 그래, 그나마 생극으로 가는 길은 야트막한 내리막이니 맞바람 다 맞아 주마. 부디 집으로 돌아가는 길에는 뒷바람이 불어 다오.

생극면 닿음. 가게에 들러, 쌀 10킬로그램, 칼국수면 5킬로그램, 참치 5킬로그램들이 깡통, 작은 송이버섯 한 봉지, 술 두 병, 라면사리 일곱 봉지 삼. 쌀과 칼국수면과 참치깡통은 짐수레에, 나머지는 가방에 넣음. 돌아가는 길. 고맙게도 뒷바람이 분다. 짐을 실어 무게가 제법 나가지만, 뒷바람 덕분에 그럭저럭 달릴 만하다.

마실 나오던 때처럼 마주 달리는 차와 뒤에 달리는 차가 겹치는 일이 자주 생긴다. 오가는 차가 적은 이 시골길에서 어찌 자꾸 이런 일이. 못고개를 앞둔 조금씩 가팔라지는 언덕길에서 마주 오는 차가 경적을 울리며 내 뒤에서 달리는 차보고 빠르기를 줄이라고 신호를 보낸다. 하지만 내 뒤에서 달리는 차는 빠르기를 줄이지 않고 내 자전거 옆을 아주 바싹 스치고 지나간다. 팔뚝에 소름이 뚝뚝. '저, 저거 미쳤나?' 앞차와 뒷차가 안 부딪히고, 뒷차와 내 자전거가 안 부딪힌 게 놀랍다.

마을길. 등판은 땀으로 젖다. 논둑길을 달리며 내려다보니 논에 있던 물이 모두 얼었다. 얼기 앞서는 개구리 소리가 가득했는데, 개구리들은 어떻게 되었을까.

3월 12 - 인천에 정착하기로 하다

인천 배다리 헌책방거리에 도서관을 열기로 했다. 오늘(3/12)부터 인천에 머물며 책꽂이 짜고 이런저런 공사를 하기로 했다. 그제 저녁 서울에 와서 몸을 쉬고 어제는 용산에 있는 헌책방에 다녀온 뒤, 아침 일찍 전철을 타고 인천으로 간다. 계산동에 오피스텔 얻어서 지내는 동무네에서 머물기로. 녀석은 서른두 해 동안 인천 만석동 9번지에서 살았다. 두 주 앞서 처음으로 이렇게 혼자 나와서 지내게 되었다고. 길게 말하기 힘든 어려움이 있은 듯. 녀석이 집을 나온 뒤 혼자서 지낼 어머님은 어떠하실까. 보아하니 동무녀석이 어머님한테 전화도 자주 안 하는 것 같은데. 하긴, 나도 우리 어머니한테 한 달에 한 번이라도 전화로 안부를 여쭙기나 하는가.

3월 17 - 발바리행사

서울 광화문 발바리 행사에 함께함. 용산역에서 전철을 내려 숙대입구역 둘레에 있는 헌책방에 잠깐 들름. 책 두 권 사서 가방에 챙기고 자전거를 달리다. 숙대입구역 네거리에서 발바리 행사에 가는 자전거 무리를 만남. 개인으로 가는 한 사람은 무리지어(여섯 사람) 온 분이 건네는 인사를 받는 둥 마는 둥 하더니 혼자 씽 앞서 나간다. 무리지은 여섯 사람은 자전거 탄 지 아직 얼마 안 된 듯. 기어 없는 스트라이다로 느긋하게 달리며 길앞잡이 노릇을 하는데, 신호에 걸려 잠깐 쉬는 동안 '발바리에서도 이렇게 빨리 달려요? 따라가기 힘들어요.' 하면서 숨을 몰아쉰다. 언제나 느끼지만, 21단이니 24단이니 27단이니 하는 기어가 있든 없든, 허벅지를 얼마나 갈고닦았느냐에 따라 다르구나 싶다. 날이 맑고 따뜻한 덕분인지, 대단히 많은 분들이 나와 주었다. 400명쯤 되지 않았을까?

광화문에서 동대문으로 접어드는 길까지는 거의 막힘없이 달리다. 토요일인데도 시내에 차가 이렇게 적다니. 놀랍다. 모두들 느긋하게 잘 달린다. 더러 툭툭 튀어나와 앞으로 쌩 달리는 자전거꾼 보이다. 발바리는 속도 즐기는 행사가 아닌데. 저이는 혼자서 자전거를 타더라도 무척 아슬아슬하겠구나 싶다.

종로로 접어드니 버스하고 크게 몸싸움을 하게 됨. 버스는 버스대로 자전거 무리를 굳이 비집고 들어가려고 함. 버스전용차선으로만 달려도 될 텐데, 마음이 얼마나 바쁘고 속이 좁으면 저럴까. 자전거꾼 가운데에도 일부러 버스전용차선에서 달리는 분이 보임. "안쪽으로 들어오세요!" 하고 몇 번씩 소리를 지르는데, 이 말에 귀기울여 안쪽으로 들어오는 분이 하나도 없었다.

발바리 행사를 마친 뒤 뒤풀이 자리에서 술을 마시며 가만히 생각에 잠기다. 오늘처럼 자전거꾼이 한꺼번에 많이 나와서 달린다면, 찻길 하나 차지하기는 어렵지 않다. 자동차꾼도 어찌하지 못한다. 심술을 부리는 이들이 더러 있기는 해도, 자전거도 자동차도 모두 한 흐름을 이루어 달릴 수 있다. 날 좋은 때 한강을 보면, 자전거로 달리는 사람이 대단히 많다. 그러나 이 사람들이 출근과 퇴근을 하면서 자전거를 타는 일이 드물다. 자전거로만 다니기 힘들어서 전철을 탄다고 해도, 아침과 저녁으로 즐겁게 찻길을 누비는 마음을 모을 수 있다면, 정부에서 우리들 자전거꾼한테 마음을 써서 자전거 '출퇴근길을 시내 한복판에 마련해' 주지 않더라도, 우리들(시민) 힘만으로도 서로한테 즐거운 교통 문화를 이룰 수 있지 않을까.

3월 18일 - 이곳을 떠나기 싫다

3월 18일 일요일 16시 39분, 강변역 고속버스터미널에 닿다. 40분 생극 차는 놓쳤고, 정각에 떠나는 무극 차를 잡아야겠다. 그런데 표 파는 곳에 늘어선 줄이 대단히 길다. 지난 2003년부터 이곳에서 고속버스를 타왔지만, 오늘 본 줄이 가장 길었다. 하염없이 기다리면서 '아무래도 정각에 출발하는 무극 차는 힘들겠군' 하는 생각. 한참 기다려 표를 끊을 때 물어 보니, 생각했던 대로 없단다. 그래서 17시 40분 생극 표를 끊음. 내 자리는 36번. 아직 40분 남짓이나 남은 버스인데도 36번이면, 조금 더 늦었으면 이 자리마저 없었다는 소리. 일요일 낮에는 고속버스 타면 안 돼. 너무 힘들어.

버스 기다리는 자리가 비좁을 만큼 넘치는 사람들. 겨우 한 자리 비집고 들어가 자전거 세우고 책을 읽었다. 어느덧 내가 탈 버스가 오다. 표를 끊고 짐칸에 자전거 싣기. 아가씨 둘이 여행가방을 들고 어쩔 줄 몰라 하고 있다. 짐칸 여는 방법 모르나? 짐칸을 열고 아가씨들 여행가방을 내가 받아 주어 안으로 넣어 주다. 그다지 안 무거웠으나 아가씨들한테는 좀 무거웠으리라는 느낌. 고맙다는 인사를 듣다. 히야. '고맙다' 는 말을 언제 마지막으로 들어 보았지? 내가 다 고맙게 느껴지네.

책을 조금 더 읽다가 졸려서 잠들다. 문득 깨어나 보니, 옆에 앉은

대양서점

남학생이 내 어깨에 머리를 기대고 있다. 고단한가 보구나.

생극에 내림. 앞뒤로 불을 밝히고 달리기. 이제 조용하다. 버스에서만 해도 건너편 자리 여학생 둘이 입도 안 아픈지 쉬지 않고 수다를 떨어서 귀가 다 멍멍했는데.

한참 달리다가 페달질을 멈추고 천천히 굴려 본다.

전봇대에 걸려 나풀거리는 시커멓고 길다란 비닐 무더기. 멀리서 어렴풋이 보일 때에는 깜짝 놀람. 무슨 도깨비인가 해서. 밭을 갈며 지난해에 쓴 비닐을 태우다가 날라간 듯.

저녁밥 때라서 그런지 오가는 차가 더 없다. 마주 달린 차가 모두 다섯, 내 뒤에서 앞지른 차가 하나. 마주 달린 차 가운데 석 대는 앞등을 위로 올려서 눈이 따가웠고 두 대는 앞등을 내려 주어서 괜찮았다.

마을길에 접어들다. 불을 끄고 더 천천히 달린다. 이제 어둠은 깊이 내려앉았고 깜깜한 밤길에 호젓한 자전거질. 희끄무레하게 보이는 논둑길을 달리며 등에 살짝살짝 묻어나는 땀을 느낀다. 자전거에서 내려 걷다. 밤하늘을 올려다보다. 별이 하나둘 박힌다. 이제 이곳 시골 살림을 접고 인천이라는 도시, 고향마을로 돌아가는구나. 혼자서 지내기에는 산골 깊숙한 데가 조용하고 좋은데. 나 혼자만 즐겁게 살자면 이런 외딴 산속이 좋겠지. 내 몸뚱이 하나 드러누울 만한 자리면 넉넉하니까. 남한테 피해 끼칠 일 없고, 남이 나한테 피해 끼치지도 않는 조용한, 아니 고요한 산속. 들리는 소리는 차소리가 아니라 새소리와 물소리와 바람소리요, 내 움직임 하나는 산속 뭇 목숨붙이 움직임과 마찬가지일 뿐인 이곳. 그래도, 사람 사이에서 사람과 부대끼는 책 이야기, 도서관 이야기를 펼치려 한다면, 다시 도시로 돌아가서 사람들과 복닥복닥 부대끼며 지내야 할 테지. 나중에 다시 산속으로 들어오기로 하고, 이제 사람들 사이로 들어가자. 눈물 한 줄기 흐르다.

3월29일 – 빗길 자전거질

밤 01시 37분 깸. 02시 40분 한 번 더 깸. 05시 05분 또 깸. 일어날까 했으나 찌뿌둥해서 더 잠. 06시 05분 일어남. 잠들기 앞서 새벽 몇 시에 일어나야겠다 생각하면 그때 꼭 깨어나지만, 몸이 많이 고단한 날은 마음이 바짝 조여진 채 잠들다 보니(늦잠 자면 안 된다는 생각에), 자꾸 새벽에 깨게 된다. 한편, 새벽에 깨면서 '히유, 늦잠이 아니구나. 다시 자도 되겠네.' 하고 생각할 수 있어 조금씩 마음을 놓는다. 거의 한 시간에 한 번씩 잠을 깨는 일이 한 시간 동안은 마음놓고 자도록 내 몸을 맞춘다고 할까. 다섯 시쯤 일어나 인천 배다리 헌책방골목 이야기를 써 보려고 했지만, 몸이 움직이지 않아 여섯 시까지 내처 잠든 하루.

06시 20분에 동무네 집을 나섬. 새벽길 걷기. 새벽이지만, 큰길에는 차가 많다. 큰길 안쪽은 차가 드물어 조용하다. 길 하나를 놓고도 이렇게 소리가 다르다.

걷는 사람이 얼마 안 보인다. 이른 때라 그런지 모르나, 이른 때임에도 큰길에는 차가 제법 많음을 보면, 예전에는 걸어다니던 사람들이 죄다 자가용을 끌거나 버스(시내버스와 마을버스)를 타기 때문이지 싶다. 예전에는 집에서 전철역까지 15분이나 20분, 또는 30분 거리가 되어도 으레 걸었지만, 이제는 집과 전철역이 3분이나 5분 거리만 되어도 '반드시 마을버스를 타고 가야' 하는 듯 여긴다고 느낀다. 이리하여 나로서는 호젓하게 사람길을 홀로 차지하는 듯이 걸을 수 있어 좋지만, 씁쓸하기도 하다. 이 좋은 새벽 기운과 바람과 걸음소리와 골목집과 길가 삶터를 찬찬히 함께 느낄 사람을 스치거나 만나기 힘드니까.

하늘이 꾸물꾸물. 비가 쏟아질지 모르겠다. 오늘은 일이 늦게 끝나기도 했고, 날씨도 수상해서 충주에 가는 일은 미뤄야 할 듯.

동인천역. 타는곳에 올라서니 용산 가는 급행이 들어와 있다. 헐레벌떡 뛰어가서 잡아탐. 휠체어 자리에 자전거 세우고 가방 벗어서 자전거 받침.

서서 책을 읽는데 자꾸 졸음이 쏟아진다. 구일역께 이르러 더 견딜 수 없어 가방에 책을 집어넣고 손잡이를 붙잡고 꾸벅꾸벅 존다. 신도림을 지나니 사람들이 거의 모두 내려서, 자리에 앉아 선잠을 잠.

용산역. 계단으로 올라가기. 자전거 없어도 늘 계단만 타지만, 지하철역에서 계단으로 오르내리는 사람은 거의 볼 수 없다. 얼마 높지도 않은 계단이지만 모두들 승강기나 자동계단만 탄다.

가는 빗줄기 이어짐. 시청에 다다를 즈음 쏟아지는 빗줄기. 어느 건물 문턱으로 올라선 뒤 비옷 입음. 종로3가 사진관으로. 사진관 아저씨는 자고 있음. 술을 많이 드신 듯. 요즈음 사진관 장사는 거의 죽을 쑤어서 그런지, 아저씨 술자리가 자꾸 늘어나는 듯. 이제는 필름 사러 오는 사람도 거의 없다고 한다. 이러다가 앞으로 필름 못 사는 일이 생기면 어찌하나.

사진관에서 나설 때 더 거세게 쏟아지는 빗줄기. 홍제동으로 바로 갈까 싶었으나 어차피 나온 길, 어차피 맞은 비, 성균관대 앞 인문사회과학책방 〈풀무질〉까지 들르자. 비옷을 입었으나 바지는 벌써 다 젖었다. 기어를 낮추고 천천히 달림. 원곡동 네거리인가? 이화 네거리 가는 길목인 이곳 신호는 너무 지랄같다. 한쪽 신호가 너무 길어서 사람이든 차이든 다니기 아주 나쁘다. 웬만하면 이쪽으로 오고 싶지 않은데, 〈풀무질〉 책방을 가든 혜화동 쪽에 볼일이 있어 가든 어쩔 수 없이 이 길을 거쳐야 한다. 공무원이나 나랏님이 이 길을 한 번이라도 자기가 걷거나 자전거를 타거나 자동차를 몰고 지나가 본다면, 이곳 신호가 얼마나 지랄같은지 느낄 테며, 지랄같음을 느끼는 그날 신호 짜임새가 바뀔 테지.

책방 닿음. 책을 구경하는 동안 다른 책손이 틈틈이 찾아듦. 어느 책손은 우산을 책에 기대 놓는다. 화들짝 놀라서 그 우산을 책 없는 자리로 옮겨 놓다. 우산을 책에 기대 놓던 그 책손은 비에 젖은 가방을 책시렁에 올려놓는다. 설마 하는 마음이었지만, 그 책손이 나간 뒤 가방 올려놓은 자리를 살피니 책들이 빗물에 젖어 있다.

고른 책을 셈한 뒤 가방에 챙겨넣고 비옷을 주섬주섬 입다. 광화문 앞을 지나 사직굴을 지남. 무악재 오르기. 버스 한 대가 뒤에서 빵빵거림. 나보고 어쩌란 소리일까.

빗길 달리기에는 브레이크를 웬만하면 안 잡는다. 그만큼 페달질도 가볍게 해서 브레이크 잡을 일이 없도록 한다. 하지만 내리막에서는 아슬아슬. 무악재를 넘고 한참 내리막을 달리는데 길 한쪽에 '무단정차' 하고 있던 봉고 한 대가 깜빡이도 안 넣고 갑자기 튀어나와서 치일 뻔하다.

홍제동 산동네 마지막 비탈길. 낑낑거리고 오르다가 자전거에서 내림. 저번에도 빗길 언덕길 오를 때 바퀴가 헛돌며 큰일날 뻔했기에 오늘도 살금살금 가기로. 자전거를 밀며 언덕길 오름. 이제 빗줄기 가늘어지는 듯.

집으로 들어가 바지는 대야에 담그고 양말과 장갑 빨다. 다른 옷까지 빨 힘이 몸에 남아 있지 않다. 저녁 가까스로 해먹고 이부자리 깔고 드러누움. 손가락과 발가락과 머리와 등과 옆구리와 허리와 엉덩이와 허벅지와 종아리 들을 차례차례 눌러 주는데 안 아픈 곳이 없다. 손끝과 발끝은 너무도 아프고 꾹꾹 쑤신다. 저녁 아홉 시 조금 넘어서 곯아떨어짐.

4월5일 – 시골집에서 마지막 마실

오늘은 아침부터 책 묶기. 다가오는 15일에 인천으로 짐을 모두 옮긴다. 2006년 3월, 그러니까 지난해에 서울에 남아 있던 마지막 짐을 충주로 옮긴 지 딱 한 해가 조금 지나서 이 책짐을 고스란히 인천으로 옮긴다. 책들은 끈묶임에서 풀려난 지 얼마 안 되어 다시 끈묶임에 시달린다. 생각해 보면, 지난 1995년부터 내 책들은 여기저기 옮겨다니느라 애를 많이 먹었다. 한두 해에 한 번쯤 옮겼달까? 이번이 부디 마지막이 될 수 있기를 바라면서 책을 묶는다.

느즈막하게 아침이자 낮밥을 먹다. 문득, 고되게 일하는 몸에 술이라도 한 잔 넣어 주면 어떨까 싶은 생각. 해지기 앞서 면내 나들이라도 해 볼까.

다섯 시 가까이 되어 자전거를 몰고 길을 나선다. 앞으로 이런 면내 나들이를 몇 차례 못하겠지. 한두 번 더 할까? 시골집에 있을 때는 술을 거의 안 마시고, 반찬은 감자를 송송 썰어 찌개에 건더기로 넣을 뿐이니, 반찬 사러 갈 일도 없다. 머잖아 고무신이 다 닳을 듯해, 장날에 맞추어 고무신 사러 나갈 일은 있겠네.

집으로 돌아가는 길. 나올 때와 마찬가지로 천천히 달린다. 마을길과 논밭과 예전 논밭 터에 들어선 공장을 사진에 담다. 면내로 나가는 길이 있는 마을 논밭도 하나하나 인삼밭으로 바뀌는데, 생극면 가는 길목에 자리한 마을도 논밭이 하나하나 인삼밭으로 바뀐다. 산은 깎아서 공장으로, 공장 앞 논밭은 인삼밭으로…… 이렇게 인삼밭이 늘어나면 이 나라 사람들 몸이 더 튼튼해지나? 식량자급률은 40%도 안 되고 곧 30% 밑으로 떨어진다고 하는데, 이렇게 논과 밭이 사라져도 좋은가. 그러나 곡식 농사를 지어서는 돈이 되지 않고, 시골살림을 꾸릴 수조차 없으니 농사꾼 형편에서는 농사짓기를 그만 둘밖에. 도시사람한테 인삼밭 가꾸라고 팔거나 공장 짓겠다고 하는 사람한테 땅 팔고 떠날밖에.

왼쪽 골목길 무슨 식당에서 밥을 먹고 나오는 듯한 SUV 차 한 대가, 오가는 차 없는 시골길에서 자전거 옆으로 바싹 붙이며 밀어댄다. 저 차 운전수는 틀림없이 자전거를 보았고 왼쪽과 오른쪽에 지나가는 차가 없음을 보았을 테지. 그런데 자전거를 밀어붙인다. 돌았나? 뭘 잘못 먹었나? 조수자리에 앉은 사람이 창밖으로 내미는 담배 꼬나든 손이 보인다. 붙잡고 무어라 한 마디 쏘아 주고 싶다. 그러나참는다. 저런 사람들한테 쏘아 주어야 무엇을 할까. 저들이 한 마디라도 귀담아들을까. 귀담아들을 만한 됨됨이였다면, 아까 그렇게 터무니없는 헛짓은 안 했겠지. 그래도 저런 이들한테 욕 한 마디 해 주는 사람은 있어야 한다. 다만, 오늘은 참는다. 싸우고 싶지 않다. 나를 좀더 낮추고 싶다. 페달질을 더 늦춘다. 저 차가 얼른 지나가 주기를 바라며. 그런데 저 차도 빠르기를 높이지 않는다. 내가 싸움을 걸어 주기를 바랐을까? 그래도 나는 더 천천히 달린다. 몇 분 지나니, 비로소 몹쓸 자동차가 빠르기를 높이고 씽 떠난다. 나도 페달질에 힘을 싣는다.

못고개를 넘고 마을길에 접어든다. 처음 이곳 충주 신니면 광월리에 왔을 때, 이 길을 걷던 일을 떠올려 본다. 대여섯 달쯤은 한 시간 반쯤 걸리는 이 길을 걸어다녔다. 그 뒤로 접는자전거 한 대를 장만

옛날돈
복권매입
일반서적
헌책출장매입
323-3085

해서 서울 강변역에서 버스를 타고 생극 시골역에서 내려 자전거를 몰았다. 처음 자전거로 이 길을 달리던 때는 너무 힘들어 헉헉거리며 다리에 힘이 다 빠졌지. 못고개를 앞둔 오르막에서는 끝내 자전거에서 내려서 걸었고.

나중에 알았지만, 시와 도 경계선은 그처럼 가파른 오르막이 꼭 있다더군. 못고개 오르막은 충북 음성군과 충주시를 가르는 경계선. 하지만 이제는 이 경계선도 가뿐하게 오르며 생극면까지 나들이 다녀오는 길도 수월하게 오간다. 이제는 기어 없는 자전거로도 웬만한 언덕길 못 오르는 데가 없다. 그만큼 내 다리힘이 나아진 셈인가. 다리힘이 나아지는 만큼 내 마음힘도 나아졌는가. 내 마음됨, 사람됨, 생각됨, 일됨도 좋은 쪽으로 나아졌는가.

집에 닿다. 등짝에 땀이 조금 맺혔다. 느낌이 좋은 땀이다. 웃통을 벗다. 도랑에 내려가 손발과 고무신과 낯을 씻다. 된장국수를 끓이고 밥을 말아서 술안주로 삼다. 모처럼 마신 술 한 잔, 온몸이 알딸딸하다. 오늘은 일을 일찍 마치고 쉬어 볼까. 하루쯤 이렇게 쉬어야 앞으로 열흘 동안 또 신나게 책 싸며 일할 수 있겠지.

4월14일 – 마지막으로 달리는 충주 시골길

지난 4월 2일부터 충주에만 머물며 책짐을 꾸렸다. 오늘 아침까지 밤샘을 하다시피 책을 묶었다. 그러나 이 짐을 다 묶지 못했다. 내일이면 인천에서 새벽에 짐차를 끌고 충주로 와야 하기 때문에, 어쩔 수 없이 남은 짐은 내일 짐을 싣는 동안 틈틈이 묶기로. 어제와 그제는 한잠도 못 잤다. 마무리 묶기를 해야 했기에. 졸음이 쏟아지는 몸으로 자전거를 끌고 나온다. 오늘은 서울 용산에서 만화가 고필헌 님 혼례잔치가 있다. 이 자리에 꼭 가 보려 했지만, 시간을 맞추기 어렵다. 미안하네. 손전화 문자로 못 찾아가서 죄송하다고, 자전거 신혼여행 즐겁게 잘 가시라고 안부인사. 낮 세 시에는 인천에서 하는 자전거모임이 있는데, 이 자리에는 가까스로 시간에 맞출 수 있을라나.

논두길을 지나 마을을 빠져나온다. 큰길로 접어들어 달린다. 보름 가까이 시골집에만 머물러 있으며 읍내도 거의 안 나왔는데, 오늘 이렇게 달리며 보니 느지막이 피는 벚꽃이 아직 많다. 벌써 꽃이 진 곳이 있지만, 이 길에는 한창 피고 있구나. 아직 꽃이 여물지 않은 나무도 보이네. 일찍 피는 꽃이 있고 늦게 피는 꽃이 있구나.

벚꽃길을 사진에 담을까 하다가 그냥 마음에 담기로. 그러다가 문득, '이제 이 길을 더 달릴 일은 없잖아? 그냥 마음에만 담기에는 아쉽지 않니?' 하는 생각이 나서 얼른 자전거를 세워 풀밭에 눕히다. 사진기를 꺼내 몇 장 담다. 풀밭에 누운 자전거 사진은 덤.

지난해 5월, 아니 4월부터 이어온 '시골 자전거 타기'는 오늘로 마감이다. 2003년 9월부터 2006년 3월까지, 이곳 충주에서 '돌아가신 이오덕 선생님 원고 갈무리'를 했다. 이 일을 아쉽게 안 좋은 모습으로 마치고, 다른 이한테 넘겨주었다. 그 뒤, 쓸쓸하고 답답한 마음을 풀어내려고 충주에서 서울까지, 서울에서 충주까지, 하염없이 달리고 또 달렸다. 옆을 돌아보지 않고 죽어라 달렸을 때에는 네 시간 반 만에도 달린 적이 있지만, 이렇게 죽어라 네 시간 반쯤을 쉼없이 달리고 난 다음에는 몸에 꼭 탈이 났고, 며칠 동안 자전거 타기는커녕 걸을 수 없을 만큼 다리에 쥐가 났다. 그래서 사이사이 쉬어 주고 도시락을 챙겨 와서 여섯 시간 남짓 달리니, 그날 저녁에는 몸이 많이 지치기는 했어도, 하룻밤 자고 나면 말짱해졌다.

서울에서 짐수레 가득 책을 싣고 충주로 돌아올 때면 으레 여덟~아홉 시간이 걸렸다. 아침 일찍 길을 나서도 시골집에 닿을 무렵이면 벌써 해가 지고 어두웠던 밤길. 좋아하는 책을 읽을 수 있는 시간은 줄어들었지만, 나한테 중요한 것은 책이 아님을, 아니 '사람 삶을 담은 책' 이야말로 소중하고, 책은 글자에만 박혀 있지 않고 종이장에만 찍혀 있지 않음을, 우리들 살아가는 모습이 저마다 다 다른 책임을, 내가 아는 이웃사람이 그 모습 그대로 책이고, 나를 좋아하는 사람 또한 그 모습 그대로 책이며, 나를 미워하는 사람 또한 그 모습 그대로 책임을 느꼈다. 세상에는 내가 반가이 맞아들이고 달갑게 받아들일 책이 있는 한편, 내가 꺼리는 책이나 거들떠보지 않는 책이 있음을 새삼 느꼈다. 내가 좋아하는 책이라고 해서 모든 사람이 다 좋아할 수 없으며, 내가 안 좋아하는 책이라고 해서 다른 사람도 안 좋아할 까닭이 없음도 느꼈다.

나는 자전거를 타도 햇살을 받으며 달리고 싶어서 민소매에 짧은 반바지를 입고 맨발에 고무신으로 달렸다. 땀이 흐르면 눈에 땀방울이 스며서 머리띠를 했지만, 해가 쨍쨍 내리쬐는 뙤약볕 길에서는 외려 머리띠를 끌렀다. 땀이 비오듯 쏟아지면 머리띠도 쓸모가 없어지니까. 눈물인지 콧물인지 땀방울인지도 모를 그 끈쩍끈쩍한 것이 얼굴과 손과 다리와 온몸을 휘감으면서도 입으로는 노래를 흥얼거리며 달렸고, 짐수레에 묵직하게 느껴지는 책을 실어나르면서, '내가 저 책을 자전거로 실어나를 수 없다면 읽지도 말자' 고 숱하게 다짐을 했다. 책은 책장을 펼쳐서 줄거리만 읽어서는 '내 것' 이 될 수 없으니까. 책이 오롯이 내 것이 되려면, 첫째, 내가 읽고픈 책을 살 수 있는 돈을 마련해야 된다.

돈을 벌어야지. 일을 해서 벌어야지. 자전거가 타고 싶다고 남의 것을 훔쳐서 안 되는 것처럼, 책을 읽고 싶다고 남의 것을 훔쳐서는 안 돼. 착한 일을 해서 땀흘려 번 돈으로 마련하는 자전거고, 나한테 알맞는 일을 씩씩하게 하며 번 돈으로 장만하는 책이다. 둘째, 남이 추천하는 책이 아니라 나 스스로 책방에서 몇 시간이고 꼼꼼히 살펴서 나한테 어울리는 책을 찾을 수 있어야 한다. 아무리 좋은 자전거를 마련하면 뭐 하나. 정작 그 자전거가 '주인님, 제발 나를 내 쓸모에 맞게 타 주셔요' 하고 애걸복걸하도록 두는 전시품이 된다면 뭐겠나. 셋째, 읽은 책에서 좋다고 느낀 대목은 내 삶으로 하나라도 옮겨서 보여주어야 한다.

실천이 없는 지식으로만 껴안는 책은 책이 아니나. 남 앞에서 뽐내는 자랑거리일 뿐, 또는 지식 없는 사람 위에 올라서서 등쳐먹는 권력일 뿐. 넷째, 내가 읽은 책은 속에 담긴 삶을 삭여내는 만큼, 내가 산 책이라고 해서 그 책을 물건으로 여기지 말 것. 내가 읽은 책은 이웃이나 동무한테 스스럼없이 선사할 수 있고, 헌책방에 내놓아 다른 이들이 값싸게 사서 볼 수 있게 나눌 수 있어야 한다고 느낀다.

이 길, 봄이면 봄이 느껴지고 여름이면 여름이 느껴지며 가을이면 가을이 느껴지고 겨울이면 겨울이 느껴지는 이 길. 그런데 이제는 이 시골길도 봄 여름이 다르지 않다. 내 살던 이 충주 신니면 광월리 둘레에도 산을 깎아 공장을 들이고, 논을 갈아엎어 인삼밭으로 바꾼다. 처음 이곳으로 들어왔던 2003년만 해도 하늘빛이 참 파랗고 좋았는데. 어쩌다가 시내에 볼일이 있어 차를 얻어타고 나갈 때면, 저 멀리 월악산이 희끄무레하게 보였는데. 그러나 2004년부터는 희끄무레하던 월악산이 안 보였고, 요새는 산길을 올라 가만히 내다보면 마을에도 뿌연 먼지띠가 보였다.

충주에서 부산으로 내려가던 길에도 그랬다. 길을 잘못 들어 속리산 국립공원을 지나갈 때를 빼놓고는 맑은 하늘을 볼 수 없었으니까. 이제는 전국 어디를 가나 파란하늘이 아닌 뿌연 먼지띠만 보게 된 우리들 삶터 아닌가. 어쩌면, 올해를 끝으로 전국 어디에서도 봄 자전거길, 삼월과 사월과 오월이 다르던, 사월에서도 1일과 5일과 10일이 다르던, 아니 날마다 다르던 그 길은 사라지고, 배기가스 뿡뿡 뿜는 자동차만 씽씽 달리는 길로 무너져내리지 않을지……

맞은편에서 마주달리는 할아버지 자전거 보이다. 가까이에서 스쳐 지나갈 때 웃으며 꾸벅 인사를 하다. 생극면 들어설 무렵, 폭주족 오토바이 예닐곱 대가 마주달리는 자동차가 있든 없든 그냥 아무 찻길로나 휘젓는다. 하마터면 내 자전거하고도 부딪힐 뻔.

한참 달리다가 눈물이 똑 떨어진다. 내 고향이 아닌 곳이었지만, 마음을 붙이고 살려던 곳을 떠난다니, 이 시골길을 더는 달리지 않게 되었다니. 페달질을 늦춘다. 고속버스 올 시간을 헤아리며 될 수 있는 대로 천천히 달린다. 천천히 달려도 자전거는 굴러가고, 더 가고 싶지 않아도 이내 시골버스역에 닿는 자전거. 시계를 보고 버스표를 끊다. 버스는 오늘도 늦는다.

짐차를 몬다는 아저씨가 내 자전거를 보며 요모조모 살피더니 "해답이 안 나오는데?" 하면서 "앞바퀴가 어떻게 이어지죠? 핸들하고 안 맞는데" 하신다. 그래서 빙그레 웃으며 자전거를 펴서 어떤 모양이 되는지 보여 드리다. 그리고 나서 다시 접어 놓는다.

7분쯤 기다리니 버스가 들어온다. 짐칸에 자전거를 싣다. 버스에 올라타며 기사 아저씨한테 "고맙습니다!" 인사를 한다. 빈 자리가 거의 보이지 않는다. 건국대학교 학생들로 꽉 찼다. 가까스로 하나 찾아서 털썩 앉는다. 버스를 기다리는 동안, '책을 한 시간쯤 더 묶었어도 되었을라나?' 하고 생각했다. 괜히 마음만 바빠 부랴부랴 움직였지 싶어서. 마을 분들한테 인사도 제대로 못 드리고. 그러나 한 시간 더 일했다면, 토요일 낮에는 이 시골버스도 자리가 없어서 그예 발만 동동 구르며 몇 시간이고 빈차가 오기를 기다려야 했겠네. 잘했다. 졸음이 쏟아져서 눈을 붙이고 싶었지만, 책을 꺼내서 펼친다. 둘레에 앉은 대학생들이 귀따갑게 수다를 떨고 있어서 잠자기 어렵다.

달리는 차에서 바라보는 창밖 모습은 '스치는 풍경', 곧 '구경꾼

바라봄' 이지 싶다. 하지만 자전거를 타고 달릴 때 스치는 옆 모습은 '내 삶터' 요, 곧 '내가 디디고 있는 이 땅' 이지 싶다. 다만, 자전거를 타더라도 그저 앞만 보고 씽씽 달려 버린다면 아무 짝에도 찾을모가 없겠지. 두 다리로 땅을 딛고 걷더라도 내처 앞만 보고 잰걸음질이라면 걷는 보람이 없듯이. 우리 스스로 우리 몸을 움직여 맨눈 · 맨살 · 맨몸 · 맨마음으로 껴안고 함께하는 세상임을, 우리 삶터임을 느낄 수 있을 때, 뿌연 먼지띠로 어두컴컴한 서울도 전기불빛이 아닌 햇빛으로 누구한테나 따사로운 살림터가 될 수 있지 않을까.

꾸역꾸역 책을 읽는다. 젊은 대학생들은 지치지도 않는지 수다를 잘 떤다. 자고 싶다.

서울에 들어선다. 한강가 찻길을 달리는 버스. 한강 건너편이 보이지 않는다. 소름이 돋는다. 이렇게까지 짙은 먼지띠. 차 안에 있으면서도 숨이 턱턱 막힌다. 아침과 낮에는 온통 뿌연 먼지띠로 숨막히는 서울, 저녁과 밤에는 갖가지 빛깔 전기불로 낮보다 밝은 서울, 어느 쪽이 서울 참모습일까.

편의점에 들러 자동지급기로 돈을 찾다. 세모김밥 둘을 사서 먹다. 지하철을 타다. 자전거를 접어 한켠에 세우고 또 책을 읽다. 강변에서 시청 쪽으로 갈 때면, 한동안 땅위로 달리게 되어 있어서, 이 2호선은 조금 마음에 든다. 그러나 지하철이 지나가는 이 길 둘레에 사는 사람들은 시끄럽고 고달프겠지.

시청에서 내려 국철로 갈아타다. 용산에서 내려 급행열차로 바꿔

타다. 인천으로 가는 사람들 숫자가 적다. 아니, 적은 게 아니라 열차 두 군데로 나누어졌기에 단출하다고 느껴질 테지. 급행열차가 나오기 앞서까지만 해도 이 국철은 얼마나 끔찍한 지옥철이었는가. 나도 예전에 이 지옥철을 타며 사람에 깔려서 죽을 뻔한 적이 한두 번 아니었으니까. 인천에서 전철을 타는 사람은 모두 서울까지 가고, 서울에서 인천 가는 전철 타는 사람도 거의 '끝까지 함께 가기' 때문에, 오래도록 짐짝처럼 시달린다. 안산으로 가는 전철도, 수원까지 닿는 전철도 마찬가지.

부평역. 오늘 자전거 모임 시간보다 30분 남짓 일찍 닿다. 역 앞 빈터에 자전거를 세우고 또다시 책을 꺼내다. 잠깐 드러누울 데가 있으면 좋으련만. 시간이 흐르며 한 사람 두 사람 모인다. 그리하여 모두 스무 사람. 스무 사람이 모여서 달린다. 이 숫자가 길 한켠을 차지하며 달리니, 자동차들도 뭐라고 못하겠지. 후후. 이 나라 대한민국에서는 '쪽수 많은 것'이 힘이구나, 어쩔 수 없이. 배다리에 닿아 중국집에 들어가서 짜장면 먹다. 이과두주도 마시다. 제법 먹었는데, 셈할 때 값이 퍽 눅다. 짜장면집 아주머니가 단골이라며 몇 천 원 에누리까지 해 주다. 덕분에, 먼길을 오신 분들한테는 모임삯을 다문 이삼천 원이라도 돌려드릴 수 있다. 다른 분들은 월미도까지 자전거 타고 가신다고 하는데, 나는 이제 더 졸음을 견딜 수 없어서 자러 가기로. 집으로 들어가서 씻지도 못하고 입은 옷 그대로 자빠지다.

4월21일 – 할아버지 제사

엊저녁 서울로 오다. 토요일 저녁에 할아버지 제사가 있기도 하고, 22일에 마지막 짐을 옮기려면 미리 충주에 가 있어야 한다. 서울에서 지낼 때 늘 고맙게 잠자리를 내어준 홍제동 선배네 집으로 찾아가서 인사도 하고 그동안 있었던 일도 이야기하다. 조금 늦게까지 이야기하느라 아침에 늦게 일어남. 개수대에 잔뜩 쌓인 여러 날치 설거지를 하고 콩나물라면을 끓여서 함께 먹다. 몸이 많이 찌뿌둥. 방바닥에 드러누워 잠깐 쉼. 곧바로 가서 책짐과 자질구레한 짐을 싸 놓으면 좋겠지만, 지금 이 몸으로는 쉬었다가 느긋하게 가는 편이 나을 듯.

한 시쯤 되어 홍제동 선배 집에 쌓아 놓고 있던 책 두 꾸러미를 가방에 꽉 채우고 한 손에 들고 하며 헌책방 〈대양서점〉에 찾아감. 이 책들을 택배로 인천으로 부치려고. 한 시간 반쯤 책을 구경. 4월 들어서는 어제에 이어 오늘 두 번째로 서울 쪽 헌책방 나들이를 함. 4월 내내 책짐 꾸리느라 잠도 거의 못 자고 책도 거의 못 읽고 자전거 또한 거의 못 타며 지냄. 모처럼 손에 쥐는 책이라 그런지 펼치는 책마다 반갑고 들여다보는 글씨마다 새록새록 머리에 박힌다. 두 묶음을 상자 하나로 부치니 가방이 아주 단출. 자전거로 강변역까지 달리면 좋을 테지만, 몸을 아끼자. 조금이라도 힘을 더 아껴 놓아야 이따가 짐 꾸릴 때라든지, 내일 새벽부터 이삿짐 나를 때 좋겠지.

전철 타다. 언제나처럼 북적이는 전철. 전철을 타는 사람들이 주고 받는 수다는 내 마음닦이에 도움이 된다고 느낌. 전철간을 전세 냈다는 듯이 큰소리로 전화를 받는 아저씨, 연예인 이야기로 입이 쉴 틈이 없는 젊은 아가씨와 학교옷 입은 여학생, 애처러운 목소리로 물건을 파는 분들, 간첩신고 하라는 이야기가 아직도 끊이지 않는 지하철 안내방송, ……

전철을 기다리는 동안, 또 전철을 타고 가는 동안, 예닐곱 사람쯤이 내 자전거를 보며 뒤쪽에서 "요새는 자전거 체인이 고무로도 나오나 봐." 하면서 내 자전거를 요리조리 뜯어 살피는 이야기를 끊임없이 나눈다. 좋게 보면 '눈길을 한몸에 받는 셈'이지만, 이런 일이 날마다 이어지면 '동물원 원숭이가 되어 구경거리가 되는 셈'이다. 구경하는 사람은 그 자리에서 자기뿐이라고 생각하겠지만, 구경받는 사람은 얼마나 고달프고 귀가 간지러운지 생각을 안 하겠지. 자전거를 탈 마음이 없으면서 남 자전거를 놓고 이러쿵저러쿵 입방아 찧는 사람들 마음에는 무엇이 깃들었을까.

강변역에서 내림. 표 끊음. 버스가 들어와서 자전거를 끌고 줄을 섬. 아이 손을 잡고 있는 아주머니 한 분이 슬그머니 새치기. 어차피 자리 번호가 있는데 새치기를 해서 타면 얼마나 빨리 탈 수 있다고. 버스에서는 잔다. 참말로 4월 한 달 동안 잠 한 번 느긋하게 잔 날이 없다. 몹시 졸립다.

생극면. 자전거 내리다. 몸통을 펴려는데 잘 안 펴짐. 손에 힘이 다 빠졌나?

달리다. 지난주에 이 길을 마지막으로 달리는가 싶었는데, 그예 한 번 더 달리게 되네. 천천히도 아니고 빠르게도 아니게 달리다. 더 달릴 일이 없을 듯해 천천히 달리고 싶지만, 어서 가서 짐을 꾸려야 하니 빨리 달리고 싶기도 하고.

그사이 또 늘어난 인삼밭. 이제는 온통 인삼밭뿐인가. 이렇게 논과 밭이 사라지면, 우리가 날마다 먹는 곡식은 어디에서 얻을까. 쌀이든 보리든 나물이든 중국이나 다른 여러 나라에서 사오면 되는가. 요새는 채식이니 유기농이니 말이 많은데, 정작 우리 땅에서 길러서 거두는 곡식은 얼마 없다. 우리 스스로 농사를 짓지도 않으면서 시골 논밭에 바라는 것만 너무 많지 않은가.

충주 신니면 광월리 살림집 닿음. 자전거를 벽에 기대고 가방을 내려놓는다. 땀이 흐른다. 물 한 잔 마시고 곧바로 책 묶기. 책은 금세 다 묶다. 자질구레한 짐을 싼다. 어느덧 해가 지고 어둑어둑. 불을 켜려고 단추를 누른다. 불이 안 켜진다. 뭐지? 두꺼비집 열어 보다. 단추가 내려가 있지 않다. 어디선가 전기를 끊은 듯.

비록 얻어서 지낸 집이라고 하지만, 이제 곧 나간다고 하지만, 짐이 다 빠지기 앞서까지는 전기를 이렇게 끊어 놓아서는 안 되지 않나. 사람들 마음씀이라는 게 참으로 고약하다. 오늘은 달도 없고 구름이 잔뜩 끼어 어두운 날. 어두운 집에서 힘겹게 짐을 꾸린다.

모진 마음으로 누군가 나를 괴롭히는 일이 있어도, 나는 모진 마음을 품지 말자고 생각한다. 괴롭힘을 받는다고 해도, 이 괴로움을 엉뚱한 곳에 가서 풀지 말고, 나를 괴롭힌 사람한테 앙갚음할 생각도 하지 말자. 오히려 나를 괴롭히는 사람을 안타깝고 안쓰럽게 여기며,

내 사랑과 믿음 한 줌을 나누어 주도록 마음을 쓰자. 미움을 받더라도 미움으로 갚지 말고, 즐거움과 따뜻함으로 돌려주자. 나한테 오는 말이 곱지 않아도 내가 내보내는 말마저 가시 돋히게 살지 말자.

어느덧 저녁 여덟 시 넘다. 이제는 부모님 집으로 가야겠다. 어두운 방을 더듬더듬 빠져나와서 자전거 불을 밝히다. 뒷등만 켜다. 앞등도 켤까 하다가 그만두고, 어두운 논둑길을 그냥 달린다. 어둠에 눈이 익숙해지면 불을 안 켜도 달릴 수 있다. 그러나 눈이 좀 아프다. 자꾸 껌뻑거리게 된다. 개구리 소리를 두 편에서 들으며 달린다. 얼핏 앞쪽에 사람 그림자 같은 것이 보인다. 사람이 맞다. 걸어오던 이 가운데 한 사람이 깜짝 놀라하다. 그렇게 깜짝이야 하니 나도 깜짝이다.

논둑길이 끝나고 마을길이 되니 거리등이 몇 군데 켜 있다. 어둠에서만 있다가 밝은 빛을 보니 눈이 따갑다. 큰길로 나오다. 시골 큰길에는 거리등이 거의 없다. 오가는 차에서 앞등을 밝힐 뿐. 오가는 차들은 앞등을 위로 올리고 다닌다. 눈이 부시다못해 따갑고 아프기까지 하다. 한손을 이마에 대고 차앞등을 가린다. 내 자전거 등불을 보고도 앞등을 내려주는 자동차가 없다. 오늘만 없겠거니 생각하기로 한다.

30분 남짓 달려 닿은 부모님 집. 아버지가 올 3월에 정년퇴직을 하며 살게 된 시골집. 부모님은 내가 세 해 반쯤 일하던 충주 신니면 옆 음성 생극면으로 옮겨 오셨는데, 나는 이렇게 부모님 곁에서 더 멀리 떨어져 버린다. 참으로 죄송하다. 1995년에 부모님 집을 떠난 뒤로 부모님 집에서 지낸 일이, 또 부모님 집 가까이에서 지내 본 일이 없지 않은가. 시골집에서는 만나거나 어울릴 사람도 아주 드물 텐데.

제사상은 아버지와 어머니 두 분이 모두 차려 놓으셨다. 저녁 열 시쯤 제사를 지낼 줄 알았는데 벌써 준비하셨네. "올 사람이 없을 것 같아서 빨리 지내고 빨리 치우려고 했지." 하신다. 부랴부랴 마무리 손질을 하고 옷 갈아입고 제사상 앞에 선다. 아버지와 어머니와 나, 이렇게 셋이 치르는 할아버지 제사. 할아버지 사진 옆에는 할머니 사진. 문득, 나한테 할아버지이자 할머니인 저 두 분은, 아버지한테는 어머니와 아버지겠구나 하는 생각. 어머니 쪽 부모는 아니나 어머니로서도 당신 어머니와 아버지 앞에서 제사를 지내는 셈이 아닐까.

언제가 될는지 모르나 아버지와 어머니도 돌아가실 텐데, 그때 내가 제사를 지낸다면 어떤 느낌이며, 그때 누가 찾아와서 제사상 앞에 함께 절을 하며 두 분 지난날을 되새겨 볼 수 있을까. 두 분은 어떤 마음으로 이 세상에서 한삶을 보내시다가 한삶을 마무리하는가를 헤아릴 사람이 있을까. 절을 하며 엎드려 있는 시간이 길어지다.

제사를 마치고 지방을 태우다. 마당에 나와 라이터 불을 켜고 태우다. 어릴 적, 할아버지가 살아 계실 때, 할아버지가 지방을 태우며 창밖으로 날려 보내던 일이 어슴프레하게 떠오른다.

제사상 치우고 밥상을 내오다. 아버지가 뜻밖으로 여러모로 일손을 많이 거든다. 여태까지는 남한테 시키기만 하시던 분이……. 밥상머리에서 이야기를 들어 보니, 아버지는 당신 동생들이 제삿날에 오지도 않는 일뿐 아니라, 전화 한 통 없는 일을 서운해 하지 않는다고, 아예 마음을 놓아 버렸다고 하신다. 똥오줌을 못 가릴 만큼 병이 깊어진 매부(나한테는 큰고무부) 한 분만 전화를 하며 "가야 하는데 못 가서 어쩌나" 하고 이야기를 하셨다고. 할아버지 제사를 놓고 작은아버지 사이에 있었던 씁쓸한 이야기를 처음으로 듣다. 아버지가 한마디 하기를, "종규야, 아무리 자기 부모가 살아 있을 때 자기한테 못해 주고 안 좋았다고 해도, 돌아가신 뒤에 제삿날 이렇게 해도 되냐?"

우리 둘레에 함께 살아가는 하고많은 사람들한테는 얼마든지 사랑을 나누고 믿음을 베풀고 없는 따뜻함도 나누는 우리들일 텐데, 정작 우리들 식구, 우리들 동무한테는 얼마나 마음을 쏟으며 살아가고 있을까. 다른 친척 이야기 하기 앞서, 나부터 얼마나 내 이웃한테, 내 식구한테, 내 형제한테 마음을 쓰고 살았는가.

잠자기 앞서, "자전거 들여놓아야 하지 않니?" 하고 묻는 어머니. "누가 여기까지 와서 자전거 훔쳐 가나요? 그냥 밖에 두어도 돼요." "훔쳐가면 난 책임 못 져." 싱긋. 외딴집처럼 동떨어져 있는 요 시골집에 내가 자전거를 타고 들어온 줄 아는 마을사람이 아무도 없을 텐데, 고물장수도 지나가지 않는데, 도깨비라도 나와서 타고 갈는가? 제삿날이니, 할아버지가 잠깐 다녀가며 타고 가신다면 모르되.

7

4월 25일 - 오랜만에 서울 나들이

네 시쯤, 도서관 책 갈무리를 그럭저럭 마치고 길을 나선다. 4월 한 달 동안 책짐 옮기느라 책 묶고, 인천으로 와서 책 풀고 하는 일밖에 못했다. 잠깐 숨을 돌리고 싶어 서울로 책방 나들이를 떠난다. 먼걸음이라고 해도 늘 가는 책방만 찾아가는 나인 터라, 또 자전거집도 늘 가는 데만 가는 터라, 서울에서 지낼 때에도 적잖이 먼 거리를 오가곤 했다. 자전거 크랭크에 문제가 있기 때문에 동인천역에서 전철을 타기로. 표를 끊고 자동계단을 밟고 올라서니 용산 가는 전철이 들어와 있다. 부랴부랴 뛰어서 들어가니 이내 문이 닫힌다. 히유. 휠체어 자리에 자전거를 세우고 앞바퀴를 뗀다. 동인천에서 용산 가는 전철 맨 앞 칸은 사람이 안 많은 편이지만, 앞바퀴 떼어놓기는 예의라고 느낀다. 또 앞바퀴를 떼어놓을 때 흔들림이 적다. 부피 차지도 적다.

책을 읽다. 느긋하게 책 읽어 본 게 얼마만이냐. 신나게 자전거 타 본 게 또 언제 적 일이냐. 자전거도 타고 싶고 책도 읽고 싶고.

서울 가는 길에 읽는 《캐시 호숫가 숲속 생활》(갈라파고스,2006). 139쪽에 "날이 따뜻해져서 요새는 거의 밤마다 늪에서 개구리 우는 소리가 난다. 개구리 울음소리를 모르는 사람은 없겠지만 실제로 개구리를 본 사람은 생각보다 드물다."라는 대목이 보인다. 이 책은 1947년에 나왔다. 그런데 1947년 미국에서도 '개구리를 직접 본 사람은 드물다' 고 했다. 2007년 우리들은 어떨까? 개구리 우는 소리를 '개골개골' 로 아는 사람은 많지만, 참말 개구리를 본 적 없는 사람, 만져 본 적 없는 사람이 많을까? 아무래도 그렇겠구나 싶다. 이 나라 사람 거의 모두가 살아가는 도시에는 개구리가 살 수 없으니까. 그림이나 텔레비전으로만 보겠지.

그러고 보면, 자전거정책이 제대로 이루어지지 않는 까닭 가운데 하나도, 정책을 꾸리는 사람들이 자전거를 몸소 타지 않기 때문에, 그저 운동이나 소일거리쯤으로 가끔 공원에서 자전거를 탈 뿐, 출퇴근을 하거나 일을 할 때 쓰는 자전거로 타지 않기 때문이 아니겠느냐 싶다.

용산에서 내린다. 내리기 앞서 앞바퀴를 붙인다. 전철 칸에서는 앞바퀴를 떼는 편이 여러모로 낫고, 전철에서 내린 뒤에는 붙이고 다니는 편이 옮기기에 좋다.

밖으로 나와 기나긴 계단을 내려오다. 이곳을 오갈 때마다 언제나 느끼는데, 나야 자전거를 이렇게 들고 내려오면 된다지만, 몸이 힘든 사람은 어찌하면 좋을꼬. 기차역이라는 걸 이렇게 지어 놓으면, '구경꾼이 멀리서 보기에는 멋들어진' 건물처럼 보일는지 모르나, 정작 기차역을 오가는 사람들로서는 다리힘이 많이 들고 고달프다. 휠체어로는 이곳을 어떻게 오르내리나? 할머니 할아버지는? 자동계단을 타라고? 꼭 전기를 먹는 그런 설비만 써야 하는가.

4월 들어 서울 시내에서 처음으로 몰아 보는 자전거. 신촌으로 넘어가야 하기에, 삼각지 네거리에서 꺾을 생각으로, 사람길로 달리다. 사람길에 물건 내놓고 간판 만드는 이들이 보인다. 자전거로 이 옆을 지나가기 까다롭다. 걷는 사람도 번거로우리라.

삼각지 네거리. 신호가 바뀌었어도 아랑곳하지 않고 자기 길을 가느라 맞은편 차가 빵빵거리게 하는 자동차가 꼭 보인다. 건널목 푸른불이 들어왔으나 그냥 지나가며 사람들 발걸음을 우뚝 서게 하는 자동차 또한 꼭 있다. 마을버스고 시내버스고 자전거 곱게 지나가는 꼴을 못 보시는 듯. 아무 대꾸를 않고 조용히 왼쪽으로 비껴서 지나간다. 어차피 신호에 걸리고 정류장마다 멈춰야 하는 버스들이 왜 저렇게 거칠게 버스를 몰까. 저 버스에 탄 사람들 마음은 어떠할까. 큰길 네거리에서 신호를 기다리는 동안 내 앞으로 나와서 부릉부릉거리는 오토바이. 자전거를 오토바이 앞으로 끌고 간다. 내가 오토바이 차방귀를 고스란히 맡고 있어야 할 까닭이 없으므로.

동교동을 지나 홍대 전철역 둘레. 마을버스와 무단주정차 자가용과 택시 때문에 언제나 복닥이는 이 자리. 청기와주유소까지 아주 젬병. 버스들은 버스길에 차를 세우지 않고 꼭 비스듬하게 세워서 자전거가 지나가기 어렵게 한다. 서교동 안쪽 길. 이제 조금 마음이 놓인다. 서교동 단골 자전거집. 가게 앞에 닿아 가방을 내리니 등판에 땀이 흠뻑. 자전거 크랭크 가 말썽이라고 이야기했다. 크랭크 축을 이루는 곳 나사가 풀려 있다고 한다. 연장 몇 가지로 뚝딱뚝딱 맞춰 주신다. 덤으로 체인이 잘 돌아가는가 점검까지. 자전거집 아저씨 동무가 생활자전거 한 대를 짜맞추고 있다. 두 시간째 하고 있단다. 얼마 앞서 회사에서 쫓겨나게 된 뒤, 다시 일자리 알아보기 힘들어, 무엇이라도 배워야겠다는 생각에, 이곳에 와서 자전거 조립을 배운다고.

요 몇 해 사이에 서교동과 망원동에 새로 생긴 자전거집이 열 군데쯤이란다. 뜻이 있어 연 사람도 있겠지만, 회사에서 명퇴를 하거나 회사를 그만두게 된 뒤 남다른 솜씨나 재주 없이 차린 사람이 많단다. 고급자전거를 다루는 사람들도 많단다. 그러나 이런 것들은 모두 거품이라고, 기본부터 하나씩 차근차근 배우면서 익힌 다음에 자전거집을 차려야 하는데, 그런 게 없는 사람들이 많단다. 내가 가는 단골집은 당신 아버지를 이어서 2대째 꾸려 가는 곳. 이곳 아저씨는 열해 남짓 꾸리고 있다. 아저씨 동무가 낑낑대며 "히야, 이거 하나 조립하는 데 두 시간이나 걸렸네." 하니까, "야, 십 년 차이를 하루아침에 뛰어넘으려고 하냐?" 하고 퉁.

자전거집 아저씨가 일삯을 받지 않는다. 그래서 발목띠 다섯 개 사다. 이곳 아저씨는 '공임 받는 게 어렵다' 고 말한다. 잠깐 뚝딱 손보면 될 일은 그냥 해 주는 편이 낫다고. 먹고살자고 하는 일이니 일삯을 받아야겠지만, 어쩌면 이런 마음씀 덕분에 동네사람들이 이곳을 자주 찾아오게 되지 않을까. 잘되는 동네 자전거집을 가만히 보면, 작은 마음씀 하나로 더 큰 마음씀을 돌려받는구나 싶다.

튜브에 바람 넣는 장비를 늘 길에 깔아 놓고 누구나 쓰도록 내놓고 있는 이 집. 언젠가 어떤 자동차가 바람 넣는 장비를 밟고 지나가서 망가진 적이 있다고. 바람을 넣은 누군가 길에다 그냥 팽개쳐 놓고 가는 바람에.

자전거집에 있는 동안, 이 동네에 사는 초등학교 4학년 사내아이가 자전거 사러 왔다. 그동안 두 대를 도둑맞고 세 번째로 사는 거란다. 부모는 아이한테 자전거를 잘도 사 준다. 아이는 자전거 간수를 제대로 못하고 잘도 잃어버린다. 이렇게 잃어버린 자전거는 어디에서 헤매고 있을까.

자전거집 아주머니한테, "저런 아이들이라면 제가 타는 바퀴작은 자전거가 더 낫지 않아요? 이런 자전거는 꼬맹이 때에도 타고 어른이 되어도 탈 수 있는데." 하고 말하니, 고개를 절레절레 흔들며, "안 그래요. 쟤네들은 친구들끼리, 그런 거 타면 쪽팔리다고, 이거 이거 (손가락으로 숫자를 펼쳐 보이신다) 돼야 해요." 하고 한 마디. 앞에 3단 기어, 뒤에 7~8단 기어가 있어야 한단다. 바퀴가 크고 기어가 많아야 서로 주눅들지 않고 자전거를 탄다는 소리. 아이는 자전거 몸통에 자기 이름 알파벳 앞글자를 매직으로 적는다. 저렇게 적어도 훔쳐갈 놈들은 훔쳐갈 테지. 스프레이 뿌려서 저 글씨를 지운 다음.

손질을 마친 자전거를 타고 길을 나선다. 서교동 헌책방 〈모아북〉으로. 그런데 가게가 사라졌다. 엥? 자리를 옮겼나? 나중에 인터넷으로 알아봐야겠군. 연락도 없이 이렇게 옮겨 가다니(나중에 인터넷으로 알아보니 증산동 쪽으로 자리를 옮기셨다). 골목길을 달리다가, 지난해 12월 2일 문을 닫은 헌책까페 〈캘커타〉 앞을 지나다. 텅 빈 건물. 간판은 그대로 남아 있다. 지금이 4월. 그렇다면 이 가게는 다섯 달째 빈 가게라는 셈. 건물임자 생각이 달랐겠지. 또 건물임자는 달세 제대로 못 내는 이 집을 두기보다는 다른 가게 들이는 편이 낫겠다고 생각했겠지.

그러나 이런 골목길 안쪽에 무슨 가게가 들어올 수 있으랴. 가게세를 좀 낮춰 주고, 좀더 안정성 있게 이 골목을 지켜 주도록 하는 편이 서로한테 훨씬 좋지 않았을까. 이번에는 어쩔 수 없다고 해도, 다음에 이 자리에 들어올 가게한테는 좋게 마음을 써 줄 수 있기를.

新東亞 5
新東亞 6
新東亞 1
Drop Out !
106
105
Culture

홍대 앞 〈한양문고〉에 들러 만화책 한 꾸러미 사다. 동교동 헌책방 〈글벗서점〉에 들러 가방에 책 채울 빈자리가 없도록 책을 고르다. 이제 가방에 책이 더 들어갈 자리가 없으니, 책방 나들이는 끝이네. 연남동께 지나는데 다른 버스가 또 빵빵. 달리는 자전거를 보고 빵빵거리는 저 버스들은, 버스정류장 앞에 무단주정차를 하고 있는 자동차한테도 빵빵거리는가?

홍제동 유진상가 옆을 지나는데 다른 버스가 또 빵빵. 미치겠군. 당신들은 빵빵거리지만, 당신들 차가 아닌 다른 차들은 내 옆을 아뭇소리 없이 잘도 지나가 주는데. 또 어떤 차는 일부러 내 뒤에서 멈춰 준 뒤, 내가 조금 넓은 길섶에 접어들었을 때 앞질러 가 주는데. 귀를 솜으로 틀어막고 다녀야 할까 싶은 생각. 모처럼 서울 나들이를 하니, 나를 반겨 주는 건, 버스기사들 귀따가운 빵빵 소리.

4월26일 - 서울에서 인천으로 46번 국도

어제 홍제동 산동네 비탈길을 올라가는데 길바닥 두 군데가 길쭉하게 꺼져서 쿵 하고 두 번 찧었다. 불빛 없는 어두운 데라서 깜짝 놀랐는데 넘어지지는 않았다. 뭘 하기에 길을 저렇게 파 놓았을까 싶었다. 낮에 인천으로 돌아가는 길을 나서며 비로소 무엇인가 알다. 여기 비탈길 접어들기 바로 앞서 너른 자리에 홍제3동 사무소를 새로 지었는데, 동사무소 앞 아스팔트를 새로 깔면서, 헌 아스팔트를 파내려고 미리 파 놓았던 것.

욕이 절로 나온다. 동사무소 건물 짓는다며 떠들썩거리기 앞서까지는 길이 엉망이어도 아랑곳하지 않더니. 아니, 동사무소가 새로 들어선다고 해도 아스팔트를 굳이 새로 깔지 않아도 될 만큼 괜찮은 편인데. 패인 곳 한두 군데만 때우면 되는데. 오늘은 새 아스팔트 깐다고 길을 다 막아서고 난리법석. 돌아가는 길도 없는 외통수인데 하염없이 길을 막고 있다. 허 참. 그러면 이 동네 사람들은 어떻게 지나가라고? 지나갈 길 하나 마련하지 않고, 거기다가 알림판 하나 세워 놓지 않고, 더구나 이런 공사를 한다고 미리 알리지도 않고.

아스팔트 까는 길을 아슬아슬 지나오는 동안 까만 돌이 바퀴에 잔뜩 달라붙다. 바퀴 안 녹나 모르겠네. 찻길을 달리며 내 뒤나 앞을 달리는 자동차를 보면, 자기 줄로 가지런히 안 달리는 자동차가 으레 있다. 이웃 줄과 자기 줄에 엉성하게 걸쳐서 두 줄을 차지하며 달린달까. 이렇게 달리는 자동차들은 자전거나 오토바이나 다른 자동차한테 짜증스러운 경적 울리기를 하곤 한다. 자기들 달리는 모양새는 생각도 않고.

무어 그리 갈 길이 바빠서 들쑥날쑥 줄을 바꾸어 가며 앞지르기를 하실까. 무어 그리 빨리 가야 해서 그렇게 경적질을 하며 앞지르기를 하실까. 문득, 자동차 경적은 자전거한테만 많이 하는 게 아니라, 자동차끼리도 참 많이 한다고 느끼다.

양화다리로 가는 길. 합정동 버스정류장 앞에 버젓이 서 있는 자가용 한 대와 짐차 한 대. 여기에다가 새로 멈추어 서는 작은 자가용 한 대. 버스정류장에서 버스 기다리며 서 있는 사람들한테 미안하지 않나. 버스정류장에서 기다리는 사람들은 이들한테 한 마디 할 생각은 없는가. 이런 차는 사진으로 찍어서 고발해야 하지 않을까.

버스정류장에 멈추는 버스들은 정류장을 턱 막고 서 있는 자동차한테 빵빵거리지 않는다. 그냥 그 옆에 대충 버스를 세우고 사람들이 아슬아슬하게 타고내리도록 할 뿐이다. 그러면서 이 옆을 스쳐 지나가는 자전거한테는 빵빵거린다.

양화다리 건너고 대림동 지날 무렵부터 자동차가 줄었다. 한숨을 놓다.

송내까지 다른 탈 없이 차분하게 달리다. 몇몇 버스하고는 사이좋게 달리다. 네거리 신호가 바뀔 때 자전거를 옆으로 빼서 버스가 먼저 지나가도록 하니, 버스가 정류장에 멈출 때 자전거 지나갈 틈을 조금 넓게 마련해 준다. 서로서로 이렇게 해 주면 더 홀가분하고 즐겁게 자전거나 자동차를 몰 수 있겠지.

그런데, 송내에서 거침없이 자전거를 막 달리는 아저씨 한 분 보다. 네거리 신호가 막 바뀌어 건너가는데 불쑥 내 왼쪽으로 튀어나와 앞지르려는 아저씨. 아마 뒤에서 줄곧 달려오신 듯. 내 자전거가 슬슬 탄력을 받아 앞으로 더 나아가려는 즈음, 뒤에서 버스가 큰소리로 울리는 빠앙 빵. 깜짝 놀라다. 저 버스는 몇 초만 기다려 주면 될 터인데, 또는 옆으로 살짝 비켜 가면 될 텐데.

거침없는 아저씨 자전거는 네거리 신호가 빨간불이건 푸른불이건 따지지 않고 그냥 건넌다. 너비 이십 미터가 넘어 보이는 넓은 네거리도 그냥 달린다. 아저씨는 목숨을 내놓고 달리시는가. 그래, 아저씨 한 분이 그렇게 목숨 내놓으시는 건 당신 뜻이니 어쩔 수 없겠지요. 그렇지만 아저씨 덕분(?)에 자전거로 출퇴근을 하거나 먼길을 오가는 사람이 똑같이 욕을 받아먹고 있습니다.

오류동부터였을까. 거의 부평에 다다를 때까지 88번 버스와 앞서거니 뒤서거니 하면서 달리다. 나는 버스한테, 버스는 나한테 마음을 쓰면서 달리다. 내가 버스정류장 앞을 지날 때면 외려 버스가 빠르기를 늦추며 나보고 얼른 지나가라고 해 준다. 그 다음에는 내가 찻길가로 바싹 붙어 자전거를 세우며 버스보고 먼저 가라고 한다. 따로 손을 흔들어 주지는 못했지만, 또 저 버스기사 얼굴을 보지는 못했지만, 오랜만에 마음좋은 사람을 만났다. 혼자 달리는 이 길이 88번 버스 한 대로 외롭지 않았다.

달리다가 페달질이 좀 이상하다 싶어 자전거를 요리조리 살피니, 체인에 무언가 끼었다. 길가에 자전거를 세운다. 체인을 살살 돌려본다. 누군가 길에 버린 휴지가 체인에 감겼군.

간석오거리를 앞에 두고 오른쪽으로 빠졌는데, 엉뚱한 데로 길이 이어진다. 그대로 가야 했나보다. 백운역을 고가도로 위로 지나갔기에 자전거를 세우고 골똘히 생각하다. 인천 시내 달려 본 일이 너무 오래된 일이라 길이 아직 잘 안 잡힌다. 자칫 엉뚱한 데로 빠질 수 있다. 표지판을 보며 다시 생각해 보자. 음. 아무래도 동암역을 가리키는 길로 가야 할 듯. 야트막한 언덕을 넘으니 낯익은 길. 석바위 쪽 알림판과 동암역 알림판으로 나뉘어지다. 석바위 쪽으로 가다. 주안역 알리는 알림판 나오다. 조금 달리다 보니 고가도로 하나. 아차차. 이걸 타야 했나? 알쏭달쏭. 길을 거슬러 고가도로를 넘다. 넘으면서 보니 고가도로 밑 오른쪽 길은 '인천대학교' 가는 길이란다. 어, 저

쪽으로 그냥 갔어도 되었나?

고가도로 내려오니 곧바로 오른쪽으로 꺾으면 주안역. 아, 내가 가려던 길은 이 길이다. 제대로 왔네. 하지만 다음에는 고가도로 밑으로 이어지는 주안역 뒷길로 가도 되겠구나. 그 길이 한결 낫지.

어린이집 노란 봉고차, 내 옆을 바싹 스치며 달리면서 빵빵거린다. 어린이집 봉고차가 저렇게 거칠게 달려도 좋은가. 저 봉고차를 탄 아이들은 무엇을 느끼고 배울까.

주안역 앞. 빨간 자동차 한 대가 깜빡이 안 켜고 갑자기 내 앞으로 확 끼어들며 주안역 안쪽으로 들어선다. 살짝 급브레이크 밟으며 차와 안 부딪힘. 심장이 벌렁벌렁.

제물포를 지나고 도원역에 이를 즈음. 기찻길 오른쪽 골목으로 갈까 하다가 그만둠. 기찻길 오른쪽 동네길은 다음에 지나가기로.

배다리 헌책방골목. 아이고. 이제 다 왔군. 계단 앞에 자전거를 세운다. 가방을 3층에 올려놓고 디지털사진기 들고 내려와 자전거 사진 한 장.

자전거님, 애 많이 쓰셨어요. 이제부터 인천과 서울을 오갈 짐바리가 될 터이니, 살뜰히 아끼고 사랑하고 고이 보듬어 드릴게요. 오늘 하루는 푹 쉬셔요.

4월 28일 – 수원발바리를 달리다

아침 열한 시쯤 길을 나서려고 했지만, 밥을 해 먹고 이것저것 글쪼가리 쓰고, 앞에 메는 가방이 끈이 아슬아슬하기에 다른 가방으로 바꾸고, 물과 떡을 챙기다 보니 열두 시가 넘어 버렸다. 열한 시쯤 길을 나섰으면 자전거를 타고 구로역까지 간 뒤 전철을 타거나, 인천에서 바로 시흥을 가로질러 수원으로 가든가 할 생각이었는데. 늦어지는 바람에 동인천역으로 가서 급행전철을 타다. 딱 때맞추어 자전거를 싣다.

오늘은 날이 맑고 바람이 시원하다. 수원발바리 자전거잔치를 하기에 딱 좋을 날. 휠체어로 오가는 사람이 설 수 있도록 비워 둔 자리 창가에 자전거를 바싹 붙여 놓다. 그렇지만 전철을 타고 내리는 사람들은 멀쩡히 서 있는 자전거를 툭툭 치거나 건드린다. 다른 데 치는 거야 상관없지만, 뒷거울을 치고 지나갈 때면 깜짝깜짝 놀란다. 뒷거울은 자칫 부러질 수 있으니까.

구로역. 13시. 자전거를 들고 내리다. 갈아타는 자리를 알려주는 푯말이 제대로 보이지 않아 잠깐 헤맴. 광고판 따위를 잘 보이는 자리에 큼직하게 내걸지 말고, 갈아타는 자리를 잘 알아볼 수 있도록 하면 좋겠는데…… 하는 생각은, 나 같은 사람만 할까. 철도청에서 일하는 사람들, 역무원 들은 그런 생각을 안 하나. 이들은 전철을 타고 출퇴근을 해도 길을 뻔히 잘 알고, 늘 다니는 길이니까 알림푯말을 안 보고 다니니, 이런 데에는 눈길을 안 두나.

천안 가는 전철을 타다. 한참 책을 읽고 있는데 전철이 쿵 하고 크게 흔들리며 자전거가 내 몸 쪽으로 쓰러지면서 정강이를 찧다. 아이고 아파라. 수원역에서 내리기 앞서 자전거 앞바퀴를 붙이고, 읽던 책은 가방에 넣다. 이때 전철칸이 또다시 크게 흔들려서 자전거도 기우뚱. 옆에 서 있던 아가씨가 '어!' 하면서 내 자전거가 넘어지지 않게 손을 내밀어 잡아 주다. 사람을 밀치고 밟는 사람만 있지 않구나. 고맙다.

수원역 닿다. 13시 48분. 광장으로 나와 잠깐 둘러보다. 건널목 찾기가 쉽지 않다(건널목은 광장에서 왼편으로 좀 걸어가면 나온다. 나중에 알다). 오른편에 구름다리 하나 보인다. 역 앞에는 건널목이 하나쯤 있어야 하지 않나. 건널목을 놓으면 자동차들이 다니기 번거롭다고 생각할는지 모르나, 어차피 신호에 걸려서 차가 안 움직이는 때가 있기 때문에, 건널목은 이럴 때 푸른불을 넣고 사람이 지나가면 된다. 또한, 무슨 길이든 사람이 다니라고 있는 길이지, 차만 다니라고 있는 길이 아니다. 차에는 사람이 탄다.

자전거를 들고 구름다리를 건너다. 내 앞에서 걷는 사람이 아주 천천히 계단을 밟고 올라간다. 자기는 안 바빠서, 아니 느긋해서 그럴테지. 그렇다면 무거운 짐을 들고 얼른 지나가야 할 사람(무거운 짐을 들고 한참 그대로 서 있어야 할 까닭이 없으니)한테 길을 터 주면 좋지 않을까.

팔달문을 지나, 한국투자증권과 병원 한 곳 바로 옆, 국민은행이 있는 길가에 자리한 헌책방 〈오복서점 (031-243-5375)〉으로 가다. 이 헌책방 길 건너편에는 하나은행.

〈오복서점〉은 오늘 처음 구경한다. 계단을 타고 지하로 내려간다. 안이 퍽 널찍하고, 책은 깔끔하게 꽂아 놓았다. 책을 바닥에 쌓지 않았고, 골마루는 두 사람이 설 수 있을 만큼 틔워 놓다. 책 손질이 잘

되어 있고, 갈래 나눔도 좋다. 그렇다면, 수원사람들은 이 헌책방을 얼마나 알아보고 즐기고 있을까.

사람길에는 흰 페인트로 줄 하나가 그어져 있다. 무슨 줄을 그어 놓았나 하고 내려다본다. 설마, 자전거길을 나누어 놓은 건 아니겠지 했는데, 진짜 자전거길이다. 다른 것 하나 없다. 사람들 걷는 사람길에 흰 페인트로 길게 금을 그었다. 금을 반으로 나누어 오른쪽에는 자전거 그림을 스프레이로 찍어 놓았다.

웃어야 하나? 이렇게 페인트로 금을 긋고는 "경기도 수원시는 자전거길을 몇 킬로미터 마련했습니다!" 하고 자랑할 테지. 흰 페인트로 금을 그어 놓은 수원 자전거길에는 어김없이 수많은 자가용과 짐차가 곱다시 서 있다. 걷는 사람이 빠져나가기 벅차도록 대 놓은 차가 있고, 사람길에 대 놓은 차문을 벌컥 열어 자전거가 치일 뻔하게 하고도 아랑곳않는 운전자가 있으며, 오토바이 가게는 두 사람이 가까스로 지나갈 틈을 남기고 물건을 잔뜩 내놓았다. 목욕탕 한 곳은 사람길 거의 한복판에 선간판을 내놓았고, 웬만한 가게들도 비슷비슷하게 선간판을 내놓았다.

장안공원. 자전거 타며 노는 사람들 많이 보이다. 문득, 이곳 수원시 공무원들도 '자전거 = 레저' 라고만 바라보는구나 싶다. '자전거 = 교통' 이라든지 '자전거 = 삶' 이라든지 '자전거 = 짐바리' 라는 생각은 조금도 못하는구나 싶다.

장안공원에서 자전거모임 사람들을 더 만나고, 수원발바리 자전거 잔치를 함께할 분들도 더 만나다. 장안공원에서 함께 움직일 때는 열두엇. 사이에 쉬는 자리에서 예닐곱 분이 더 붙어서 스물이 조금 넘는 숫자가 찻길 하나를 차지하고 가볍게 달림. 더러 짓궂게 빵빵거리며 으르렁거리는 버스가 서너 대 있었으나, 이 버스들도 나중에는 어쩌지 못하고 우리 뒤에서 조용히 따라옴. 왜냐하면, 우리 자전거 무리가 없었어도 길이 많이 막혀서 자기들 버스도 씽씽 달릴 수 없기 때문. 버스든 다른 차든, 길에서 마음놓고 달리기 어렵도록 가로막는 것은, 자전거가 아니다. 바로 자기와 마찬가지인 자동차이다. 자동차가 달리기 어렵도록 길을 메운 것은 자동차이다. 다른 자동차가 길에 많이 나와 있다고 툴툴거리지 말고, 자기부터 자동차를 끌고 나오지 않도록 마음을 써야 좋다고 느낀다. 대중교통을 타든지, 자전거를 타든지 걷든지 하면서. 그렇게 하면서 '가끔 자동차를 몰면' 수원뿐 아니라 어느 시내에서도 한갓지고 홀가분하게 달릴 수 있으리라.

5월 18일 - 고등학교 선생님 만나러 가다

저녁 일곱 시 반에 고등학교 적 선생님 사는 집 앞에서 그때 동무들하고 만나기로 했다. 여섯 시 사십 분 무렵, 하루일을 얼추 마무리 짓고 자전거를 끄집어내어 나갈 채비. 여섯 시 오십 분 무렵, 부슬부슬 내리는 비. 어어어. 하늘을 올려다보고 구름을 내다보지만, 그칠 것 같지 않은 비. 먼 하늘가 쪽을 바라본다. 먼 하늘가로는 해가 지고 있고, 붉은 해가 있는 데에는 구름이 안 보인다. 하지만 지금 내가 있는 이곳에는 비가 주룩주룩.

어떻게 한담. 걸어가자면 지금은 너무 늦었고, 버스를 타도 그렇고. 자가용 끌고 가는 동무한테 연락해 볼까.

일곱 시 십 분이 넘을 무렵, 비옷을 챙겨 입다. 그냥 자전거 타고 가기로. 빗줄기가 가늘어지기를 바라며 달리다. 빗길 언덕길은 여느 날보다 더 부드러이 올라갈 수 있다. 내리막도 마찬가지. 그렇지만 내리막이 더 빨라진다고 넋놓고 있으면 골로 갈 테지.

도원역 앞 네거리에서 야구장 옆길로 접어들다. 야구장 옆길은 아주 오랜만에 지나간다. 고등학교 마친 뒤로는 지나가 본 적이 없는 듯. 야구장 둘레에 있는 철물점이나 공장이나 가게는 예전 그대로이지 싶다. 느긋하게 둘러보고 싶지만, 시간이 늦고 비까지 오기 때문에 휘휙 스치고 지나간다.

옐로우하우스 옆 건널목으로 건넌 뒤 찻길로. 기찻길을 건넌다. 버스정류장에 버스 석 대가 움직이지 않고 서 있다. 왜 여기 서 있을까. 조심스레 뒤를 살피며 옆으로 지나간다. 경인고속도로 들머리에서 건널목 건넌 뒤 구름다리로. 구름다리에서 내려온 뒤 주택금고 여관 골목으로. 어릴 적, 초등학교를 마치고 중학교를 용현중학교로 뺑뺑이를 받아 다닐 때(3회 졸업생), 여관이나 모텔이 무엇을 하는 곳인 줄 몰랐다. 왜 '모텔'이라고 할까 하고 궁금해하며 지나치곤 했는데. 그러니 그때엔 '옐로우하우스'가 무엇 하는 곳인지 모르는 채 골목길을 지나다녔겠지.

나중에 한참 지나서야 비로소 그 골목이 색시집인 줄 알았다. 그 색시집이 늘어선 골목길 한켠에 있던 오락실에 단골로 다녔는데, 그때까지는 그곳이 '청소년 출입 금지 구역' 이 아니었다고 떠올린다.

모텔 골목을 빠져나와 하나로쇼핑센터가 있는 찻길을 건너고 선생님 사는 아파트 쪽으로. 그런데 길을 잘못 들었는지, 이 길을 너무 오랜만에 달려서 그런지(이 골목길 지나가 본 지도 일곱 해가 넘었으니), 선생님 댁을 못 찾겠다. 새로 들어선 높직한 아파트가 골목길 끝을 가로막은 모습만 몇 번 보며 이곳저곳 헤맨 끝에, 먼저 와 있다고 한 동무한테 전화.

밖에서 뵙기로 했다며, 예전에 16번 버스 타던 정류장 쪽으로 오라는 이야기. 그사이 비는 그쳐서 비옷 앞섶을 풀다. 사람길을 천천히 달리다. 네거리 모퉁이에 서 계신 선생님을 보고, 맞은편 정류장 한쪽에 서 있는 동무들을 보다.

고기집을 찾아서 들어감. 자전거를 밖에 세우고 자물쇠로 묶어 두는데, "밖에 두면 훔쳐가지 않겠냐?" 하고 선생님이 걱정해 줌. "자물쇠 채우면 괜찮아요. 안에서 보이는 자리에 놓는걸요." 술잔에 소주를 부은 뒤 잔을 부딪힐 때, "오늘 너희들 만나서 나는 아주 행복하다."면서 활짝 웃으신다. 선생님은 집으로 우리들을 부르고 싶었지만, 사모님이 우울증에 걸려서 힘들어하기 때문에 밖에서 만나자고 했다고, 평생을 집 바깥으로 그다지 돌아다니지 않고, 집에서 집안일만 하고, 아이들은 하나둘 시집가서 썰렁하게 되고, 당신은 또 당신대로 아침부터 학교에서 일하느라 늘 혼자 집에서 텔레비전만 보게 되는 사모님이 어느덧 우울증에 걸려서 고생하고 있단다. 이제 정년퇴임까지 여섯 해 남았다고 하는데, 그때까지는 집안 형편이 어떻게 될는지.

문득 떠오르는 우리 어머니. 어머니는 언제나 부업 하며 살림 어렵사리 꾸리느라 이곳저곳 많이 다니셨고, 내가 집을 나와서 떠돌이처럼 밖에서 살았을 때 속앓이 많이 하셨을 텐데, 마음이 괜찮으실까나. 아버지가 정년퇴임을 한 뒤 시골로 전원주택 얻어서 가신 일이 오히려 잘되었구나 싶다. 만나는 사람은 적고, 움직이는 테두리도 좁겠지만, 시골에는 사람을 외롭지 않게 하는 자연이라는 좋은 벗이 있으니까. 그래도 틈틈이 전화를 하고 가끔은 찾아뵈어야겠다.

새벽 세 시 넘어서야 끝난 술자리. 선생님은 자정이 안 되어 먼저 들어가셨고, 우리들끼리 술을 더 마신 뒤 노래방에 갔다. 나를 빼놓고는 모두들 자가용을 끄는 동무들. 저희끼리 '싼 차를 모네 비싼 차를 모네' 하고 이야기를 할 때면, 옆에서 빙긋이 웃으며 구경. 어느 누구도 안 타고 다니는 자전거. 동무들은 자전거 타기를 어떻게 생각할까.

대리운전 부르고 택시 타고(차를 놓고 온 녀석은) 저마다 자기 집으로. 나는 내 자전거를 살며시 몰며 사람길로. 노래방에서 노느라 술기운은 거의 다 깼고, 안전을 생각해서 사람길로 천천히. 차 없고 조용한 길. 어릴 적 늘 걸어다니던 길. 그때는 걸어서 한 시간 안팎 걸렸는데. 예전(스무 해 앞서) 간판이 아직 그대로인 가게가 있고, 새 간판을 올리고 가게는 그대로인 집이 있으며, 아예 바뀌어 버린 가게가 있다. 웬만한 가게는 거의 그대로이며 간판도 거의 그대로. 한 해 한 해 빛이 바래어 가는 간판이지만, 늘 그대로 이 자리를 지키고 있던 가게들. 내 몸뚱이도 한 해 한 해 나이를 먹어가는데, 내 마음이

나 뜻은 얼마나 고이 이어가고 있을까.

5월 20일 – 찌뿌둥할 때면 자전거 나들이를

자전거모임 사람 둘이 도서관에 찾아왔다. 도서관에서 이것저것 챙겨야 할 일은 많으나 발걸음은 더디고, 일하다가 졸음이 살짝살짝 몰려오는 때에 찾아온 손님. 마침 잘되었구나 싶어서, 책을 조금 더 닦다가 일어선다.

자전거모임 사람들인 만큼 저마다 자전거 한 대씩 끌고 달린다. 먼저 산업도로 뚫으려고 하는 공사판 옆으로. 며칠 사이에 더 많이 땅을 파헤쳤다. 금창동에서 송림동 넘어가는 골목길 하나가 사라졌다. 참말로 여기에 길이 놓이면 동네가 아주 쪼개져 버리는데, 이 길을 놓으려는 사람들 머리통에는 무엇이 들었을까. 사람이 사는 동네를 전쟁터로 만들려는가. 자기들이 여기에 와서 하루만 살아 보라지.

경찰서 옆길로 나와서 건널목 건너기. 꽃집처럼 보이는 '삼거리정육점'에서 왼편 오르막으로. 삼거리정육점은 틀림없이 '정육점'이지만, 가게 앞에 크고작은 꽃그릇을 마흔 개쯤 내다 놓고 있다. 오래된 나무문을 달고 있는 골목집을 보다. 저 나무문 나이는 나보다 훨씬 많겠지. 두 곱이나 세 곱쯤 될까? 또는 네 곱? 세거리 골목길에서 오른쪽으로. 퍽 비알진 곳. 뒤로 물러섰다가 탄력을 받아 올라가려는데 안 되겠다. 자전거 벨트 끊어질라. 다른 분은 벨트가 틱틱 튀는 소리가 났으나 꿋꿋하게 올라감. 자전거여행을 마치고 돌아온 보람이 보인다. 오르막을 올라간 뒤 나타난 새로운 골목길. 골목집마다 작은 꽃그릇을 몇 가지씩 내놓고 있고, 꽃그릇에는 상추와 파뿐 아니라 고추와 호박도 심어 놓았다. 제법 묵은 집들 꽃밭에는 어른 키 두어 길 되는 높이로 자란 나무가 있다.

수도국산달동네박물관. 창영동으로 집을 옮긴 뒤로 아직 여기에 들어가 보지는 못했다. 오늘 처음 들어간다. 어른은 500원. 표를 끊고 안내쪽지를 받고 오른쪽으로. 송림동 달동네 집을 재개발로 밀어내면서 몇몇 집들 문짝과 창문과 시설 몇 가지를 버리지 않고 모아서 만든 '수도국산달동네박물관'. 가슴이 찌릿. 그 집들을 다 허물어 없애지 않고, 이렇게 달동네박물관을 만들어 준 일은 참으로 고맙다. 한편, 이런 생각도 든다. 적어도 몇몇 집을 그대로 남겨 두었으면, 그 모습이 그대로 박물관이 아니었을까? 아니, 이 수도국산달동네박물관 크기로 어림하건대, 판자집 백 곳을 그대로 두었어도 좋았다. 그렇게 했으면, 더 알뜰한 박물관, 아니 '민속촌' 같은 문화 쉼터가 될 수 있었을 텐데. 그리고, 그렇게 남겨 두었으면 '달동네 민박집'을 꾸릴 수도 있을 테고.

생각해 보면, '용인민속촌' 같은 시설은, 지난날 '달동네 사람들이 살던 집처럼 가난한 사람들 살림터'를 고스란히 다시 만들어서 보여주는 곳이 아닌가. 나중에, 쉰 해나 백 해쯤 지나고 나서야, 이 달동네를 다시 '돈들여서 짓고'서, '달동네 민속촌'을 만들 생각을 하지 말고, 지금부터 이 달동네야말로 소중한 서민들 삶터, 보통사람들 보금자리임을 깨닫고, 잘 지켜 줄 수 있으면 좋지 싶다. 그렇게 고이 지켜 주는 일은, 이 동네를 통째로 '박물관 마을'로, '민속촌 마을'

로 가꾸는 한편, 이곳에서 살아가는 사람들한테 자연스러운 일자리를 마련하게 해 주며, 동네 분위기도 한껏 밝고 싱싱하게 살아숨쉬도록 해 주지 않겠는가.

박물관 구경을 마치고 밥먹을 곳으로. 고달팠던 오르막이 있었으니 신나는 내리막. 그러나 동네 내리막이기 때문에 마음껏 밟을 수 없다. 아슬아슬 브레이크 잡으며 내려오기. 송현교회와 송현시장 옆을 지난 뒤 동인천역 뒤쪽으로 건너옴. 마땅한 분식집이 보이지 않음. 자전거모임 분이 '오래된 분식집'이 있으면 그곳으로 가자고 했기에. 하는 수 없이 자전거를 아주 슬슬 몰며 둘러보다가 '일곱 가지 기본안주 4000원' 한다는 싸구려 술집에 들어가기로.

인천역 앞으로 있는 '차이나타운' 들머리. 이곳은 거의 여덟 해 만에 다시 왔다. 그 사이 바뀐 모습이 많다. 차이나타운 들머리에 선 솟을대문은 더 울긋불긋 빛깔을 입혔고, 다른 조형물도 섰다. 꽤 으리으리하게 돈을 처바른 자국. 보기도 싫다. 인천사람이지만, 이곳에 가고픈 마음이 안 든다.

이제부터는 바닷가 항구를 따라 달리는 길. 제1부두를 지나고 제2부두 앞까지. 가는 길에 잠깐 들어가 본 삼익아파트. 서른 해가 넘은 튼튼한 아파트. 서른 해 앞서도 승강기를 들여놓았던 15층짜리 이 집은, 인천에서 돈있는 사람들만 들어오던 고급 집. 철길에 자전거를 올려 끌어 보기도. 제2부두 찍고 돌아오는 길에 신광초등학교 뒤편 기찻길을 지나가 봄. 아까 지나간 기찻길 건너편. 옐로우하우스 앞 건널목을 건너고, 태화관광 앞을 지난 뒤 신흥동 안쪽 시장길로. 자동차 드문 골목길을 달리고 나서 동인천 앞쪽으로 나온 다음, 지하도로 들어감. 두 분은 지하철을 타고 집으로 가시기로.

손흔들어 배웅한 뒤, 나는 내 집으로. 돌어가는 길에 동네 구멍가게에 들러 맥주페트 한 병. 골목길 밤거리 사진 몇 장 남긴다. 구멍가게 아저씨는 이제 막 저녁을 드실 참. 아저씨 밥상을 슬그머니 사진 한 장. 단골이 되어 낯을 익히고 이름을 알게 되니, 이런 사진 찍기도 스스럼없다.

마무리
한 해 동안 자전거와 살면서

이 책에 실은 자전거 이야기는 2006년 5월 1일에 제주섬 나들이를 하면서 쓴 글부터, 2007년 5월 20일 자전거 나들이 글까지입니다. 자전거를 타고 다닌 지는 훨씬 오래되었고, 자전거를 타고 다니면서 끄적인 글은 훨씬 많습니다. 그렇지만 그 모든 이야기를 다 담기보다는 꼭 한 해치만, 그것도 충주 산골마을에서 살며 서울 나들이를 다니던 때 이야기, 서울에 볼일 보러 와서 시내를 쏘다니던 이야기, 틈틈이 전국 나들이를 하던 이야기, 인천으로 돌아와 고향 동네를 둘러본 이야기를 풀어놓습니다.

제가 사랑하고 아끼는 자전거는 '생활자전거' 입니다. 살아가면서 언제나 함께하는 자전거이기 때문에 '생활자전거' 입니다. '여행자전거' 가 아니기 때문에 제가 쓴 글은 '여행기' 가 아닌 '생활기' 입니다. 어떤 일터를 하나 잡아 놓고 오가지 않았기 때문에 '자출기-자퇴기' 도 아닌 '생활기' 입니다. 그저 자전거 한 대로 제 삶을 붙잡고 살아간 이야기입니다.

저는 저 나름대로 자전거를 즐기며 살았기에 이런 글을 꾸준히 쓰면서 책 하나로 묶어냅니다. 이 책을 읽어 주시는 분들은, 님들 나름대로 자기 자전거를 아껴 주시면 좋겠고, 님들 스스로 자전거를 아끼며 타고 다니는 이야기를 차곡차곡 글로 여미어서 이웃사람들하고 두루 나눠 보시면 어떨까 싶습니다. 우리 스스로 힘쓰고 애쓰는 가운데, 자전거 삶이 자전거 문화로 자리잡습니다. 자전거 문화는 공무원들이 돈들이는 정책을 내놓아 자전거길을 닦거나 자전거행사를 연다고 해서 이루어지지 않습니다. 그저 우리 스스로 자전거를 타고 신나게 우리 삶을 즐길 때 차근차근 이루어집니다.

길다면 길고 짧다면 짧은 "자전거와 함께 살아온 발자국"을 마무리짓게 되니 홀가분하면서 쓸쓸합니다. 제가 달린 그 길은 저 혼자한테만 즐거웠던 길은 아닌가 싶으면서, 제 깜냥껏 자전거를 사랑했다고 하나 이제는 모두 망가져서 더는 타기 어려운 제 자전거들이 되어 그렇습니다. 몇 만 킬로미터를 달렸는지 가늠하기 어려운 제 자전거들은 바퀴를 여러 번 갈았습니다. 스트라이다는 지지지난해부터 벨트를 세 번째로 갈아야 하지만 벨트값 2만 원이 아쉬워 더는 못 갈고 살살 타고 있기도 하지만, 처음 헌것으로 살 때부터 손잡이와 뼈대가 망가져 있었기 때문에 이제는 더 버티기 어렵기도 하고 크랭크도 언제 부서질까 조마조마하기도 합니다. 허머 자전거는 요모조모 손을 많이 보았으나 벌써 자전거값만큼 돈이 들어갔고, 앞으로 더 손을 보아야 할 곳 또한, 새 자전거를 장만하는 값 못지않게 돈을 들여야 비로소 다시 탈 만하기도 합니다. 소설쓰는 김훈 님이 '자전거를 많이 타서 버려야 했다' 는 말을 처음 들었을 때에는 '뭐 저런 사람이 다 있나? 아무리 많이 타도 그렇지, 어떻게 버리지?' 하고 생각하며 혀를 끌끌 찼습니다. 그런데, 이제 제가 그러한 자리에 놓이고 보니 부끄럽기까지 합니다. 그러면서 깨닫습니다. 알지 못하는 가운데 섣불리 말하기는 쉽지만, 알고 난 다음에는 사람이 달라지게 됨을. 아마, 알지 못하기 때문에 아직 '자전거 출퇴근' 이나 '자전거 통학' 을 망설이는 분이 많지 않을까요? 아무래도, 알지 못하기 때문에 '신문 받아보면 거저로 주기도 하는 자전거를 왜 20만 원이니 200만 원이니 하면서 장만해서 타는지' 를 못 헤아리지 않을까요?

자전거 값이란 5만 원이기도 하고 50만 원이기도 하고 500만 원이기도 하며 5천만 원이기도 합니다. 그러나 어느 자전거이든 자전거일 뿐입니다. 저마다 제 몸과 마음과 살림과 길과 일터와 집과 마을에 걸맞는 자전거를 타면 하나같이 똑같은 자전거일 뿐입니다.

어릴 적, 어머니를 졸라 자전거를 처음 장만하게 된 다음 아주 즐겁게 탔습니다만, 얼마 뒤 '손잡이 3자' 가 아닌 '손잡이 1자' 자전거가 유행처럼 퍼진 다음부터 우리 집 자전거가 창피하다고 느껴 안 타고 내버려 두다가 썩어서 버려진 적 있습니다. 이제 와 돌아보면 그 자전거가 얼마나 소담스럽고 아름답고 튼튼하고 멋진 녀석인데, 참으로 못난 저였습니다. 그렇지만 그렇게 저 스스로 자전거를 제대로 아끼거나 사랑할 줄 모르던 철부지를 거쳤기 때문에, 이렇게 "자전거와 함께 살아온 발자국"을 부끄러움을 무릅쓰고 책으로 내자고 다짐하게 되었다고 할 수 있습니다. 그러는 가운데 신문배달을 하면서 짐자전거로 서울 시내를 누비며 헌책방 나들이를 했고, 이렇게 다리힘을 기르게 되어 나중에 출판사에 들어가 한 달 일삯 62만 원을 받게 되었을 때(1999년), 그때 돈으로 33만 원을 들여 제 자전거를 처음으로 장만할 수 있었습니다.

그러나 이때 처음으로 제 손으로 산 자전거였기 때문에 33만 원이란 대단히 큰 돈이었어도 저한테 알맞는 자전거로 장만하지는 못했습니다. 이리하여 이 자전거는 선배한테 거저로 주었습니다. 선배는 자전거 값을 받으라며 십오만 원을 흰 봉투에 넣어 술자리에서 제 가방에 넣었는데, 저는 이 봉투에서 5만 원만 빼내어 다시 선배 책상에 몰래 넣었고, 그 돈 5만 원도 그날 술값으로 다 썼습니다. 그런 뒤 56만 원짜리 자전거를 장만했습니다. 이 자전거를 만든 회사는 몇 해 앞서 문을 닫았는데, 값도 값이었지만 성능이 퍽 좋아 그야말로 온 길을 누비듯 다니면서 많이 넘어지고 부딪히고 하면서 자전거를 비로소 제대로 알아갔습니다.

누구든 마찬가지일 텐데요, 자전거를 타면서 넘어져 보지 않고는 자전거를 배우지 못합니다. 전봇대에도 부딪히고 세워진 차에도 부딪히며 배워야 합니다. 때로는 길 가는 애꿎은 사람을 치면서 부끄러운 줄 느끼기도 해야 합니다. 이렇게 모자람과 부끄러움을 배우는 가운데 '어떻게 자전거랑 함께 살지?' 하는 길을 저마다 스스로 익힐 수 있다고 느낍니다. 그러면서, 저는 신문배달을 할 때에는 한겨울 눈이 펑펑 내려도 새벽 두 시 반에 일어나 신문을 돌려야 했기에, 거의 맨손과 다를 바 없이 신문을 돌리던 일을 떠올리며 한겨울에도 자전거로 출퇴근을 했고, 충북 충주에서 일할 때에는 헌책방 나들이를 하고자 충주에서 서울로, 또 충주에서 부산으로 자전거 나들이를 했습니다. 하동에서 혼인잔치를 하는 선배한테 찾아가려고 신나게 자전거를 몰고 사흘에 걸쳐 나들이를 하기도 했고요.

지난달에는 그나마 제 자전거 가운데 '망가지지 않은 딱 하나' 있던 삼천리 R-7을 처남한테 중학교 입학 선물로 주었습니다. 망가지지 않았을 뿐 아니라 잘 나가고 괜찮은 녀석이라서 선물했습니다. 제 손때며 발품이며 고스란히 담긴 자전거인 한편, 제가 '자전거를 어떻게 사랑하며 함께 살까?' 하는 꿈을 조금씩 이루게 해 준 자전거였기에, 비록 좀 헐기는 했어도 기꺼이 이 녀석을 선물했습니다. 새 자전거 선물도 나쁘지 않으나, 길이 잘 든 헌 자전거가 어린 처남한테는 한결 반갑지 않을까 생각했습니다.

이 또한 저 혼자만 하는 생각이라 할 텐데, 제가 철이 없던 초등학생 때, 우리 어머니나 아버지가 '새 자전거를 사 주시기' 보다 '당신이 즐겨타던 자전거를 물려주었' 다면, 저 스스로 자전거를 보는 눈이 좀더 오랜 옛날부터 튼튼하고 싱그러울 수 있지 않았을까 싶습니다. 왜냐하면, 자전거도 물건이지만, 우리 손때가 타게 되는 자전거는 물건임을 넘어 내 몸과 같이 되고 내 벗과 같이 되거든요. 두 다리로 뚜벅뚜벅 걸을 때에는 내 온몸이 땅과 바람과 하늘과 햇볕하고 하나가 되고, 자전거로 싱싱 달릴 때에는 내 온몸에다가 자전거가 꼭 붙으면서 땅과 바람과 하늘과 햇볕이 하나가 됩니다.

자전거와 살아온 지난날, 그리고 자전거와 살고 있는 오늘, 여기에 자전거와 살아갈 앞날 모두, 어느 하루도 기쁨이지 않은 날이 없습니다. 뺑소니 사고를 입어 두 손목과 두 무릎과 두 발목과 왼어깨와 오른팔꿈치가 맛이 가고 말아, 이 글 몇 줄을 적으면서도 지릿지릿 아픕니다만, 이렇게 뺑소니 사고를 입으면서도 세상을 배우고 사람을 만나고 이 땅을 느낍니다. 긁히고 망가지고 깨진 자전거이지만, 언제나 고이 쓰다듬게 되고 늘 한 집에서 오래도록 함께 살고 싶어집니다.

자전거 좋아하는 분들 사이에는 일본 만화가 미야오 가쿠 님이 그린 《내 마음속의 자전거》가 몹시 사랑받습니다. 저 또한 이 만화를 아주 좋아하는데, 뒷 권은 더 옮겨지지 않고 있습니다. 우리 나라에 자전거 즐김이가 몇 만은 헤아릴 텐데, 모든 사람이 이 만화를 다 사랑할 수 없다 하지만, 아직은 '자전거를 즐기는 나만큼 자전거를 즐기는 이웃이 있음'을 들여다보면서 어깨동무를 하지 못하는 우리 터전이기 때문에, 만화책 출판사에서도 부지런히 옮겨내지 않고 있나 싶기도 합니다. 정규직이나 비정규직이나 똑같은 일꾼이지만, 정규직이 먼저 비정규직한테 손을 내밀면서 울타리를 걷어내지 못하는 흐름하고도 마찬가지가 아닌가 싶습니다. 가난한 사람이나 돈 많은 사람이나 모두 아름다운 목숨 하나인데 즐거이 밥숟가락 나누기를 하면서 얼싸안고 웃지 못하는 우리 터전하고 매한가지가 아닌가 싶습니다.

저는 아직 배우는 사람입니다. 자전거와 함께 산 지 좀 되기는 했어도 아직 자전거와 함께 살 날은 길고 길며 멀고 멉니다. 어줍잖은 가운데 어설픈 《자전거와 함께 살기》를 내놓게 되었습니다. 두근두근 떨리고 조마조마 두렵습니다. 그리고, 무엇보다도 설레입니다. 이 땅에서 자전거를 사랑하고 아끼는 또다른 한 사람 목소리가 이렇게 책으로 묶여 나올 수 있어 더없이 고맙고 반갑습니다. 잘난 사람은 잘난 대로 살고 못난 사람은 못난 대로 산다는데, 저는 많이 못나고 모자란 사람입니다. 어수룩하고 어리석기까지 한 '헌책방에 푹 빠진 바보로 살아가는', 그리고 '이제 여덟 달을 맞이하는 어린 딸아이를 옆지기와 함께 키우며 인천 골목길 한켠에서 가난한 밥그릇 겨우 버티는' 여느 자전거꾼입니다. 그저 고개숙여 한 말씀을 풀어 보이게 되었습니다. 《내 마음속의 자전거》 13권 20쪽에 나오는 한 마디를 옮기며 책을 마무리짓습니다.

"자전거는 기계라, 마음 따윈 없어. 하지만 자전거한테도 마음이 있다면 나한테 이렇게 말했을 거야. 날마다 타 줘서 고맙다고. 더러워져도, 흠집이 나도, 아마 자전거에게는 그게 가장 기쁜 일이 아닐까?"

자전거와 함께 살기 우리시대 우직한 바보 최종규가 선택한 즐거운 불편

최종규 지음

초판 1쇄 찍음 2009년 5월 11일
초판 1쇄 펴냄 2009년 5월 16일
펴낸이 김영조
펴낸곳 달팽이출판
등록 2002년 2월 28일 제 22-2112호
주소 137-070 서울시 마포구 서교동 458-20 푸른감성빌딩 2층
전화 02-523-9755 팩스 02-523-9754
ecohills@hanmail.net

ISBN 978-89-90706-24-9 03810
책값은 뒤표지에 있습니다.